AÇÚCAR QUEIMADO

AÇÚCAR QUEIMADO

Avni Doshi

TRADUÇÃO
Adriana Lisboa

2ª IMPRESSÃO

Porto Alegre São Paulo · 2022

Edição publicada mediante acordo
com Pontas Literary & Film Agency
Título original: *Burnt sugar*

CONSELHO EDITORIAL Eduardo Krause, Gustavo Faraon,
Luísa Zardo, Rodrigo Rosp e Samla Borges
TRADUÇÃO Adriana Lisboa
PREPARAÇÃO Julia Dantas e Rodrigo Rosp
REVISÃO Raquel Belisario
CAPA E PROJETO GRÁFICO Luísa Zardo
FOTO DA AUTORA Sharon Haridas

**DADOS INTERNACIONAIS DE
CATALOGAÇÃO NA PUBLICAÇÃO (CIP)**

D722*a* Doshi, Avni.
Açúcar queimado / Avni Doshi ; trad. Adriana
Lisboa — Porto Alegre : Dublinense, 2021.
272 p. ; 21 cm.

ISBN: 978-65-5553-028-5

1. *Literatura norte-americana*. 2. Romances
norte-americanos. I. Lisboa, Adriana. II. Título.

CDD 813.5

Catalogação na fonte:
Ginamara de Oliveira Lima (CRB 10/1204)

Av. Augusto Meyer, 163 sala 605
Auxiliadora • Porto Alegre • RS
contato@dublinense.com.br

para Nishi, Naren e Pushpa,
o Valente

Ma, ami tumar kachchey aamar

porisoi diti diti biakul oya dzai

Mãe, estou tão cansada,

cansada de me apresentar a você

REHNA SULTANA, *MÃE*

Eu estaria mentindo se dissesse que o sofrimento da minha mãe nunca me deu prazer.

Sofri em suas mãos quando criança, e qualquer dor que ela viesse a sentir depois disso me parecia uma espécie de redenção — o universo reencontrando seu equilíbrio, onde a ordem racional de causa e efeito se alinhava.

Mas agora já não consigo mais acertar as contas entre nós.

A razão é simples: minha mãe está se esquecendo, e não há nada que eu possa fazer a respeito. Não há modo de fazê-la lembrar das coisas que fez no passado, não há como cozinhá-la lentamente em sua culpa. Eu costumava evocar de modo casual exemplos da sua crueldade, enquanto tomávamos chá, e observar sua testa franzir numa carranca. Agora, na maior parte do tempo ela não consegue lembrar do que estou falando; seus olhos estão distantes, num contentamento perpétuo. Qualquer um que testemunhe isso toca minha mão e sussurra: Já basta. Ela não lembra, pobrezinha.

A simpatia que ela desperta nos outros faz nascer algo acre em mim.

•

Suspeitei de algo há um ano atrás, quando ela começou a andar pela casa durante a noite. Sua empregada, Kashta, me telefonava, assustada.

— Sua mãe está procurando forros de plástico — Kashta disse, numa ocasião. — Se por acaso você molhar a cama.

Segurei o telefone longe do ouvido e procurei meus óculos na mesa de cabeceira. Ao lado, meu marido ainda dormia, e seus tampões de ouvido reluziam com um brilho neon no escuro.

— Ela deve estar sonhando — eu disse.

Kashta não pareceu convencida.

— Eu não sabia que você costumava molhar a cama.

Desliguei o telefone e não consegui dormir pelo resto da noite. Até mesmo na sua loucura minha mãe conseguia me humilhar.

Um dia, a faxineira tocou a campainha em casa e Ma não sabia quem ela era. Houve outros incidentes — quando ela se esqueceu de como pagar a conta de luz e estacionou o carro na vaga errada na garagem do seu edifício. Isso foi há seis meses.

Às vezes sinto que consigo ver o fim, quando ela não for mais do que um vegetal apodrecendo. Quando não souber mais como falar, como controlar a bexiga e, em dado momento, como respirar. A degeneração humana faz pausas e tropeça, mas não regride.

Dilip, meu marido, sugere que a memória dela talvez precise de eventual exercício. Então, escrevo histórias do passado da minha mãe em pedacinhos de papel, que deixo nos cantos do seu apartamento. Ela os encontra de vez em quando e me telefona, rindo.

— Não posso acreditar que uma filha minha tenha uma caligrafia tão ruim.

•

No dia em que esqueceu o nome da rua em que mora há duas décadas, Ma me telefonou para dizer que tinha comprado um pacote de lâminas de barbear e não teria medo de usá-las se as circunstâncias deteriorassem ainda mais. Então começou a chorar. Pelo telefone, pude ouvir buzinas soando, gente gritando. Os sons das ruas de Pune. Ela começou a tossir e perder o fio do pensamento. Eu podia praticamente sentir o cheiro da fumaça do riquixá motorizado em que ela estava sentada, a fumaça escura que exalava, como se eu estivesse parada bem ao lado dela. Por um momento, me senti mal. Deve ser o pior tipo de sofrimento — a consciência do seu próprio colapso, o castigo de observar enquanto as coisas começam a lhe escapar. Por outro lado, eu sabia que tudo aquilo era mentira. Minha mãe jamais gastaria tanto dinheiro. Uma caixa de lâminas de barbear, quando apenas uma bastaria? Ela sempre teve uma inclinação para exibir suas emoções em público. Concluí que a melhor maneira de lidar com a situação era uma espécie de acordo: disse à minha mãe que não fosse dramática, mas registrei o incidente, para poder procurar as lâminas de barbear e jogá-las fora mais adiante.

Registrei muitas coisas relativas à minha mãe: a hora em que ela adormece à noite, quando os seus óculos de leitura escorregam por seu nariz oleoso, ou o número de folhados da Mazorin que ela come no café da manhã — tenho tomado nota desses detalhes. Sei das responsabilidades contornadas, e de quando a superfície da história foi polida para ficar bem suave ao toque.

Às vezes, quando a visito, ela me pede que telefone para amigos que já morreram faz tempo.

Minha mãe era uma mulher capaz de decorar receitas que só tinha lido uma vez. Podia se lembrar de variações do chá feito na casa de outras pessoas. Quando cozinhava, estendia a mão para pegar frascos e masalas sem levantar os olhos.

Lembrava da técnica que os vizinhos memon usavam para matar cabras durante o Bakra Eid no terraço acima do velho apartamento dos seus pais, para o horror do senhorio jainista, e de como o alfaiate muçulmano de cabelo eriçado uma vez lhe deu uma bacia enferrujada onde coletar o sangue. Ela me descreveu o gosto metálico, e como havia lambido os dedos vermelhos.

— A primeira vez que provei algo não vegetariano — ela disse.

Estávamos sentadas junto ao rio em Alandi. Peregrinos se lavavam e pranteadores mergulhavam cinzas. O rio turvo corria imperceptivelmente, cor de gangrena. Ma tinha querido sair de casa, sair de perto da minha avó e das conversas sobre o meu pai. Era um momento intermediário, depois que tínhamos deixado o ashram e antes que eles me mandassem para o internato. Houve um armistício entre mim e a minha mãe por um momento, quando eu ainda acreditava que o pior já tinha passado. Ela não me disse para onde estávamos indo no escuro, e eu não conseguia ler o letreiro de papel colado na dianteira do ônibus em que embarcamos. Meu estômago roncava, cheio de medo de que desaparecêssemos outra vez em mais um dos impulsos da minha mãe, mas ficamos perto do rio onde o ônibus tinha nos deixado e, quando o sol nasceu, a luz desenhou arco-íris nas poças de gasolina que tinham se formado na superfície da água. Quando o dia esquentou, voltamos para casa. Nani e Nana estavam transtornados, mas Ma disse que não tínhamos saído do condomínio onde morávamos. Acreditaram nela porque era o que queriam fazer, embora sua história fosse improvável, já que o condomínio onde o prédio deles ficava não era grande o suficiente para que alguém se perdesse ali. Ma sorria enquanto falava — ela mentia com facilidade.

Me impressionava que ela fosse tão boa mentirosa. Durante algum tempo, eu quis imitar essa qualidade; parecia a única característica útil que ela possuía. Meus avós perguntaram ao vigia, mas ele não tinha como verificar nada — com frequência dormia nas suas horas de trabalho. Então ficamos nesse impasse, como aconteceria tantas vezes no futuro, cada um aferrado às suas mentiras, certos de que seu próprio interesse pessoal prevaleceria. Repeti a mentira da minha mãe quando mais tarde voltaram a me questionar. Eu ainda não aprendera o que significava ser dissidente. Era dócil como um cachorro.

•

Às vezes me refiro a Ma no passado, embora ela ainda esteja viva. Isso ia magoá-la se ela conseguisse registrar a informação por tempo suficiente. Dilip é sua pessoa favorita no momento. É o genro ideal. Quando se encontram, não há expectativas nublando o ar ao seu redor. Ele não se lembra dela como ela era — aceita ela como ela é, e não se importa em se apresentar de novo se ela esquecer o nome dele.

Eu gostaria de ser assim, mas a mãe que lembro aparece e some diante de mim, uma boneca a pilha cujo mecanismo está com defeito. A boneca se torna inanimada. O encanto se quebra. A criança não sabe o que é real e com o que pode contar. Talvez nunca tenha sabido. A criança chora.

Eu gostaria que a Índia permitisse o suicídio assistido, assim como a Holanda. Não apenas pela dignidade do paciente, mas por todos os envolvidos.

Eu deveria estar triste e não zangada.

Às vezes choro quando não tem ninguém por perto — estou de luto, mas ainda é cedo demais para queimar o corpo.

•

O relógio na parede do consultório médico exige minha atenção. O ponteiro das horas está no número um. O ponteiro dos minutos repousa entre o oito e o nove. A configuração permanece desse modo por trinta minutos. O relógio é um remanescente de outro tempo e vai se apagando, quebrado, nunca substituído.

A parte mais diabólica é o ponteiro dos segundos, que, como a varinha de uma bruxa, é a única peça do relógio que se move. Não apenas para a frente, mas para trás também, de um lado para o outro num ritmo errático.

Meu estômago ronca.

Um suspiro audível vem dos outros que esperam quando o ponteiro dos segundos para por completo de se mover, mas só está se fazendo de morto por um momento até recomeçar. Decido não olhar para ele, mas o ruído que faz ecoa pela sala.

Olho para minha mãe. Ela cochila na cadeira.

Sinto o som do relógio se mover através do meu corpo, alterando minha frequência cardíaca. Não é um tique-taque. Um tique-taque é onipresente, uma pulsação, uma respiração, uma palavra. Um tique-taque contém ressonância biológica, algo que posso internalizar e ignorar. Este é um tique-tique-tique, seguido de um tempo de silêncio, e um taque-tique-taque.

A boca de Ma se abre, disforme como uma sacola de plástico.

Através do painel ondulado de vidro posso ver um grupo de funcionários reunidos em torno de uma mesa estreita, escutando comentários sobre um jogo de críquete, regozijando-se na transmissão de glória que emana do alto-falante. O ruído do relógio muda outra vez.

Dentro da sala de exames, nos deparamos com outro tipo de relógio, que o médico desenha em papel branco, sem incluir os números.

— Preencha isto, sra. Lamba — ele diz à minha mãe.

Ela pega a lapiseira da mão dele e começa no número um. Quando chega ao quinze, ele a interrompe.

— Pode me dizer que dia é hoje?

Ma olha para mim e depois outra vez para o médico. Ergue os ombros em resposta, e um dos lados se levanta mais do que o outro, algo entre um dar de ombros e um espasmo. Cada sinal da sua degradação física parece repulsivo. Olho para as paredes cor de creme. Os diplomas do médico estão tortos.

— Ou o ano?

Minha mãe faz que sim lentamente.

— Comece com o século antes do ano — ele diz.

Ela abre a boca e os cantos dos seus lábios apontam para baixo, como um peixe.

— Mil novecentos... — ela começa a dizer, e seu olhar se perde na distância.

O médico inclina a cabeça.

— A senhora quer dizer dois mil, eu imagino.

Ela concorda e sorri para ele como se estivesse orgulhosa

de algum feito. O médico e eu nos entreolhamos em busca de uma resposta.

Ele então diz que em casos especiais tiram fluido da espinha, mas ainda não concluiu se Ma é um caso especial. Em vez disso ele faz tomografias, tira sangue, verifica orifícios e glândulas, dispõe o mapa do cérebro dela contra uma placa de luz. Analisa sombras e padrões e busca buracos negros. Ela tem o cérebro de uma jovem, ele insiste, um cérebro que faz o que deveria fazer.

Eu pergunto o que um cérebro deveria fazer. Disparar neurônios e estalar com correntes elétricas?

Ele aperta os olhos e não responde. Os músculos no seu queixo lhe dão uma cabeça quadrada e uma leve projeção da mandíbula superior.

— Mas minha mãe está se esquecendo — eu digo.

— Sim, é verdade — ele diz, e eu começo a discernir um receio.

O médico desenha num novo pedaço de papel uma nuvem fofa que em tese é um cérebro. Levanta a caneta da folha cedo demais e as linhas curvas não se tocam nas extremidades, como se a nuvem estivesse vazando.

— Devemos esperar declínio cognitivo que vai se manifestar em perda de memória e mudanças de personalidade. Não será muito diferente do que já observamos. Do que você já observou — ele esclarece. — É difícil dizer quanto a sua mãe está notando.

Com um lápis, ele destaca áreas onde a função sináptica está declinando, onde os neurônios estão morrendo. A imaculada nuvem branca começa a parecer superpovoada. Agora a abertura onde ele não completou a forma parece uma bênção, um modo de deixar algum ar entrar. O neocórtex, o sistema límbico e as áreas subcorticais estão mapeados com traços descuidados. Sento sobre as minhas mãos.

O hipocampo é o banco da memória e, nessa doença, os cofres estão sendo esvaziados. A memória de longo prazo não pode ser formada, a memória de curto prazo desaparece no éter. O presente se torna algo frágil que, momentos depois, parece nunca ter acontecido. Conforme o hipocampo enfraquece, o espaço pode parecer diferente, distorcido.

— Ela já teve algum traumatismo craniano que você esteja a par? Já teve, até onde você tem conhecimento, exposição prolongada a alguma toxina? Talvez algum metal pesado? Alguma outra pessoa na família já teve problemas de memória antes? E algum problema de imunidade? Me desculpe, mas temos que perguntar sobre HIV e aids.

As perguntas saem da sua boca antes que eu tenha tempo de responder e me dou conta de que o que digo pouco importa ao fim. A diligência prévia não vai mudar o que compartilhamos nesse consultório, e a história de Ma não terá relevância diante do seu diagnóstico.

Dentro das curvas da nuvem, ele desenha um asterisco. Ao lado, escreve "placa amiloide". As placas são formações de proteína que normalmente aparecem no cérebro dos pacientes com Alzheimer.

— Viu uma dessas na tomografia? — pergunto.

— Não — ele diz. — Não ainda, pelo menos. Mas sua mãe está se esquecendo.

Digo a ele que não entendo como isso pode estar acontecendo e, em resposta, ele lista algumas drogas farmacêuticas no mercado. Donepezil é a mais popular. Ele a circunda três vezes.

— Quais são os efeitos colaterais?

— Pressão alta, dor de cabeça, problemas estomacais, depressão — ele olha para o teto e aperta os olhos, tentando se lembrar de outros. No desenho, a placa amiloide não parece tão ruim assim. É quase mágica, um emaranhado solitário de linhas. Digo isso em voz alta e me arrependo no instante seguinte.

— Ela tricota? — ele pergunta.

— Não. Ela odeia tudo o que pareça doméstico. Exceto cozinhar. É uma cozinheira maravilhosa.

— Bem, isso não vai ajudar. Receitas são algo notoriamente difícil de acertar. Fazer tricô, quando isso se torna memória muscular, é uma atividade que pode pegar um atalho por certas partes do cérebro.

Dou de ombros.

— Acho que posso tentar. Ela vai detestar a ideia.

— Nada mais acerca do seu cérebro é garantido — ele diz. — Ela pode ser uma pessoa totalmente diferente amanhã.

Na saída, o médico me pergunta se temos algum parentesco com um Dr. Vinay Lamba, um médico mais velho num importante hospital em Mumbai. Digo a ele que não, e ele parece desapontado, triste por nós. Me pergunto se inventar uma relação poderia ter ajudado.

— Sua mãe mora com alguém, marido ou filho? — ele pergunta.

— Não — eu digo. — Ela mora sozinha. Neste momento.

•

— Não roa as unhas — Ma diz a caminho de casa.

Coloco a mão direita de volta na direção e tento não agarrá-la, mas minha mão esquerda se move automaticamente até minha boca.

— Não é a unha, na verdade, que eu estou roendo, é a cutícula.

Ma diz que não liga para a diferença e acha uma vergonha que os meus dedos tenham essa aparência, já que estou sempre fazendo tanta coisa com as mãos. Fico sentada em silêncio enquanto ela fala durante o resto do trajeto, ouvindo menos o que ela diz do que como ela diz, o ritmo e a hesitação na sua voz quando ela não diz o que gostaria de dizer, se atrapalha, insere uma reprimenda para disfarçar a sua própria incerteza. Ela pede desculpas, diz que eu sou a culpada pelos meus erros, me agradece e suspira, massageando as têmporas. Seus lábios afundam onde faltam dois dentes na parte lateral da boca, e seu aspecto é o de quem comeu algo amargo.

Pergunto à minha mãe com quem ela está falando, mas ela não responde. Olho para o banco de trás, pelo sim, pelo não.

Em seu apartamento, tomamos um chá com biscoitos digestivos porque são os favoritos de Ma e o dia foi difícil. Digo a Kashta que faça uma pasta com mel e gengibre para minha garganta, que está coçando. Minha mãe não diz uma palavra enquanto dou as instruções.

— Acrescente um pouco de cúrcuma fresca — ela diz, um instante depois. — Só um pedacinho do tamanho do prepúcio de um bebê é suficiente.

Ela aperta a unha do polegar contra a ponta do dedo médio ao dizer isso, para dar a medida da quantidade exata. Em seguida abaixa os olhos para a xícara de chá, agitando uma elipse no seu firmamento.

— Por favor, não fale em prepúcio — eu digo, quebrando o biscoito ao meio.

— Qual o problema com um prepuciozinho de nada? Não seja tão pudica — ela lembra bastante bem como me insultar.

Seu apartamento está uma bagunça silenciosa. Junto três saleiros em um só. Uma coleção de jornais intocados se acumula na mesa de quatro lugares. Ma insiste em guardá-los, diz que vai lê-los um dia.

Esvazio um pequeno saco de feijão-mungo num thali de metal e começo a separar os grãos das pedrinhas. Kashta tenta tirar de mim o prato, mas eu a afasto. Quando termino, começo a separar o feijão-mungo por tons — verde militar, marrom acinzentado, bege. Minha mãe olha para pilhas individuais e sacode a cabeça. Estalo os dedos das mãos e continuo a separar. Sei que não fará diferença uma vez que estiverem todos na panela, mas agora já comecei e não posso parar, não posso parar de procurar diferenças até que eles estejam todos onde devem estar, codificados, cercados pelas próprias famílias.

Ma cochila no sofá e, por um momento, consigo imaginar qual será o seu aspecto quando ela morrer, quando seu rosto relaxar e o ar abandonar seus pulmões. Ao seu redor estão objetos, papéis, porta-retratos cheios de rostos que ela não vê faz anos. Em meio a essas coisas, seu corpo parece sem vida e solitário, e eu me pergunto se atuar para o mundo faz circular algo vital, se a pressão de um público é o que obriga o sangue a ser bombeado. É fácil se desestruturar quando ninguém está olhando.

Meu antigo quarto fica separado do resto do apartamento, como um enxerto de pele estrangeira. Há uma ordem, uma simetria que eu deixei para trás — e que ela não conseguiu desfazer. Na parede, em molduras idênticas, estão esboços em preto e branco de rostos que eu pendurei com cinco centímetros de distância. A cama está feita; eu passo a mão sobre os lençóis para tirar os vincos, mas eles foram marcados a ferro no tecido.

•

Desde as últimas eleições, Ma grita com a televisão a cada vez que o novo primeiro-ministro aparece. Ele usa seu manto açafrão como o atributo de uma divindade hindu — com pregas estilizadas sempre no mesmo lugar. Ele é o motivo, ela diz, pelo qual ela nunca conheceu o verdadeiro amor.

Acordo na escuridão. Meu telefone está aceso com uma dezena de ligações perdidas de Dilip. Luzes chegam da sala de estar. Minha mãe deve estar assistindo bocas mudas, mas moventes, na tevê.

O céu está escuro, mas o complexo industrial a quinze quilômetros dali emite uma luz rosada como um prelúdio ao sol. Ma não está no sofá quando apareço e a princípio não a vejo, parada atrás das cortinas transparentes, o corpo pressionado contra a janela. As cortinas de tecido, num padrão caxemira em cinza e branco, ocultam ela parcialmente, formando sombras no seu corpo. Através do tecido, vejo sua escura marca de nascença, um disco oblongo que interrompe sua omoplata, um alvo nas suas costas. Seu peito está parado, como se não estivesse respirando.

Ela está nua e dá um passo para trás para olhar seu reflexo no vidro. Olha para o meu, que aparece ao seu lado, depois de um para o outro, como se não pudesse ver a diferença. Os opostos com frequência se assemelham.

Toco o cotovelo de Ma e ela recua. Então aponta para a tela da tevê, para o homem que calou com o controle remoto.

— Vocês estão mancomunados — ela sussurra.

— Ma — eu tento acalmá-la, afastá-la do vidro, mas ela recua mais, os olhos ferozes, e não tenho certeza se reconhece o meu rosto.

Ela se recompõe depressa, mas aquele olhar é suficiente para me tirar o ar dos pulmões. Durante um momento, ela não sabia quem eu sou e, durante esse momento, eu não sou ninguém.

Convenço ela a voltar para a cama e ligo para o médico. A voz dele é áspera. Como consegui aquele número, ele quer saber. Nossa ligação parece subitamente íntima, como se eu tivesse ultrapassado um limite. Sua esposa deve estar ao lado dele, o sono interrompido. Imagino o que eles usam na cama, como as suas roupas mudam de lugar sobre o corpo durante a noite. Sinto uma umidade brotar entre as minhas pernas.

— Minha mãe não me reconheceu durante um segundo — eu digo.

— Pode acontecer. Você deveria se familiarizar com a maneira como isso vai progredir — a língua dele parece grande em sua boca, sua voz trai seu aborrecimento e eu tenho a sensação de ter fracassado em um teste.

•

Passo o dia revolvendo ideias na cabeça. A ciência nunca me interessou, mas eu me abro ao dilúvio do jargão.

Procuro a composição química do remédio da minha mãe, uma série de elegantes hexágonos e uma molécula de cloreto de hidrogênio pendurada ali como uma cauda. Desenterro os estudos feitos em animais, diagramas de cérebro de ratos que foram abertos para mapear sua atividade. Os pequenos comprimidos que ela tem que tomar inibem a colinesterase, uma enzima que quebra o neurotransmissor acetilcolina. Isso promove uma atividade que deveria melhorar os sintomas da progressão da doença.

O acúmulo de acetilcolina no corpo pode ser tóxico.

A acetilcolina é encontrada em pesticidas e agentes de guerra química, comumente chamados de agentes nervosos.

Uma dose baixa de algo pode ser uma panaceia. Uma dose alta pode ser fatal.

Abro outra janela. *Helicobacter pylori* causa úlceras estomacais e câncer caso se multiplique de forma descontrolada, mas quando completamente ausente do corpo das crianças, os índices de asma aumentam.

Eu gostaria que a moderação fosse um estado confortável.

A lista de efeitos colaterais é mais longa do que o médico sugeriu. Quero telefonar para ele de novo, mas tenho medo. Minha relação com ele está abalada. Posso chamá-la de relação? Tento arduamente não pensar nisso por tempo demais.

Há grupos de bate-papo dedicados à falência do Donepezil, citando ineficácia, entre outras queixas. Recomenda-se óleo de krill para a saúde do cérebro. Há algo completo na composição desse minúsculo crustáceo, dessa criatura que pode mover seu corpo com patas que não são mais do que filamentos. Krill é melhor do que peixe, e um diagrama explica por quê: o cérebro prefere a forma de fosfolipídio que o óleo de krill assume.

Copio as estruturas e fórmulas químicas do óleo num bloco de anotações, mas meus desenhos divergem dos originais, parecendo mais com krill do que com moléculas. O exoesqueleto é um delicado éster etílico, e três ácidos graxos formam suas patas agitadas. Quando tento comprar o óleo, recebo a advertência de que a companhia não é responsável por atrasos devidos à alfândega indiana.

Me recordam de que o óleo é fotossensível e que estraga em temperaturas altas.

Meu marido, Dilip, cresceu nos Estados Unidos, e usa as duas mãos para partir seus rotis. Conheci ele faz um par de anos, depois que ele tinha se mudado para Pune a trabalho. A mudança foi por uma demoção, mas ele não mencionou isso quando começou a puxar conversa comigo na German Bakery na North Main Road. Eu não esperava ver outra pessoa ali, já que era uma manhã de domingo e ninguém vai muito ao café desde que uma bomba explodiu ali em 2010.

Sentei com o meu laptop numa cadeira vermelha de plástico enquanto ele se acomodava num lugar ao lado do meu. Ele sorriu. Seus dentes eram azulejos brancos e bem retos. Ele me perguntou se eu sabia a senha do wi-fi e se ele podia me pagar um café. Eu disse a ele que café me deixava agitada, às vezes com gases. Ele me perguntou no que eu estava trabalhando e, embora eu não quisesse contar a ele sobre os meus desenhos, me ocorreu que artistas não deveriam ter medo de compartilhar segredos com estranhos.

Ele inalou enquanto ouvia e se inclinou para a frente. A cadeira vermelha de plástico cedeu sob o seu peso e seu joelho formou um ângulo agudo. Ficamos olhando um para o outro durante um tempo e ele me perguntou se eu queria sair para comer fora naquele fim de semana. Fiquei piscando os olhos diante da palavra "comer" antes de me dar conta de que ele se referia ao jantar. (Já aprendi muitos dos seus padrões de fala desde então.)

Ele me perguntou se eu conhecia algum dos restaurantes na rua do ashram.

— Sim, passei parte da infância morando no ashram. Conheço bem aquela área — eu disse.

O encontro foi agradável. Compartilhamos espaguete, cozido e servido em pequenos ninhos. Folhinhas de manjericão vinham espetadas nos cantos, com tomates-cereja vermelhos e amarelos assados dispostos no centro como ovos ainda não eclodidos. As altas figueiras-de-bengala projetavam sombras pelo pátio inundado de luz, e o rosto dos ocupantes estava obscurecido. Tínhamos uma mesa escondida num canto, que teria sido perfeita para um casal que estivesse tendo um caso, tão perfeita que eles poderiam ter mandado um ao outro mensagens de um dígito — um número para denotar o horário — porque a localização poderia permanecer a mesma.

Eu disse isso em voz alta, sem editar as minhas palavras, e ele achou engraçado, até mesmo criativo, e me perguntou se eu gostava de inventar histórias.

— Me comunicar da maneira mais eficiente possível sempre me interessou — eu disse.

Eu queria perguntar se aquele era um encontro romântico. Eu normalmente dormia com homens que eram amigos ou que eu tinha conhecido através de amigos, e permanecíamos sendo algo entre amigos e amantes, mas nunca havia todo um prato de comida envolvido, ou o pagamento de uma conta.

Dilip conta a história de outra maneira. Ou talvez a história só pareça diferente na sua voz, com suas vogais redondas e palavras mastigadas. Ele descreve a sensação que teve quando me viu, disse que eu parecia uma artista boêmia, e se lembra que a camisa que eu estava usando tinha manchas de tinta. Isso é uma invenção — eu nunca uso fora do estúdio as roupas com as quais trabalho. E não sou pintora.

Dilip é dado a exageros. Diz que sua irmã é bonita

quando ela definitivamente não é. Chama de boa gente muitas pessoas que não merecem. Atribuo isso ao fato dele ser bonito e boa gente. Também fala dos milhões de amigos que tem nos Estados Unidos, mas só quatro vieram a Pune para o nosso casamento. Não que eu me importasse. Nosso casamento só durou dois dias, porque eu insisti, o que a mãe dele disse que não era o suficiente para fazer a viagem valer a pena. Seus pais e sua irmã vieram com meia dúzia de outros parentes. Minha avó disse que gujaratis dos Estados Unidos compõem uma frustrante procissão de casamento.

•

Na fase dos preparativos, a mãe de Dilip deu ao seu astrólogo minha data e hora de nascimento para ter certeza de que minhas estrelas alinhavam com as do seu filho. A verdade é que minha mãe perdeu minha certidão de nascimento faz anos, na época em que não tínhamos casa, e como ir pesquisar no registro oficial de nascimentos teria sido trabalhoso demais, inventamos algo que parecia suficientemente próximo.

— Sei que estava escuro — Ma disse.

— Isso reduz as nossas opções a cedo pela manhã ou tarde da noite — respondi.

Dissemos à mãe dele que eu tinha nascido às 8h23 da noite, 2023 no horário militar, nos decidindo pelo número 23 porque qualquer coisa que terminasse em zero ou cinco poderia parecer inventada. Quatro meses antes do casamento, a mãe de Dilip ligou para minha casa.

— O pândita falou comigo — ela disse. — Está muito preocupado.

Tinham feito um mapa astral para mim, um mapa que representava o céu no momento em que eu nasci. Mangala, o planeta vermelho, estava em aspecto perigoso, bem no centro da casa de nosso casamento.

— Você é uma manglik, é como chamam gente como você — ela disse.

A ligação estava ruim, e eu não consegui ouvir o resto da acusação. Ela explicou que, se eu me casasse com o seu filho, minhas energias impetuosas poderiam matá-lo. Permaneci em silêncio durante algum tempo, me perguntando se essa seria a maneira deles cancelarem tudo: será que Dilip tinha pedido à sua mãe para telefonar e romper o nosso noivado? Eu podia ouvir a respiração dela, abrindo e fechando os seus lábios úmidos perto do telefone. Talvez ela esperasse um pedido de desculpas. Não ofereci nenhum.

— Não se preocupe — ela disse, quando a duração do silêncio começou a ficar desconfortável. — O pândita tem uma cura.

No dia seguinte, um pândita apareceu diante da nossa porta. Não era o sacerdote da minha sogra, mas um embaixador local escolhido para colocar as coisas no prumo.

— O que foi? — Ma disse, enquanto observávamos o homem colocar um tapete no chão do apartamento.

— Marte demais — disse o pândita. — É ruim para o marido dela.

— Bobagem supersticiosa — Ma puxou um bastão de incenso da mão dele e começou a agitá-lo em torno da cabeça dele.

O homem prosseguiu com seu trabalho, imperturbável. Dispôs frutas em bandejas de metal. Em seguida, flores. Leite. Havia sáris e tecido vermelho bordado. Ele sentou diante de uma panela de barro e acendeu um fogo usando ghee, gravetos e jornal.

Era o auge do torpor do verão, e o interior do apartamento parecia uma panela de pressão. Espirrei e uma bola de muco escuro aterrissou na palma da minha mão, grossa e sanguinolenta feito um tumor. Eu tinha certeza de que era um mau sinal e limpei na pele debaixo da minha túnica. O pândita dispôs tecidos vermelhos e cor de laranja por cima de vários blocos de madeira. Movia as mãos depressa, desenhando suásticas com grãos de arroz cru, colocando nozes de bétele inteiras aqui e ali para representar os planetas no cosmos, ungindo-os com alguma bênção que eu não entendi.

Sentei diante de quatro ídolos de bronze. Não tinham mais do que dez centímetros de altura e estavam decorados com faixas e guirlandas.

— Hoje, esse é o seu marido — disse o pândita.

Olhei para os deuses. Seus rostos eram basicamente os mesmos, exceto por Ganesha, cujas presas se curvavam num sorriso.

— O quê? Todos eles?

— Não, só este. Vishnu — o pândita sorriu. — Ele vai absorver suas energias ruins casando com você primeiro, para que o seu próximo marido não sofra.

Vishnu parecia delicado, com nariz aquilino e o queixo muito curto.

— Tenho mesmo que fazer isto? — perguntei ao santo homem. — Será que não podemos só dizer para todo mundo que eu fiz?

O pândita não respondeu.

A cerimônia foi longa, mais longa do que meu casamento com Dilip seria, alguns meses mais tarde, e cheia de cânticos. Circundei o fogo, segurando a pequena divindade nos braços, observando o seu rosto imóvel. Um simples mangalsutra foi colocado em torno do meu pescoço e uma linha carmesim de sindoor no repartido do meu cabelo, para simbolizar que eu era uma mulher casada. Depois da cerimônia, o colar foi arrancado e a pasta vermelha borrocada sobre a minha testa.

— Casada e divorciada — disse o pândita.

Olhei no espelho. Havia uma marca que o gancho do colar tinha deixado na minha pele. Meu rosto estava marcado de vermelho. Era um negócio violento. O sacerdote apertou minha mão. Em seguida pediu uma doação e uma xícara de chá.

•

Um mês antes do nosso casamento, acompanhei Dilip na viagem de quatro horas de carro até o aeroporto de

Mumbai para buscar sua mãe. Ele contratou um motorista e um grande Innova com ar-condicionado para dar conta de todas as malas dela. Quando chegamos, ela estava parada lá fora com um carregador de bagagem, abanando-se com um panfleto e afugentando os motoristas de táxi. Não era uma mulher alta, mas ocupava espaço onde quer que estivesse, dando cotoveladas nos passantes e bloqueando a passagem com sua postura espaçosa. Seu chapéu de tecido, suas sandálias, calças e camiseta eram todos no mesmo tom de rosa. Acreditei ter detectado uma expressão de má vontade no seu rosto até ela se deparar com o filho. O chapéu caiu um pouco enquanto ela acenava feito louca na nossa direção.

— Fazia dez anos que eu não voltava aqui! — ela disse, à guisa de saudação.

Estava bem desperta enquanto passamos de carro sobre os dramáticos Gates Ocidentais, fazendo observações sobre cada pilha de lixo ao longo da autoestrada e sacudindo a cabeça. Eu disse a ela que as colinas eram bonitas na época das monções, cheias de névoa e molhadas de chuva, embora o céu de verão agora fosse um inexpressivo lençol branco. Sua incredulidade alcançava o ápice a cada vez que passávamos por um pedágio, que, ela observou, tinham sido construídos sem levar em conta a altura normal de um veículo ou a extensão de um braço humano, e dois homens eram necessários como intermediários para entregar o dinheiro ao operador do pedágio.

— Este país — ela suspirou. — Acho que é uma maneira de dar emprego a todo mundo. Contrate três onde só um é necessário.

Quando chegamos a Pune, a larga autoestrada decorada com outdoors de cores vivas deu lugar a ruas estreitas com pequenos negócios — hotéis, restaurantes e oficinas de bicicleta pontuavam o caminho. Enquanto esperávamos no sinal, dois meninos vieram de uma favela improvisada ali perto. Os dois se agacharam, esfregando os olhos e bocejando.

— Ah, céus — disse a mãe de Dilip —, olhem só aqueles

garotos. Será que não podem fazer atrás de casa? Tem uma placa indicando um banheiro bem ali.

Eu imaginava que os banheiros fossem menos do que adequados, mas não disse nada, esperando em vez disso que o carro diante de nós avançasse. Mas ele não avançou, e aos dois garotos se juntou um terceiro amigo mais próximo ao meio-fio.

— Que loucura — ela exclamou.

— Deixe eles em paz — disse Dilip, rindo.

— Falta de vergonha — ela disse.

Pegando o telefone dentro da bolsa, começou a filmá-los. Cruzei os braços, esperando que eles não fossem notar, mas me dei conta de que tinham notado quando os três se levantaram e encararam nosso carro ao mesmo tempo.

Felizmente, o sinal abriu. A mãe de Dilip ria enquanto nos afastávamos e assistiu o vídeo repetidamente durante o resto do trajeto. Tentei fazer com que ela prestasse atenção em outra coisa — era sua primeira vez em Pune —, mostrando a grande área verde da base do exército, a sombra profunda que nos cobria enquanto passávamos debaixo de algumas antigas figueiras-de-bengala. Pune não ficava na costa, e o ar era seco e frio no inverno e empoeirado no verão, mas nunca úmido e pútrido como aquele que se respirava em Mumbai. Sugeri uma lista de lugares que poderíamos visitar — a histórica fortaleza Shaniwar Wada, que fora o trono da local dinastia Peshwa, um pequeno mas bonito templo para Shiva, e minha loja de doces favorita na rua principal, caso ela quisesse se dar um presente. Passamos pelo Clube Pune, onde nosso casamento e a recepção aconteceriam, e tentei impressioná-la dizendo o quão especial era para mim me casar ali, que meus avós tinham sido sócios por mais de quarenta anos e, embora minha mãe nunca tivesse demonstrado interesse, Dilip e eu nos tornaríamos sócios em breve. Havia sido também o primeiro lugar onde Dilip e eu tínhamos falado em casamento, tomando uma cerveja, após termos ido nadar numa tarde de domingo. Não mencionei algumas das outras memórias que eu tinha daquele lugar, de ter ficado sentada como uma mendiga do lado de fora daqueles portões sagrados. Era melhor guardar algumas coisas para depois do casamento.

A mãe de Dilip espiou lá dentro, fazendo que sim, e um magro sorriso apareceu em sua boca.

— Os ingleses construíram umas coisas bem bonitas.

•

As semanas anteriores ao casamento foram as mais quentes do verão. Somente os bravos se arriscavam a sair de casa. Vacas, cachorros e humanos caíam mortos pelas ruas. As baratas vinham prestar suas homenagens. Era um dia particularmente quente quando minha sogra e Dilip vieram ao nosso apartamento almoçar. Eu amaldiçoava Pune por causar má impressão. Me sentia responsável por tudo de abjeto que havia aqui, coisas que eu não tinha notado antes. O calor não era só quente, era insuportável. O ar não era só espesso, era irrespirável. Eu acreditava ter adquirido nova sensibilidade às falhas e disfunções normais das nossas vidas através dos padrões e preferências de Dilip, mas foi só com a chegada da sua mãe que me dei conta de que ele tinha se tornado imune a certo desconforto com o passar do tempo. Eu me sentia ansiosa diante de cada falha ao mesmo tempo em que tinha uma consciência aguda de que certas falhas poderiam acrescentar charme à cidade. O quanto eu queria representar de maneira equivocada o lugar onde eu morava — e quem eu era — e será que conseguiria sequer reconhecer o que era um disfarce desejável e o que não era?

Dilip e sua mãe bebiam água de coco e nimbu pani amargo, sem saber que eu havia passado a semana anterior arrumando os destroços da casa que compartilhava com minha mãe, repintando as paredes cobertas de bolhas, tirando da parede espelhos rachados e consertando estofamentos rasgados de sofá.

Minha sogra gostava de se vestir com cores incomuns e, nos demos conta, chapéus. Ma cobriu o sorriso quando eles entraram, e eu também não tinha como ignorar o absurdo do vestuário da senhora. Ela não era, eu sabia, uma mulher de gosto ou percepção excepcional, mas o fato de desaprovar Pune me feria.

Depois do almoço, nos sentamos no nosso pequeno terraço e discutimos a lista de afazeres para o casamento. Era aquela hora do dia em que os vizinhos se amontoam em suas sacadas, projetadas para parecer caixinhas empilhadas umas sobre as outras. Agitavam os braços para afugentar pombos e corvos e remexiam na roupa que tinham pendurado para secar ao sol da tarde.

O suor era visível nos nossos rostos. Dois andares abaixo, eu podia ver o topo de uma cabeça, uma cabeça de mulher, com cabelo ralo no alto e uma trança grisalha enroscada ao redor de si mesma. Podia ouvir o barulho da sua vassoura, feita de palha amarrada, arranhando o chão enquanto as folhas e a sujeira farfalhavam e caíam, farfalhavam e caíam, numa nova versão da sua ordem anterior. A fumaça flutuava no ar, carregando o cheiro de combustível e lixo queimado, mas não nos mexíamos para entrar. O barulho no condomínio era pouco se comparado ao apito baixo e ondulante que vinha dos trilhos próximos sempre que o trem passava.

Olhei para o céu esfumado e tentei me sentir contente, contente por saber que, mesmo tendo passado tantos anos ali, por fim iria embora. Olhei para Dilip. Ele era bonito e alto de uma maneira que deixava óbvio para todos que havia crescido em outro país. Bonés de beisebol, boas maneiras e anos de consumo de laticínios americanos. Ele estava me salvando, mesmo que não soubesse. Sua boca se abriu num sorriso diante de algo que minha mãe disse, eu pude ver todos os seus trinta e dois dentes, disciplinados com anos de aparelho na adolescência.

Mais tarde, diante de uma tigela de rabri doce e leitoso, minha sogra se virou para Ma.

— Tara-ji — ela disse. — O pândita queria discutir a cerimônia de casamento. Perguntou se vocês têm algum parente, talvez um casal, que possa se sentar dentro do mandap e entregar a noiva em seu lugar.

— Não tenho — disse Ma. — Primos, talvez. Mas eu mesma posso muito bem fazer isso.

A mãe de Dilip abriu e fechou a boca, puxando o ar para dentro e o expelindo várias vezes antes de voltar a falar. Era um tique seu, como se as palavras necessitassem de ressurreição antes que ela pudesse externá-las.

— Normalmente, quando a mãe é viúva, algum outro parente realiza essa parte da cerimônia.

— Mas eu não sou viúva — disse Ma.

A mãe de Dilip pousou a colher. Sua boca se abriu e se fechou novamente. Então ela começou a soprar e a puxar o ar com força, como se alguma coisa diante dela estivesse pegando fogo. Todos olhamos para Dilip, que estava se servindo de mais sobremesa, deixando uma trilha de creme sobre a mesa.

— Era menos controverso — ele disse, mais tarde, quando estávamos sozinhos. — Os indianos nos Estados Unidos às vezes são conservadores. Eu não queria dizer a eles que seus pais são divorciados.

•

Da sacada do apartamento de Ma, eu costumava observar os vira-latas quando voltava da escola. Eles em geral ficavam deitados à toa, com patas mutiladas e orelhas mordidas, espalhados com suas matilhas, só saindo do lugar para se esquivar de carros e riquixás motorizados, ou para trepar com suas mães e irmãs. Acho que foi essa a segunda vez que vi sexo, sentada em meu uniforme azul-marinho, observando a cena lá embaixo, mas era difícil diferenciar entre cachorros brigando e fornicando. Às vezes havia batalhas quando outros cachorros párias entravam no seu território. O rosnado em alta frequência ou um galho quebrando sob os passos de outros animais os alertavam e, tarde da noite, quando eu deveria estar dormindo debaixo do meu mosquiteiro, podia ouvir seus gritos de guerra. Me lembro, certa manhã a caminho da escola, de ter visto uma cachorrinha sentada junto ao portão, a barriga tremendo com vermes, e moscas marchando sobre o seu focinho. No lugar da sua cauda havia um buraco ensanguentado.

Depois que me casei com Dilip, herdei sua família, seus móveis e um novo conjunto de vira-latas. Os cachorros perto da sua casa são mais calmos, superalimentados e esterilizados por um grupo de donas de casa de Pune. Eles cheiram o ar e suas línguas ficam penduradas por cima dos caninos. Ocasionalmente, dão mordidinhas nos genitais uns dos outros e choramingam pedindo comida.

Me mudei para o apartamento de Dilip em junho, durante a espera pelas monções. As chuvas estavam atrasadas. Mau sinal. Seria um ano ruim. Os jornais relatavam que os fazendeiros culpavam os sacerdotes por não inspirarem os deuses, e os sacerdotes culpavam os fazendeiros por não terem fé. Na cidade, havia menos desse tipo de conversa, e mais sobre mudança climática. O rio que corre aqui perto sobe e desce com alguma regularidade, mas as monções trazem uma inundação de trovejante água marrom.

•

Quando Dilip faz sexo oral em mim, passa o nariz sobre os meus grandes lábios e inala.

— Não tem cheiro de nada — diz.

Ele se orgulha dessa qualidade, diz que é incomum e que talvez seja uma das razões pelas quais consegue imaginar nós dois juntos. Sua vida é cheia de odores intensos agora, no escritório e mesmo ao pegar uma carona, e é um alívio para ele que eu não tenha cheiro de nada depois de me exercitar e em situações de alto nível de estresse. Ele cresceu em Milwaukee, onde seus ouvidos só conheciam cotonetes macios e a quietude do subúrbio. Pune, ele diz, é bastante ruidosa, bastante pungente, mas seus sentidos conseguem lidar com o ataque desde que nossa casa o traga de volta à neutralidade. Ele diz a todo mundo que não houve mudanças consideráveis quando me mudei para o seu apartamento, que a minha vida se fundiu à sua com perfeição.

Sensível ao seu medo de agitação, fiz as mudanças com cuidado, primeiro removendo qualquer lençol ou toalha que pudesse ter sido usado por outras mulheres. Depois, livros e roupas que elas pudessem ter dado a ele. Os livros em geral assumiam a forma de poesia passional e podiam ser detectados por uma nota escrita na primeira página. Aos poucos, expurguei qualquer vestígio da existência delas: velhas fotografias, cartas, canecas, canetas trazidas de quartos de hotel, camisetas com nomes de cidades para onde tinham viajado juntos, ímãs de geladeira no formato de monumentos, folhas preservadas em papel, coleções de conchas pálidas em vidros, trazidas de feriados na praia. Essas medidas foram extremas, mas eu queria uma casa e um casamento livres de bordas cinzentas e difusas.

Minha mãe queima uma berinjela sobre o fogão e observamos as chamas lamberem a pele roxa. A carne bege por dentro está fumegante. Ela separa as sementes e joga na lata de lixo. É um milagre que não queime os dedos. Numa tábua branca de plástico, ela corta pimentas e cebolinhas. A tábua está manchada de cúrcuma e ainda há um pouco de terra grudada nas rodelas de cebolinha, mas ela me diz para eu não ser chata com coisas sem importância. Frita sementes de cominho em óleo e joga por cima da berinjela fumegante, seguidas de folhas rasgadas de coentro. O óleo espirra na lateral do fogão. Eu tusso enquanto misturo o conteúdo da tigela. Minha empregada, Ila, ajeita o sári e suspira. Começa o trabalho de limpar nossa bagunça enquanto levamos os pratos para onde Dilip está sentado, à mesa de jantar.

Ma não vem à nossa casa com frequência. Ela diz que a sala principal a perturba, sobretudo os espelhos que cobrem cada parede, refletindo tudo em múltiplas direções. Para Dilip, os espelhos foram um fator decisivo quando estava procurando uma casa para comprar, sinal de que a encontrara, e a culminação de toda fantasia que ele já tivera sobre espelhos e filmes pornográficos. Para minha mãe, a sala é viva demais, com cada objeto e corpo replicado quatro vezes, e cada replicação repetida ainda mais no reflexo. Senta à mesa e seus pés se mexem com nervosismo, trepando um no outro como ratos escapando do calor do meio-dia. Quanto a mim, já me acostumei com os espelhos, já comecei até a me fiar neles quando Dilip e eu brigamos, porque ver um reflexo gritar é como ver televisão.

— Então, mãe — diz Dilip —, como está se sentindo?

Ele chama minha mãe de mãe, como a sua. Tive dificuldade no início, mas era fácil para ele chamar duas mulheres de mãe e dois lugares de casa.

Minha mãe tenta falar com sotaque americano quando Dilip está por perto. Acha que ele não vai entender de outro modo e, se ele tenta falar hindi, ela responde em inglês. Ma arrisca as vogais do meio-oeste e as pausas confiantes dele, que presumem que o resto do mundo vai esperar enquanto ele completa uma frase.

— Honestamente, beta, quando o médico me deu as notícias, comecei a temer o pior. Comecei até mesmo a fazer planos de tirar a minha própria vida; pode perguntar a ela, não é verdade? Desculpe, não estou tentando atrapalhar o seu almoço, coma primeiro, coma primeiro, conversamos depois. Como está o aamti? Não está apimentado demais, espero? Sim, para responder à sua pergunta, no início eu fiquei com medo, mas agora não acho que esteja doente de verdade. Me sinto muito bem.

Dilip faz que sim e olha para o espelho diante dele.

— Fico muito feliz em ouvir isso.

— Ma, o médico disse que você está se esquecendo.

— Meus exames estavam normais.

— Sim, as tomografias podem ser normais mesmo quando...

— Por que você insiste que eu esteja doente?

Ela está segurando uma fatia de cebola crua na mão. Cai no seu prato enquanto fala.

— Você está se esquecendo das coisas. Está esquecendo como fazer as coisas, coisas básicas, como usar o seu telefone celular e pagar a conta de luz.

— Ah, eu nunca soube muito bem como pagar a conta. Essas coisas online são confusas demais.

Abaixo as mãos. Ela não tinha dito isso no médico.

— E quanto a telefonar para Kali Mata? Você me pediu que ligasse para uma pessoa que morreu faz dez anos.

— Sete anos — diz Ma, e se vira para Dilip. — Está vendo como ela mente?

Dilip olha de uma para outra. Quando franze a testa, a cicatriz de um antigo machucado de lacrosse brilha em sua têmpora.

— Não estou mentindo.

— Está sim. É o que você faz. É uma mentirosa profissional.

Deixamos Ma em casa depois do jantar e Dilip cantarola para si mesmo baixinho. Não consigo identificar a melodia, então o interrompo.

— Você pode acreditar no que ela estava dizendo?

Ele faz uma pausa e então responde.

— Talvez ela não acredite que está doente.

— Ela tem que acreditar.

— Você não é uma autoridade.

Me sinto magoada ao ver que minha carência é tão visível.

— Eu não disse que sou uma autoridade. O médico disse que ela está doente.

— Eu achei que o médico tinha dito que ela tem o cérebro de uma jovem.

— Mas ela está esquecendo das coisas, coisas importantes.

— Importantes para quem? Talvez ela queira esquecer, talvez não queira lembrar que sua amiga morreu.

— Seja como for, ela está esquecendo — me dou conta de que o meu tom de voz se tornou esganiçado.

— Esquecimento voluntário não é o mesmo que demência, Antara.

— Isso não faz o menor sentido. Por que ela haveria de querer se esquecer de mim?

Dilip respira fundo e sacode a cabeça.

— Você é uma artista, fique aberta a possibilidades.

— Ela me chamou de mentirosa.

— Bem, não é disso que trata sua arte? De como as pessoas não são dignas de confiança?

Seu rosto arriou. Ele parece desapontado. Tento assumir um ar semelhante, mas não é o que sinto, então roo a unha do dedo médio, ou, para dizer de modo mais acurado, a área da cutícula. Dilip estende a mão e puxa meu braço para baixo.

•

Minha arte não trata de mentiras. O que faz é coletar dados, informações, encontrar irregularidades. Minha arte é olhar para os lugares onde os padrões deixam de existir.

Antes de eu me casar, minha avó me deixava usar um quarto da sua casa como estúdio. Era confortável, escuro e claro em boa proporção, um lugar onde o meu interesse em colecionar coisas tinha começado quando criança, entre os objetos deixados pelos falecidos moradores do bangalô onde Nana e Nani viviam. Lâmpadas de tungstênio, pilhas, fios, canetas, selos, moedas. Comecei pesquisando as datas e o design desses objetos, me perdendo em enciclopédias de energia e patentes na biblioteca e sempre terminando longe do lugar onde tinha começado. Para evitar essas tangentes, comecei a desenhar eu mesma os objetos, mapeando eles conforme os via, copiando com o máximo de fidelidade. Minha caligrafia pode ser ruim, mecânica demais, carente de floreios, mas minha mão é firme e precisa. Comecei a colecionar insetos mortos, que são surpreendentemente difíceis de se encontrar inteiros e não corrompidos. Uma das minhas posses mais valiosas é um conjunto de mariposas fossilizadas em cera que guardo num jarro de vidro.

Museus colecionam objetos que marcam um momento — o primeiro telefone celular, o primeiro computador —, presumivelmente para mostrar um dia ao futuro (supondo que os museus terão lugar no futuro). Cresci numa época de linhas telefônicas e de relógios Swatch e tenho minhas próprias coleções guardadas: garrafas de vidro que dizem

Thums Up e Gold Spot para quando essas marcas não mais existirem, mas também antigos limpadores de língua e cadernos de autógrafos em cores pastéis que eu pedia a estranhos na rua para assinar quando era criança.

Dilip diz que, se os vulcões em todo planeta começarem a entrar em erupção, cobrindo a crosta da Terra com quilômetros de detritos, e nosso apartamento for a única coisa que conseguirem escavar no futuro, os arqueólogos ficarão pensativos ante as estranhas preocupações dos seus ancestrais. Eu digo a ele que os americanos inventaram o acúmulo e o transformaram em arte.

Dilip uma vez me disse que nos Estados Unidos ninguém usa limpadores de línguas porque usam suas escovas de dente para limpar o resíduo branco. Disse que eu deveria tentar, que é mais fácil ter um instrumento para a boca em vez de dois. A ideia não me agrada e eu pergunto a ele sobre contaminação cruzada. Ele dá de ombros. A boca é um buraco, um cômodo, uma cidade. O que acontece de um lado vai aparecer no outro. Digo a ele que se for esse o caso, ele não vai se incomodar se eu esvaziar o conteúdo do meu copo d'água em seu colo.

•

Quando me mudei para o seu apartamento, Dilip disse que eu deveria usar o quarto de hóspedes como estúdio. Ele raramente recebe hóspedes.

— Além disso, gosto da ideia de você ficar em casa o dia todo — ele disse.

O quarto é simples, ensolarado, não é o que haveria de se esperar de um lugar onde se faz arte. O armário foi transformado no meu gabinete de curiosidades, onde meus objetos são guardados e trancados, alguns em caixas, alguns em recipientes estéreis de plástico. Imagens enchem pastas, divididas por assunto, categoria e data da coleta. O quarto em si contém uma escrivaninha de madeira e uma cadeira que Dilip trouxe do escritório. Numa parede há um calendário onde risco o dia de trabalho uma vez que ele tenha sido completado.

Faz três anos que trabalho num projeto e não tenho ideia de por quanto tempo ainda vou trabalhar. Começou por acidente, depois que desenhei o rosto de um homem cujo retrato encontrei, mas no dia seguinte, quando fui comparar meu trabalho ao original, não consegui mais encontrar o retrato. Procurei o dia inteiro, sem sorte. Ao anoitecer, já tinha desistido. Peguei outro pedaço de papel — o único papel em que trabalho, nada luxuoso, made in China, mas funciona bem com grafite — e desenhei o rosto a partir do meu próprio desenho, copiando o meu trabalho com o máximo de fidelidade possível, as sombras traçadas cuidadosamente, a mesma exata espessura das linhas. Se tornou uma prática diária. Pego o desenho da véspera e copio da melhor maneira possível, dato, devolvo ambos à gaveta e risco um quadrado no calendário. Há dias em que isso me toma uma hora, outros quando me toma várias.

Quando eu estava me dedicando a esse projeto fazia um ano, fui convidada a mostrar os trabalhos numa pequena galeria em Mumbai. A curadora, que também é uma amiga, comparou a dinâmica do tempo de duração no meu trabalho ao de On Kawara, e disse que esse era o diário de uma artista, frase que usou para o título. Eu achei a conexão equivocada. O trabalho dele é mecânico, sem qualquer implicação da mão humana. O meu trabalho celebra a falibilidade humana. Se On Kawara fala de contagem, eu falo de perder a conta. A curadora não queria enveredar por esse caminho — o ensaio para o catálogo já tinha sido revisado, e ela disse que complicar a questão não ia me ajudar a vender, neste clima. Um colecionador demonstrou interesse antes da inauguração da exposição — esse tipo de trabalho construído lentamente era tão importante agora, ele disse.

A série não vendeu.

Culpo o título. Um diário. O que isso quer dizer? Um diário parece tão frívolo, tão ridiculamente infantil. Falemos a verdade, quem quer gastar dinheiro num diário? Eu nunca sequer vi o trabalho como um diário. Confesso que só estava pensando em como é impossível para a mão e o olho humano manter qualquer tipo de objetividade. Mas não é sempre assim? Intenção e recepção quase nunca se encontram.

Me vesti cuidadosamente para a inauguração, tentando parecer atraente sem mostrar nenhum pedaço da minha pele, e me sentia completamente despreparada, ainda que soubesse ser aquele o dia mais importante da minha vida adulta. Não falei a ninguém sobre a exposição, mas Ma descobriu. Ela foi à inauguração, caminhou por todas as salas e ficou parada diante de todos os trezentos e sessenta e cinco rostos. A primeira e a última imagens se encontravam na frente da galeria, penduradas dos dois lados da entrada, criando um diálogo de diferença. Poderiam ter sido as imagens de dois homens diferentes, dois rostos diferentes, feitas pelas mãos de artistas diferentes. Meu projeto de copiar perfeitamente fora um fracasso, e porque era — tinha que ser — um fracasso, a cena artística local o considerou um tremendo sucesso. Uns poucos jornais fizeram curtas resenhas, chamando minha exposição de excitante e compulsiva, observando que era tão perturbadora quanto fascinante, e se perguntando por quanto tempo eu conseguiria continuar.

Ma chamou de meu jogo de telefone sem fio.

Quando voltei para Pune, quase uma semana mais tarde, Ma chorou e veio para cima de mim com um rolo de massa. Aos prantos, disse que eu era uma traidora e uma mentirosa. Queria saber por que eu tinha feito uma exposição como aquela.

Segurando o rolo de massa que tirei dela à força, me empoleirei na beirada da mesa de jantar, tentando recuperar o fôlego. Qual era o problema, perguntei. Por que eu não podia fazer o tipo de arte que queria?

Ela me disse que fosse embora da sua casa naquele mesmo dia e não voltou a me ver até eu aparecer certa tarde com Dilip ao meu lado para lhe contar que estava noiva.

Decido ver meu pai, falar para ele do diagnóstico de Ma. Árvores e esquilos irritantes cercam seu bangalô em Aundh, do outro lado de Pune, e o som dos treinos da Força Aérea no céu sacode as janelas. Na sala de estar, um grande relógio de pêndulo cospe um pássaro e uma canção infantil alemã na hora certa.

As sobrancelhas do meu pai são costuradas com linha grossa e escura em sua testa.

— Liguei cinco ou seis vezes ontem.

Faço que sim. É o tipo de reprimenda que estou acostumada a ouvir dele, e cinco ou seis é uma aproximação que serve para qualquer número. Não ouço com atenção os detalhes do que ele diz. Estou acostumada a compartimentá-lo e relegá-lo a essas visitas breves, a relegar seu rosto a um canto da minha psiquê.

Nenhuma pergunta se faz de forma explícita. Eu respondo à reprovação em sua voz:

— Estava no médico com Ma.

Os sofás do salão são dispostos como uma sala de espera numa estação de trem e nós sentamos um diante do outro. Ele junta as mãos, esperando que eu diga mais, e eu me inclino para a frente e entrego a ele o relatório do médico. Ele abre devagar, se demorando com a capa de plástico por um tempo desnecessariamente longo, separando com cuidado os lados colados do envelope. Quando o envelope rasga de leve, ele engasga como se tivesse se cortado e examina o rasgo com alguma dor. Em seguida, lê as folhas que estão ali dentro, segurando o papel longe de si e articulando as palavras.

— Triste, muito triste — diz, quando termina. — Me diga o que eu posso fazer, ou se eu puder dar um telefonema ou outro.

Ele joga os papéis na mesa ao lado e pergunta se quero mais chá. Eu faço que não com a cabeça e quebro com uma colher a pele cor de caramelo que está se formando na minha xícara.

— É uma pena — ele continua. — Eu gostaria de estar envolvido. Mas nada disso foi ideia minha.

Isso é frequente, e sempre acompanha uma reprovação sua — ele se despe da responsabilidade ou da escolha em todas as situações passadas, atuais ou futuras no início de qualquer conversa que possamos ter. Pretende afastar qualquer culpa que eu possa trazer nas mãos. Não sabe que eu sempre esvazio meus bolsos daquelas coisas antes de passar pela soleira da sua casa e que, mesmo quando estou ali dentro, sei que um tipo diferente de porta permanece fechada diante de mim.

Me pergunto se ele realmente acredita no seu estado de falta de escolha, se há uma decisão na sua vida pela qual ele aceitará a responsabilidade. A narrativa unilateral sempre foi dolorosa e interessante para mim, a singularidade da voz com que ele fala comigo. Me pergunto qual a voz que fala na sua cabeça.

A esposa do meu pai entra na sala neste momento, e ele para de falar. Ela me abraça e dá um tapinha nas minhas costas. O filho deles também se junta a nós, sentando à minha frente.

Os braços da mulher ficam pendurados ao lado do seu corpo como alfinetes. O menino não é mais o bebê que sempre imagino ao pensar nele, mas um adolescente numa idade em que é difícil dizer com certeza quantos anos tem. Não nos parecemos, exceto talvez na cor. Sempre pensei que meu pai e sua nova esposa eram parecidos, finos e lanosos como suéteres delicadamente tecidos. Eu sorrio para os três rostos intercambiáveis.

Pergunto ao meu irmão sobre a faculdade e, enquanto ele responde, noto que há pelos crescendo no seu queixo. Eu raramente presto atenção nele, concentrada sobretudo no meu pai. E na esposa. Mal posso ver os olhos dela através de seus grossos óculos bifocais.

Quando estou indo embora, meu pai lamenta o triste problema da minha mãe mais uma vez e me diz para ir vê-lo com mais frequência. Diz isso sempre que nos despedimos, embora invariavelmente se passem seis meses antes do nosso próximo encontro.

•

No caminho para casa, paro na Boat Club Road. A campainha soa como o chilrear dos pássaros e posso ouvir os sapatos Bata da velha Chanda bai guinchando como patos de borracha quando ela chega à porta. Ela sorri com o maxilar inferior trêmulo e coloca a mão na minha bochecha.

— Você está parecendo muito cansada — ela diz.

Vou ao banheiro e lavo o rosto na pia. É inclinada, presa a um cano errante — uma pequena adição tardia de cuba de louça. A água esguicha da torneira e molha meus pés. Os azulejos florais na parede atrás da pia agora estão desbotados, sujos e úmidos. Água cinzenta circula junto ao ralo.

Nani está sentada de pernas cruzadas num charpai, com três telefones sem fio à sua frente. Ela me vê e levanta a mão em saudação. Somos parecidas, nós três, minha mãe, minha avó e eu, apesar das diferenças gravadas pelo tempo. Outras variações são sutis: minha avó tem tornozelos grossos e seu cabelo fica penteado bem rente à cabeça, o repartido brilhando como um tributário oleoso. Minha mãe tem pele clara com pelos encravados tão negros quanto sementes de mostarda na parte de trás das suas panturrilhas. Eu sou a de pele escura, com cachos que só se soltam quando molhados.

Quando sento, Nani reclama que a rua está sendo escavada para instalar um cabo elétrico. Diz que é um golpe da corporação municipal. Quando peço a ela que explique de que tipo de corrupção o governo local é culpado, ela balança a cabeça e desvia o olhar.

— Cresci respirando ares de Gandhi — ela diz. — Não consigo imaginar as mentes dos goondas — seu inglês é vacilante, do tipo que se aprende com a televisão, não com os livros.

Sigo seus olhos janela afora. A rua está cheia de surrados bangalôs de dois andares e flamboaiãs floridos. O sol brilha, como na maioria dos dias, bebendo a cor do piso de cerâmica azul.

Ela e meu avô compraram esta casa há vinte anos de uma velha solteirona pársi com braços de marshmallow. A solteirona não queria vender para hindus, mas não havia outras ofertas. Meus avós chegaram com seus móveis antigos: as cadeiras da minha avó, feitas de madeira de sheesham, e grandes armários marca Godrej tão seguros quanto tumbas (ela ainda pendura as chaves numa corda na cintura).

Nana e Nani estavam ansiosos para se mudar; seu antigo apartamento ainda era habitado por fantasmas dos casos do meu avô e dos muitos filhos natimortos de Nani, e a queda de eletricidade era uma ocorrência diária. Ironicamente, eles se mudaram para uma casa que parecia assombrada pelos ancestrais mortos do último proprietário — minha mãe disse que eles estavam trocando suas memórias ruins pelas de um estranho.

No dia em que tomaram posse da casa, observei as toalhas de mesa de renda serem enroladas e embaladas pelos carregadores — um grupo de cerca de uma dúzia de homens que vieram com um Tempo Traveller para transportar as caixas. Armários abertos revelavam o conteúdo de muitas gerações: lâmpadas velhas não mais utilizáveis, enfeites de prata não polidos, jogos de chá de porcelana nas caixas originais. Os lustres de vidro estavam cobertos por uma névoa de teias de aranha. Os homens levantaram um sofá de chita com almofadas moles que me lembravam a camiseta cinza de chita que eu usava por baixo do uniforme escolar. Eles deixavam o cheiro dos seus corpos para trás enquanto embrulhavam os móveis em cobertores velhos, e a esquecida proprietária pársi permanecia sentada na sua cadeira de rodas perto da janela, esperando pela sua enfermeira.

Isso foi há muitos anos, mas a casa parece a mesma, com o fedor de almíscar pouco familiar e uma camada de poeira.

— Preciso falar com você sobre Ma — eu digo.

— O que tem ela? — pergunta Nani.

— Fomos ao médico. Ela está esquecendo coisas.

— É porque ela não é casada. Mulheres esquecem coisas quando não são casadas.

Então ela acrescenta:

— De qualquer modo, isso é de família. O pai dela era esquecido.

Dou de ombros sem concordar, embora me lembre que meu avô de vez em quando oferecia a Nani seu jornal, distraidamente, esquecendo que ela não sabia ler e, em resposta, ela, sempre imaginando que ele estava zombando, batia na mão dele e saía da sala pisando duro.

— É diferente agora — eu digo. — Outro dia ela esqueceu quem eu era.

Ela faz que sim com a cabeça e eu faço que sim de volta, e juntas parecemos deixar implícito que algo foi entendido, embora eu não tenha certeza do quê. Erros de comunicação surgem de certezas erradas. Me pergunto se contei toda a verdade ou dei a algo um significado que nunca existiu — se, com algumas palavras e um movimento de cabeça, deixei minha mãe mais doente do que realmente está. Talvez isso não seja uma coisa ruim. Talvez todos precisemos ser cuidadosos, estar alertas.

Me pergunto se devo compartilhar o que aconteceu no consultório médico, se devo desenhar a imagem da nuvem e da placa amiloide.

Nani coloca a mão na bochecha.

— Ela engordou tanto, sua mãe. Os nós dos dedos dela estão tão inchados que têm o dobro do tamanho que tinham antes. Como vamos tirar as joias das suas mãos quando ela morrer?

A manhã é a hora de respirar fundo e nos descobrirmos de novo nos nossos corpos.

Leio isso numa revista enquanto Ma pinta seus cabelos grisalhos no salão de beleza. Comecei a acompanhá-la em todos os lugares que posso. Verifico as contas antes que ela pague e me certifico de que ela coloque o cinto de segurança. Às vezes, quando outras pessoas estão ao alcance da sua voz, ela grita que eu estou torturando ela, que quer ficar sozinha.

Para alguns casais, um sono profundo pode apagar a discórdia da noite anterior, continua a revista. Isso significa que a felicidade conjugal há de escapar aos insones ou àqueles com padrões circadianos irregulares?

De manhã, me estico e sinto meus braços e pernas puxando em direções opostas, e meu torso é o interstício entre meus membros pesados. O buraco no meio do meu corpo me atormenta. Sempre acordo com fome e minha boca ocupa todo o meu rosto, seca e quente, um poço escuro e arenoso. Dilip está ao meu lado e os lençóis sob o seu corpo estão úmidos e frios. Ele sofre de suores noturnos, mas nunca se lembra do conteúdo dos seus sonhos.

Lavo os lençóis todos os dias depois que ele sai para o trabalho e ponho para secar no corredor externo do prédio, onde o sol do meio-dia brilha. Os vizinhos disseram a Ila que não aprovam ver os nossos lençóis enquanto esperam o elevador. A placa do lado de fora da porta, feita de azulejo pintado de azul escuro e branco, diz "Os Governadores". Os dois são aposentados, uma ex-professora e um ex-oficial da Marinha e, quando ela vai visitar a irmã em Mumbai, Dilip e eu já vimos o sr. Governador sentado na sacada, fumando e chorando.

— Ele deve estar com saudades dela — diz Dilip.

— Talvez ela não vá realmente visitar a irmã nessas viagens. Talvez ele saiba disso.

Dilip me olha surpreso, como se nunca tivesse pensado nisso, e depois me olha atento, como se eu ter pensado nisso significasse algo. Houve um tempo em que isso poderia tê-lo divertido.

— Não acho que você esteja sendo generoso ou compassivo — digo.

A revista no salão de beleza mencionava essas características como vitais para qualquer relacionamento próspero. Ele olha para longe enquanto eu falo, hipnotizado por tudo o que vê, como se olhando para longe pudesse me entender melhor.

— Eu não disse nada — responde.

À noite, vamos para a academia do prédio. Ele veste uma camiseta de poliéster sem mangas que precisa ser lavada duas vezes após cada treino. Levanta pesos a um metro do espelho e expira depressa a cada contagem. Sua respiração barulhenta me parece constrangedora, como um peido ou a exposição das vísceras. Nunca apreciei a ideia de alguém me ouvir roncar.

Uso o simulador de escada e sintonizo meus fones de ouvido num dos canais de música das televisões acima. O horário pós-expediente é concorrido e às vezes tenho que esperar por uma máquina. Nunca me exercitei quando era mais jovem, mas desde que completei trinta anos meu corpo começou a se assemelhar a uma pera madura demais.

Dilip diz que os treinos estão fazendo diferença, mas eu não consigo ver e lhe digo que não gosto de me exercitar com ele.

Ele não entende por que me sinto ofendida, por que me sinto insegura quando ele me elogia e por que nunca acredito nele. Eu imagino, às vezes, como são os caminhos da sua mente, de que forma seus pensamentos se movem, tão disciplinados e lineares. Seu mundo é contido, finito. Ele entende o que eu digo literalmente — uma palavra tem um significado e um significado tem uma palavra. Mas eu imagino outras possibilidades e vejo o peso da fala. Se eu traço uma linha do ponto x para todas as suas outras conexões, me encontro no centro de algo, e dali não consigo tramar uma saída. Há tanta coisa que pode ser mal-interpretada.

Dilip acredita que um único pensamento reflete toda uma paisagem da mente. Diz que deve ser cansativo ser eu.

•

— **Sua mãe está** de cabeça para baixo aqui — diz Nani, dando uma pancadinha no lado da cabeça.

Está sentada de pernas cruzadas em seu charpai enquanto eu vejo fotos antigas. Ocasionalmente, ela verifica se os seus telefones sem fio estão dando linha.

Há fotos de mamãe ainda jovem, com cabelos longos e difíceis. Ela passava horas os arrumando toda semana, deitada sobre uma tábua de passar com o cabelo entre as páginas do jornal. Rumores persistem sobre como ela era aos quatorze e quinze anos, desaparecendo da escola todas as tardes e indo para um restaurante de beira de estrada na velha rodovia Mumbai-Pune. O dhaba tinha uma placa que dizia "Punjabi Rasoi". Lá, ela pedia uma cerveja grande e bebia direto da garrafa. Da sua mochila escolar, tirava um maço de cigarros Gold Flake e fumava um após o outro. Os viajantes faziam uma pausa no restaurante, chegando em táxis e scooters e parando para urinar ou fazer uma refeição — principalmente estrangeiros, levando pouca bagagem e quase nenhum dinheiro, a caminho do ashram. Ma se apresentava, ficava conhecendo-os, às vezes pegava uma carona de volta à cidade. Nani acredita que esses dias sem supervisão despertaram o interesse de minha mãe pelo ashram, mas me pergunto se sua tendência autodestrutiva era só mais um sintoma de algo que estava o tempo todo presente.

Foi nessa época que minha mãe começou a se vestir de branco. Toda de branco, o tempo todo, assim como os seguidores do ashram. Sempre de algodão. Fino, quase transparente, embora seja difícil saber com certeza a textura do tecido nessas fotos desbotadas.

— Estranho, ela queria usar branco mesmo não conhecendo uma única pessoa que tivesse morrido — diz Nani. — Outras garotas usavam minissaias, calças boca de sino. Não Tara. Ela parecia uma tia antiquada. Só que nunca usava dupatta.

Na pilha estão algumas fotos de Nani no dia do seu casamento, em que ela parece pequena e tem os olhos arregalados, com não mais do que quinze anos. É uma noiva de vermelho, ou assim devo supor pela foto em preto e branco, e seu sári tem uma única linha de bordado. Tão simples que não serviria nem para uma convidada de casamento hoje em dia. Seu piercing no nariz brilha para a câmera. Atrás dela está seu pai, a barriga apertada dentro da camisa. Ao redor estão outros parentes, alguma semelhança com gente que conheço, suas irmãs e irmãos, sobrinhas e sobrinhos.

— Que importância tem um dupatta afinal? — eu digo.

Dupattas sempre me pareceram inúteis, um pedaço de tecido extra, nem parte de cima nem de baixo, que não servia para nada a não ser recobrir o que já estava coberto.

— Um dupatta é sua honra — diz Nani.

Ela pega a foto da minha mão e tento imaginar o tipo de honra que é tão facilmente deixado em casa.

Há outras fotos que Nani não guarda com essas, que foram escondidas, onde Ma tem cerca de dezoito anos. Seu cabelo está mais curto, administrável, e ela usa sombra azul e batom rosa. Sua blusa é de seda, estampada com algum pássaro tropical híbrido e enfiada em jeans de cintura alta. Ombreiras sobem até as orelhas. Sua boca está aberta, e não sei dizer se ela está sorrindo ou gritando.

Eu nunca a conheci assim, mas essa é quem ela era quando se apaixonou por meu pai.

•

Foi uma era de ouro, uma época em que todos os erros do passado foram corrigidos e o futuro estava cheio de promessas — é assim que Nani descreve a época em que Ma conheceu meu pai.

O compromisso foi acertado depois que meu pai e a mãe dele foram convidados para o chá da tarde na casa de Nani, e Ma chegou tarde, suando, com mamilos marrons aparecendo através da blusa.

Ele era magro, desengonçado, ainda aprendendo a lidar com seu novo corpo. Uma camada de pó escuro parecia cobrir seu lábio superior, e suas sobrancelhas corriam para cá e para lá antes de se encontrarem no meio. Até mesmo suas juntas avançavam uma em direção à outra como se houvesse alguma atração magnética, cotovelo a cotovelo, joelho a joelho, seu torso se fechando sobre si mesmo. Sua mãe tinha que bater nele ocasionalmente para endireitá-lo. Ele olhava para o chão enquanto Ma falava alto, o peso do corpo firme sobre os pés.

Por um tempo, parecia que Ma tinha mudado seus desejos, que sua rebelião adolescente havia sido reprimida e ela corresponderia ao que seus pais chamavam de um bom futuro.

Cortou o cabelo, comprou roupas coloridas e passou a frequentar o clube. Manifestou o desejo de continuar a estudar e até anunciou que ia trabalhar como gerente de hotel ou num serviço de buffet enquanto meu pai terminava o curso de engenharia.

Um ano depois do casamento, eu nasci.

Cinco anos depois disso, meu pai entrou com um pedido de divórcio. Minha mãe não estava presente na ocasião.

Pouco depois, ele estava a caminho dos Estados Unidos com uma nova esposa.

— O que você vai fazer com tudo isso? — Nani pergunta, enquanto coloco as fotos num envelope.

— Mostrar a Ma — eu digo. — Temos que fazê-la se lembrar.

•

— **Por que não** passamos mais tempo com ele? — Dilip diz.

Ele se refere ao meu pai. Não olho para ele.

Estamos no clube, esperando por nossos amigos. Ele bebe uma cerveja e eu, Old Monk com coca diet. Pedimos dosas e torradas com queijo apimentado.

Dilip nunca entendeu a importância de fazer parte de um clube até se mudar para a Índia. Até então, ele sempre vinha para visitas curtas, ficava com amigos e familiares e era escoltado em carros com ar-condicionado. Mas para muitos de nós que crescemos aqui, nossas vidas sempre giraram em torno do clube. Onde mais você poderia encontrar um espaço verde tão extenso no centro da cidade? A construção é um marco, algo onde todo motorista de táxi sabe chegar. Meu avô sempre brincava dizendo que não considerava as ferrovias a única coisa valiosa que os ingleses deixaram para trás — eram os clubes, onde íamos praticar esportes depois da escola, onde nossos pais e avós socializavam, onde aprendíamos a nadar. Para muitos de nós, foi onde demos nossos primeiros beijos atrás das buganvílias selvagens que crescem ao longo dos muros, onde fomos aos nossos primeiros shows ou festas de ano-novo.

Perdi o interesse pelo clube por muitos anos, preferindo ir aos novos bares, cafés e restaurantes que estavam surgindo por toda a cidade. Parecia enfadonho e antiquado. Algo que meus avós faziam. Mas nos últimos anos voltei a ele, achando reconfortante cumprimentar as mesmas pessoas ano após ano, ver os mesmos degraus quebrados, as mesmas rachaduras nas paredes que nunca são consertadas. Para mim, era uma constante quando a vida seguia de outro modo. Dilip também passou a gostar.

Ele gosta de brincar que a filiação ao clube era o dote para se casar comigo.

Sobre as mesas há sinos para solicitar o serviço. O álcool é o mais barato da cidade. Nas noites de quinta-feira, as famílias se reúnem no gramado para jogar tambola e há oito mesas na sala de carteado só para mexe-mexe.

— Podemos até convidar seu pai para vir aqui — diz Dilip. — Para nos encontrar no clube. Assim todos iam se sentir confortáveis.

— Tenho medo — simplifico as coisas para o meu marido.

Dilip só consegue entender algumas das repercussões que continuam caindo, até hoje, como uma fileira de dominós — como quando sua mãe insistia para que continuássemos com a farsa de meu pai estar morto, na ocasião do nosso casamento, porque uma explicação da verdade poderia ser complicada. E Dilip gosta, é claro, de consertar as coisas. Acredita que todo problema tem uma solução. Procura, escava e raspa até encontrar.

— Você não precisa ter medo — ele diz.

Percebo que está tentando ser gentil comigo, então ajo de forma gentil também. Sorrio e faço que sim diante dessas palavras, e Dilip sorri de volta com a crença de que cumpriu seu trabalho, mas eu estou apenas tentando seguir em frente, mudar de assunto, me estabelecer em algum outro pasto antes que nossos amigos cheguem, porque por trinta e seis anos esta paz de espírito me escapou, e alguns gestos carinhosos nesta noite clemente não podem aliviar um mal-estar que antecede a nós dois e não tem remédio.

1981

Meu pai cresceu como filho de militar, mudando de escola todos os anos, e tinha que recorrer ao suborno para transformar colegas em amigos. O presente mais comum era bebida importada do estoque dos seus pais. Seu pai era tenente-general e sua casa mudava com as estações, mas sempre estava cheia de belos objetos de terras estrangeiras. Sapatos de madeira, tapeçarias de tricô e cristais tão caros que sua mãe supervisionava ela mesma a limpeza. Ela não gostava de entrar na cozinha e uma vez disse com orgulho à minha Nani que nunca havia cozinhado uma refeição inteira com as próprias mãos. Podia traçar sua linhagem até algum sangue real Marwar, o que mencionava com frequência. Conhecia as pessoas certas e casou as duas filhas com noivos que ela considerava serem de boas famílias, mas recebeu um golpe quando seu marido morreu sem aviso certa tarde, durante uma viagem oficial para Délhi.

Nas suas fotos de casamento, meu pai é um jovem noivo montado num cavalo enfeitado. Um garotinho está sentado à sua frente, um sobrinho, parecendo aterrorizado enquanto o cavalo dá uma guinada para frente a cada sopro das cornetas. O menino e o noivo também estão vestidos da mesma forma, com safas combinando enroladas na cabeça e golas rígidas com bordas douradas. A banda que lidera a procissão usa sherwanis vermelhos e verdes e poderia passar por um grupo de convidados do casamento.

Os homens fazem um círculo ao redor dos músicos, aplaudindo e assobiando ao ritmo do dholak. As mulheres dançam um pouco atrás, manejando seus sáris e agitando um braço no ar, observando os rapazes, mas sem entrar na brincadeira. Há uma foto do grupo parado do lado de fora de um portão, provavelmente um salão de casamento, onde minha mãe e sua família esperam para receber os convidados. Outras pessoas da rua em roupas normais aparecem de vez em quando — juntaram-se ao espetáculo, criando cercas de risos e mãos estendidas. Um holofote incide sobre o noivo, um feixe amarelo forte sustentado pelo assistente do fotógrafo. A luz brilhante inunda os olhos do jovem. Ele pisca para afastar a transpiração em cada quadro. Quando seus olhos estão abertos, seu olhar está no cavalo.

Fotos, também, do interior do salão de banquetes. Diante da barricada de móveis e parentes distantes, o grupo principal se prepara para o verdadeiro trabalho, a exportação de dote e filha.

As mulheres flanqueiam a noiva, congregando-se com um medo que só elas podem entender. Os homens vagueiam com a boca curvada para baixo.

Como ela era pessoalmente, sem luzes apagando a cor da sua pele? Como reagia aos rostos desconhecidos da sua nova família? O noivo, meu pai, parece confuso, jovem demais para compreender o sequestro sancionado que deve cometer agora.

Pela manhã, a garota estará transformada. Um novo marido, uma nova vida. E quando se encontrar sozinha, talvez ela ainda chore, pensando no passado, lamentando um fim que não culminou em morte.

•

Nani diz que sempre a preocupou como Ma se sairia em seu novo ambiente.

— Sua mãe era uma garota estranha. Ninguém sabia o que ela queria da vida. Acho que nada mudou. Mas a mãe do seu pai também era muito estranha. Nada de bom veio do fato de morarem na mesma casa.

Minha mãe me contou várias vezes a estranheza de sua vida de casada. Sua sogra comia alho da Caxemira em conserva todos os dias desde o acidente cardíaco do marido. A casa tinha um cheiro especial de alho digerido.

No primeiro dia na sua nova casa, recebeu da sogra uma barra grossa de sabonete branco e uma toalha de mão para usar nos seus banhos. Ela também lhe entregou uma pilha de sáris antigos que tinham pertencido à sogra dela. Ma iria usá-los a partir de então. Ma cheirou o tecido, inalou os anos de poeira e naftalina. Estremeceu.

No segundo dia, quando viu Ma andando pela casa, a mãe do meu pai chamou sua nova nora ao corredor, onde o rádio estava tocando, para perguntar o que ela estava fazendo.

— Nada — minha mãe respondeu.

Era verdade. Não havia nada para fazer.

— Sente comigo, vamos ouvir música.

Minha mãe ficou sentada no sofá até se entediar com as vozes clássicas. Preferia The Doors ou Freddie Mercury. Mas quando tentou se levantar, a sogra segurou seu braço.

— Fique aqui. Gosto de companhia.

O tempo que passavam juntas no sofá ao lado do rádio durava até seis horas. Refeições e chá eram trazidos pelos criados. A mãe do meu pai ficava com uma pinça na mão. Buscava com os dedos as cerdas duras no seu queixo e as puxava. Fazia isso sem a ajuda de um espelho e, para o horror de Ma, muitas vezes rasgava a própria pele. Sua mandíbula estava marcada por uma cadeia de crostas e cerdas.

— Você sabe o que seria bom? — disse a senhora. — Que você esperasse na porta quando chegasse a hora do meu filho voltar para casa. Eu costumava fazer isso com o meu marido quando éramos recém-casados.

Ela apontou para uma grande fotografia de um homem

pendurada na parede. Suas sobrancelhas formavam uma linha escura na testa e ele olhava para o lado com uma carranca. O retrato tinha guirlandas de flores secas.

— Isso é algo que você gostaria de fazer? — perguntou sua sogra.

•

Ma olhava para a fresta espessa na parte inferior da porta da frente, onde um raio de luz desobstruído se esgueirava para dentro. Observando, esperando que algo quebrasse a linha pela metade. Um par de pés. A sombra de um corpo se aproximando.

Ela gostaria de ter dito não e encontrado uma maneira de evitar essa tarefa. Elas eram retrógradas, as pessoas dessa nova família. Ma preferia sentar na sala de estar.

Por que você não tenta? Pode ser que goste.

Gostar do quê, exatamente? O que havia para gostar no ato de ficar parada junto à porta como um cachorro?

Às cinco para as seis, ela assumia seu posto ao lado da porta, balançando de um lado para o outro por até trinta minutos, dependendo do tráfego e de quanto tempo levava para o marido voltar para casa.

A sogra mantinha a porta da sala entreaberta para poder espiar e se certificar de que Ma estava prestando atenção. Quatro dias depois, a senhora reconheceu que o ato de ficar em pé por tanto tempo era tedioso, e um plano elaborado foi traçado para que um criado ficasse junto à janela da cozinha e gritasse ao ver o jovem sahib se aproximando. Naquele momento, a sogra agitava os braços com empolgação e fazia um gesto para que Ma pulasse em direção à porta.

Começou a acontecer que, faltando cinco minutos para as seis, embora a hora de chegada fosse em média mais próxima das seis e meia, a sogra desligava o som e gritava para o criado ficar atento. Ma gostava do silêncio, mas não tinha permissão para descansar a cabeça ou fechar os olhos sem que a mãe do marido viesse lhe dar um tapinha.

— Não quero mais fazer isso — disse Ma um dia.

A sogra não disse nada enquanto Ma se levantou e foi para o quarto. A voz de Kishore Kumar pareceu ficar pairando para sempre no ar.

•

O quarto era uma gaiola, mas era o único lugar onde Ma sentia alívio. Às vezes, ela batia com o corpo contra a parede e gritava silenciosamente para si mesma. Outras vezes, deitava na cama, fechava os olhos e viajava, batendo o braço nas mesinhas de cabeceira de madeira avermelhada. O colchão era mais fino do que ela estava acostumada. A colcha era feita de tecido sintético cinza, e ela se perguntava como os criados conseguiam lavá-la. O chão era de um mármore vermelho flamejante que, dependendo da luz, parecia um abismo sem fim onde se podia cair. Na penteadeira havia um copo com sua escova de cabelo e seu pente. Ela o virava e o levantava de novo, ouvindo o discreto ruído. Puxava todos os fios de cabelo que a escova havia tirado da sua cabeça e envolvia os fios longos entre os dentes do pente. Às vezes, enrolava o fio escuro em torno dos dedos, observando-o cortar sua pele. Quando isso a entediava, colocava os pés contra a cabeceira da cama, observando seus tornozelos magros, em devaneios sobre seu marido, imaginando o que ele estaria fazendo naquela hora específica, antes que sua mente vagasse para a cama em que ela estava, e outros homens que ela conhecia ou experimentara apenas em interações fugazes, mas que haviam se gravado nela com uma intensidade pela qual ela continuava a ansiar. Minha mãe sabia que os casamentos em geral eram infelizes, mas ela era jovem e não havia metabolizado totalmente a ideia de que essa seria sua realidade. Ainda acreditava que era especial, excepcional e tinha pensamentos que ninguém mais tinha.

Observava os ponteiros do pequeno despertador Seiko se moverem, esperando o dia acabar, ouvindo as vozes do lado de fora da porta, os passos que caminhavam pelo corredor.

Com o tempo, Ma juntou coragem para abrir o armário do meu pai. Lá havia tanta coisa que ela nunca o vira usar, roupas que provavelmente não cabiam mais nele. Marcou na mente o que tinha que ser doado sem remover uma única peça de roupa de lugar. Tocou as mangas de cada camisa. Inspecionou a forma como as solas dos sapatos dele estavam gastas e os lugares das suas camisetas que estavam ficando mais finos. Havia algo que ela amava no gesto de olhar por olhar, algo que ela não se permitia fazer quando o homem estava presente. Às vezes, ela não tinha certeza se sabia exatamente como era a aparência dele.

•

Quando voltava para casa após seu dia de estudos, meu pai cumprimentava a mãe antes de ir se lavar e ler seus livros. Depois do jantar, ele com frequência se juntava à mãe na sala de estar e colocava a cabeça no colo dela. Ela pressionava as mãos contra a testa dele, acariciando seus cabelos curtos de bebê, desejando que crescessem na direção oposta. Do colo da mãe dele, meu pai vigiava minha mãe. A mãe dele vigiava os dois. Ao longo dos meses, limites foram traçados.

Passavam-se dias em que marido e mulher pouco falavam um com o outro. Ma o achava estranho, temperamental e distante. A mãe dele estava decidida a fazer com que ele se saísse muito bem nos estudos, e ele estava ansioso em fazê-la feliz. O prêmio por seus esforços seriam os Estados Unidos, onde ele poderia ganhar um diploma de mestrado na neve, comer hambúrgueres todos os dias e comprar jeans lavados com ácido. Ma também aprendeu a ansiar por esse sonho. Por um tempo, ela quis que meu pai se orgulhasse dela, que a usasse pendurada no braço, no clube, então cortou seus longos cabelos e vestia sedas florais quando eles iam almoçar, aos domingos. Planejou e tramou, imaginando uma época em que estariam nos Estados Unidos, juntos e apaixonados, e ele mostraria seu lado romântico, aquele que não era cheio de matemática e mãe.

Ma descobriu que estava grávida na época em que soube que sua sogra planejava se juntar a eles quando fossem para o exterior.

— Terei que ir — disse a senhora, levantando a pinça. — Você nunca será capaz de cuidar da casa sozinha.

A profundidade da tristeza de Ma e a alienação da sua própria família — Nani se recusava a ouvir qualquer reclamação — deixavam ela solitária e desesperada. Ou talvez fosse eu, a onda de hormônios pré-natais e um medo da nova vida que a esperava, mas ela começou a voltar ao que era.

Deixou o cabelo crescer, parou de usar maquiagem e ombreiras.

Se desfez de todos os sáris de segunda mão da sua sogra e culpou um criado idoso de roubá-los.

Fumava em segredo, embora soubesse que poderia ser perigoso para o feto.

Ma voltou às suas velhas roupas confortáveis de algodão, renunciando aos sutiãs que comprara com entusiasmo, e anunciou que queria começar a frequentar o satsang de um guru, ouvi-lo falar.

Foi um pedido estranho por parte de uma garota que nunca havia demonstrado qualquer interesse por religião, e sua sogra tentou impedi-la, mas Ma estava determinada. Estava a caminho de não se importar mais com o que todos pensavam. Mesmo depois que eu nasci, ela desaparecia todos os dias, pingando leite, me deixando sem comer.

— Leve ela com você — minha Dadi-ma disse, quando eu tinha idade suficiente.

O relacionamento entre minha avó e Ma havia azedado, e a mãe do meu pai não sentia um amor especial por mim, outra menina, outro incômodo.

E assim eu ia com minha mãe, saindo de manhã e voltando tarde da noite. Ela regressava à casa todos os dias cheirando a suor e alegria — e um dia eles perceberam que ela não tinha voltado para casa em absoluto.

•

A história da vida da minha mãe não se encontra em antigos álbuns de fotos. Está guardada num armário de metal empoeirado no seu apartamento. Ela nunca tranca a porta — talvez porque não valorize nada do que há ali dentro, ou talvez porque espere que um dia o conteúdo desapareça. Mesmo assim, o armário é difícil de abrir. Pune não é úmida o suficiente para que as coisas enferrujem, mas as dobradiças são quase sólidas e marrons, e uma leve penugem de podridão cobre o interior da porta. Um armário que parece ter sido resgatado do fundo do mar.

Ali dentro há uma pilha de sáris, metros de tecido cuidadosamente dobrados com papel entre os vincos, panos de outra época — sáris de Varanasi tecidos com linha cintilante. Há um que é particularmente bonito, particularmente pesado — aquele que minha mãe usou no casamento, quando foi dobrado em pregas bem definidas. O tecido é duro, quase estaladiço, e cheira a naftalina e iodo, mas o ouro nunca escurece nem embota, sinal de que é real, precioso, uma pequena fortuna gasta por meus avós com sua filha única. O vermelho o torna mais rico, quase opressivo, um verdadeiro vermelho nupcial. Debaixo disso, o resto do seu enxoval de noiva — sáris e tecidos cuidadosamente selecionados em sedas coloridas e brocados ornamentados —, roupas para levá-la à sua nova vida de mulher casada, o papel mais importante que ela terá, tecido suficiente para durar um ano inteiro, a fim de que seu marido não sentisse o peso da nova esposa, pelo menos não de imediato. Há sedas de tussar em tons de joias, um dupatta bordado coberto de nós franceses, sáris kanjivaram em tons pastéis, e até mesmo um patola verde-papagaio espia por entre as pilhas de tecido.

Então, na prateleira de baixo, estão as outras roupas. Estas são mais familiares para mim. Há algumas estampas desbotadas em algodão surrado, mas quase tudo é branco. Se eu segurá-las perto do rosto, ainda posso sentir o cheiro de seu corpo, como se ela as tivesse usado ainda ontem. Posso sentir o cheiro do abandono, da umidade, da miséria que cresce na ausência da luz do sol. Esses algodões são ásperos, do tipo usado para o trabalho. Os brancos ainda são brilhantes, alguns fulgurantes e outros quase azuis, o branco das viúvas, dos enlutados e renunciantes, dos homens e mulheres santos, dos monges e das freiras, o branco dos que não pertencem mais ao mundo, que já colocaram um pé em outro plano. O branco do guru e dos seus seguidores. Talvez Ma tenha visto esse algodão branco como um meio para sua verdade, uma lousa limpa onde ela poderia se refazer e encontrar o caminho para a liberdade. Para mim, era algo diferente, uma mortalha que nos cobria como mortas-vivas, um branco austero demais para vir a ser aceitável numa sociedade educada. Um branco que nos marcava como estranhas. Para minha mãe, essa era a cor da sua comunidade, mas eu sabia bem: as roupas brancas eram as que nos separavam da nossa família, dos nossos amigos e de todos os outros, que faziam da minha vida nelas uma espécie de prisão.

Posso caminhar do meu apartamento até o de Ma em cerca de quarenta e cinco minutos, se pegar o caminho mais curto e atravessar a rua principal correndo enquanto o sinal ainda estiver verde. No caminho, passo por três shoppings centers que estão situados num triângulo. Um deles tem um cinema multiplex, e a rua circular externa fica congestionada nos fins de semana de estreia de grandes filmes.

Uma ponte de duas pistas cruza o rio estreito, que inunda na monção e seca no verão. Às vezes, os cheiros das poças estagnadas chegam ao apartamento de Ma. Estão surgindo prédios nas margens, uma combinação de condomínios de luxo e hotéis cinco estrelas que exibem vistas do rio em seus sites. Painéis gigantes anunciando novelas hindis e cremes clareadores para a pele são divisores entre os canteiros de obras.

O tráfego matinal se acumula em cada esquina, e Pune parece um longo gargalo. Cada erupção de buzinas é uma torrente de balas, e logo estou crivada. Em breve chegará o inverno, e a temperatura cai repentinamente. Os seres humanos precisam ser aclimatados devagar. Movimentos repentinos levam à esquizofrenia e dores de garganta.

Virando na rua de Ma, passo por Hina, a senhora das frutas que já teve um pequeno carrinho, mas agora possui uma loja de verdade. Dilip diz que ela é uma moderna história de sucesso indiana sobre a qual se deveria escrever. Eu aceno para ela, que no entanto não me vê devido a um descolamento de retina que ela se recusa a operar. Ao lado dela fica um salão chamado Jardim dos Cabelos de Munira. Dilip certa vez observou que a colocação de seu logotipo, uma tesoura, faz com que a palavra "cabelo" pareça "cabeludo". E depois há uma farmácia que vende produtos elétricos e, do outro lado da rua, uma loja de eletrodomésticos que vende medicamentos ilegalmente.

No portão, o porteiro me cumprimenta. Espero o elevador e digo oi para a sra. Rao, que franze a testa para mim enquanto seu lulu-da-pomerânia defeca junto a um vaso de flores. A sujeira presa entre as lajotas na entrada é um elemento permanente. A podridão e os anos de abandono soltaram o piso. Esse edifício foi derrotado, como tantos outros. Entro no apartamento de Ma com a chave que copiei.

Sete bastões de incenso queimam junto à porta. Eu tusso e minha mãe põe a cabeça para fora da cozinha. Posso sentir pelo cheiro que ela está fritando amendoim com sementes de cominho no óleo. Deslizo meus pés para fora dos tênis, que esticaram na boca porque nunca são desamarrados. O chão está frio e cheira a chá de capim-limão com leite. A luz entra pela janela leste da cozinha, e Ma é uma silhueta. Ela despeja uma tigela de bolas inchadas de tapioca na panela e cobre para cozinhar.

— Já tomou café da manhã? — ela pergunta, e eu digo que não, embora tenha tomado.

Arrumo a mesa como costumávamos fazer, com copos para água e para o leitelho, e sem colher para Ma, porque ela gosta de comer com as mãos. Ela traz pimenta, vermelha e em pó, verde e picada. A panela é colocada direto sobre a mesa e, quando ela levanta a tampa, a nuvem que esconde a refeição ali dentro se evapora.

Me sirvo de uma grande colherada. As bolas de tapioca quicam no meu prato, deixando um rastro brilhante atrás delas.

Minha boca se enche com a primeira mordida.

— Está faltando alguma coisa.

— O quê?

— Sal. Batata. Limão.

Ela dá uma mordida e se recosta na cadeira, mastigando devagar. Espero que sua raiva surja, mas ela se levanta e vai para a cozinha. Ouço a sucção da porta da geladeira se separando e se encontrando, o tilintar de utensílios. Ela sai com uma pequena bandeja e a coloca sobre a mesa. Tem suco de limão e um saleiro.

— E quanto à batata?

— Sabudana khichdi não leva batata.

— Você sempre faz com batata.

Ela faz uma pausa.

— Sem batata desta vez.

Empurro a comida no meu prato e olho para ela.

— Não fique me olhando assim.

— Você não está levando isso a sério.

Ela joga a cabeça para trás e ri, e posso ver a tapioca cremosa grudada nas obturações escuras no fundo da sua boca.

— Levando a sério o quê?

— Por que você disse a Dilip que eu sou uma mentirosa?

— Eu nunca disse isso.

Me parece agora que esse esquecimento é conveniente, que ela não quer se lembrar das coisas que disse e fez. Parece injusto que ela possa tirar o passado da mente enquanto eu transbordo com ele o tempo todo. Encho papéis, gavetas, cômodos inteiros com registros, notas, pensamentos, enquanto ela fica mais nebulosa a cada dia que passa.

Ela dá outra mordida.

— Dizem que quando a memória começa a sumir, outras faculdades se tornam mais poderosas.

— Que tipo de faculdades?

— Há mulheres que conseguem ver vidas passadas, que podem falar com anjos. Algumas mulheres se tornam clarividentes.

— Você está louca.

Alcançando minha bolsa, pego meu caderno de desenho. Vou até a última página e adiciono a data de hoje a uma lista que contém cerca de quarenta entradas. Ao lado da data, escrevo a palavra "batata".

Ma aperta os olhos para o caderno e balança a cabeça.

— Como seu marido tolera você?

— Nem casada você é, como poderia saber?

Sua boca está aberta enquanto eu falo e, por um momento, acho que ela está murmurando minhas palavras enquanto eu as pronuncio. Já dissemos essas frases exatas uma à outra antes? Espero uma resposta, mas os momentos passam. Minhas axilas estão úmidas e sinto algo dentro de mim crescendo.

Ela sorri. Seus dentes parecem afiados à luz do sol, e eu me pergunto se ela gosta desses momentos, se passou a esperá-los. Meu coração está batendo mais rápido e minha respiração é superficial. Isso também é bem-vindo.

Ela dá um tapinha na minha mão e aponta para o caderno.

— Você deveria se preocupar com sua própria loucura em vez da minha.

Olho para a lista, para as linhas cuidadosas que formam cada coluna, antes de fechar o caderno silenciosamente. No meu prato, a tapioca começa a endurecer. A temperatura entre nós esfria. Em minutos, esquecemos que palavras duras foram trocadas.

Misturamos algumas gotas de suco de limão em copos de água quente e saímos para a varanda. Ma pendurou uma dúzia de sutiãs lavados à mão num varal. Alguns foram remendados e ajustados.

— Você precisa comprar uns novos — eu toco a renda escura de um espécime maltratado.

— Por quê? Quem é que vai ver?

Lá embaixo de nós, no terreno do prédio, uma bebê chora nos braços de sua aia. A mulher a embala feito louca enquanto fala com o vigia. Os gritos são como os de um animal com dor. Ficamos sentadas em silêncio, esperando que a bebê se canse, que suas cordas vocais cedam, mas os gritos continuam sem interrupção. A aia continua balançando, ofegante, em pânico, talvez torcendo para que seus patrões no prédio acima não ouçam.

— Não entendo por que você não compra sutiãs novos — digo.

Eu não estava planejando voltar a isso, mas de alguma forma voltei. A bebê ainda está chorando. Pergunto-me o que a criança poderia querer e por que parece ser a única coisa que importa.

— Eu tenho que ser um exemplo.

— Um exemplo para o quê?

— Para você. Não precisa se preocupar com o que os outros dizem o tempo todo. Nem tudo é uma exibição para o mundo. Às vezes fazemos as coisas só porque queremos.

Se nossas conversas fossem itinerários, iam nos mostrar sempre voltando a esse beco sem saída vazio, do qual não podemos escapar.

Começo mordendo a isca:

— O que eu fiz que não queria fazer?

Ela finge um benevolente deixa-pra-lá:

— Pensando bem, melhor não começar a falar disso.

A recusa em deixar as coisas de lado:

— Então por que você trouxe isso à tona?

Mais deixa-pra-lá e rejeição:

— Esqueça, não é importante.

A raiva absoluta:

— É importante para mim.

O resto se desenrola de forma previsível. Ela pergunta por que estou sempre perseguindo ela, atrás dela, caçando ela como um cão raivoso com minhas presas para fora. Não tenho nada melhor para fazer, ela pergunta, do que intimidar minha própria mãe?

Não hesito nem por um momento quando digo que ela só sabe pensar em si mesma. Sua expressão se move em direção à mágoa, mas dá meia-volta, e ela diz:

— Não há nada de errado em pensar em si mesma.

Eu paro no impasse de costume. Para onde vamos agora?

Quero dizer tudo o que há de errado nisso, mas nunca consigo encontrar as palavras. Quero perguntar a ela o que há de tão terrível em fazer o que as outras pessoas querem, em fazer outra pessoa feliz. Ma sempre fugiu de tudo que lhe parecesse opressão. Casamento, dietas, diagnósticos médicos. E ao fazer isso ela perdeu o que chama de excesso de gordura. Não tem interesse em ser magra — mas não precisa de ignorantes reprimidos ao seu redor, ela diz. O sentimento se tornou mútuo. Certos contemporâneos do clube se recusam a reconhecer Ma. Os parentes mais velhos, que podem ter tido algum afeto pela criança que lembram, estão enfermos ou mortos. Sim, Ma tem pessoas ao seu redor, pessoas que a amam, mas para mim parecem poucas. Para mim, sempre estivemos sozinhas.

Viver a vida que ela escolheu tem repercussões. Me pergunto se a perda vale a pena e se ela acredita que vale a pena. Me pergunto o que ela sente depois que vou embora e volto para junto de Dilip e ela olha para a casa ao seu redor. Talvez essa não seja em absoluto sua escolha, mas outro caminho que ela mapeou repetidas vezes, um caminho que não tem como desaprender. Quero perguntar a ela se, em todos os anos que passou fugindo, alguma parte sua gritava *venham atrás de mim*. Será que ela quer ser pega, trazida de volta e convencida de que é importante, de que é necessária?

Mas essas perguntas se dissolvem quando a vejo recostada na cadeira, olhos fechados, cantarolando ao som da trilha sonora do choro da bebê, bebericando sua água azeda.

Dilip quer se tornar vegetariano porque um leão matou uma leoa ontem nos Estados Unidos.

Os leões cresceram no mesmo zoológico, em cativeiro durante toda a vida. Acasalaram muitas vezes, produziram filhotes que foram tirados deles em idade jovem. Numa tarde movimentada de fim de semana, estavam sentados em suas jaulas como de costume, e um bando de crianças corria lá fora, apontando para os animais, perguntando aos pais se os leões eram reais, como os que tinham visto nos programas da National Geographic na televisão. O jornal acrescentou essa última parte, como se os leões tivessem ouvido, se virado um para o outro e dito: *Essas crianças querem saber se somos reais. Vamos mostrar a eles como somos reais?*

E então o macho arrancou a cabeça da fêmea com uma mordida.

Não foi exatamente assim, mas ele engoliu seu rosto e a segurou, incapacitada, enquanto ela sufocava dentro de sua boca, na frente de todos os humanos, que gritavam.

O artigo deixava o leitor com uma série de perguntas: Os leões estavam deprimidos? Isso é parte de um acobertamento maior, como o SeaWorld? Estão tentando esconder uma ocorrência comum sugerindo que o incidente é isolado? Pode o cativeiro ser uma coisa normal — e será que deveria ser uma parte tão importante da nossa cultura ou algo que incentivamos como diversão infantil? O público não tem o direito de saber a verdade?

Dilip diz que odiava ir ao zoológico, mesmo quando criança. Não havia nada que pudesse ser pior do que olhar para uma criatura numa jaula. Ele tinha a mesma sensação quando estudava história colonial e seu livro didático tinha uma imagem de página inteira da Vênus Hottentot, acorrentada pelo pescoço e fumando. A nota descrevia como, após sua morte, ela fora dissecada e seus órgãos, expostos. Ele me conta que, quando era adolescente, evitou ir à praia de Juhu em viagens com a família a Mumbai porque um primo lhe disse que os camelos de lá estavam sufocando com o ar úmido, seus pulmões gigantescos empapados como fronhas molhadas.

Algumas coisas comovem meu marido, mas nunca posso prever o quê. Ele comia couve-galega antes de entrar na moda e uma vez tentou fabricar seu próprio sabonete. Deixa tigelas de água no parapeito da janela para o caso dos pássaros ficarem com sede nos dias de verão. Racismo, sexismo e crueldade contra os animais vêm da mesma fonte, em sua opinião, e ele fala sobre essas coisas de forma intercambiável.

Conto para a mãe dele sobre os leões quando ela telefona naquela noite — e ela ri do filho, diz que não sabe de onde vieram essas ideias, exceto talvez de certo verão em que ele foi para Surat ficar com os sogros dela, porque sabe que eles são um bando de vegetarianos missionários. Ela se pergunta por que não ouviu falar do incidente do leão em Milwaukee e por que os jornais na Índia não têm nada melhor a fazer do que dar notícias de zoológicos americanos.

Conto o que a mãe dele disse e ele dá de ombros.

— Todos têm direito à sua opinião.

Ele sorri sem mostrar os dentes e tenho um desejo repentino de confessar algo.

— Eu adorava matar lesmas quando criança — percebo que estou suando, como se um veneno tivesse sido liberado de dentro de mim. — No ashram.

Ele olha para mim, mas seu rosto está ilegível.

— Certo.

— Eu derramava sal em cima delas, e elas murchavam e gritavam. Kali Mata me ensinou.

Ele se olha no espelho enquanto responde:

— Eu não acho que elas gritem.

— Gritam sim. Lembro que havia gritos.

— Não foi nada de mais. Você era só uma criança.

— Hoje eu briguei com Ma.

— Por que motivo?

— Nossa briga de sempre.

— Vocês sabem como pisar nos calos uma da outra.

Ele come dal e dois vegetais naquela noite, no jantar, e diz que já se sente melhor, mais leve, depois de apenas três refeições.

•

Dois dias depois, tomando sopa de quinoa e espinafre, ele me diz que sua mãe na verdade estava certa, que algo aconteceu quando ele foi para Surat, em Gujarat, há tantos verões. Ele ouviu uma história sobre sua tia, na verdade a tia do seu pai, chamada Kamala. Ela nasceu em 1923 e o pai dela foi o primeiro homem na cidade de Bhavnagar a comprar um automóvel. Também foi o primeiro a proporcionar estudos às filhas, além dos filhos. Mas quando foi a vez de Kamala cursar a universidade, ela implorou ao pai que a deixasse se tornar uma monja jainista, que fosse morar perto dos templos na pequena cidade de Palitana e subisse os milhares de degraus com os outros peregrinos e devotos até o topo das colinas Shatrunjaya todos os dias. Ela contou a ele sobre um sonho recorrente que vinha tendo, com o rosto da divindade jainista, Adinath, igual ao de uma estátua dele que fica num templo em Palitana. Mas à medida que ela se aproximava, o rosto desaparecia na escuridão.

Sei o suficiente sobre o jainismo para saber que os jainistas são alguns dos vegetarianos mais radicais que existem, renunciando não apenas à carne e aos ovos, mas também às plantas que devem ser arrancadas pela raiz para consumo. A comida jainista costumava ser feita sem cebola e alho. Reviso todas as receitas que terei que alterar se ele decidir levar isso adiante. As freiras costumam amarrar um pano branco sobre a boca e varrer o chão antes de dar um passo, para não inalar nem pisar em nenhum ser vivo, mesmo por acidente. No entanto, os jainistas que eu conhecia ainda usavam couro e não pareciam notar o que a pecuária leiteira industrial significava para as vacas em toda a Índia.

Me sinto traída, como se algum segredo obscuro tivesse sido revelado.

— Você nunca me disse que era jainista.

— Só um quarto. Pelo lado do meu pai.

— Como Kamala sabia que templo era?

Dilip tamborila na mesa.

— Não sei. Talvez ela tivesse estado lá.

Faço que sim, e ele continua, mas percebo menos entusiasmo do que quando começou.

O pedido de Kamala foi recusado e ela foi espancada e trancada no seu quarto. Durante sete dias depois disso, sua mãe bateu à porta com um prato de comida, mas nem um único pedaço foi consumido. No oitavo dia, o pai de Kamala abriu a porta e viu que sua filha já vestia o fino pano branco das monjas jainistas. Com raiva, ele puxou o algodão branco que cobria sua cabeça. O que ele viu interrompeu seu gesto. O cabelo dela tinha quase desaparecido. Seu couro cabeludo estava vermelho e inflamado.

Quando ele perguntou o que tinha feito, ela disse que haviam começado os Paryushan, os dias sagrados jainistas de introspecção e abstinência, e era uma época em que as monjas jainistas arrancavam todos os fios de cabelo das suas cabeças como penitência.

— Quantos fios de cabelo tem uma cabeça de tamanho médio? — interrompo. Ele encolhe os ombros. — Quantos milhares de degraus há até o topo de Palitana? — pergunto.

— Não sei exatamente — diz Dilip. — Muitos.

— A maior parte dessa história foi exagerada.

— Não temos como saber.

— Temos sim. Em uma geração, ela terá caminhado sobre as águas.

— Só estou dizendo que as pessoas da minha família têm um chamado.

— Um chamado para quê?

— Para uma vida de radical não violência.

— Mas também têm um chamado para o oposto — eu digo. Menciono o amor da mãe dele pelos feriados norte-americanos com grandes aves na mesa de jantar e as peles que ela usa para se proteger dos invernos do meio-oeste. Menciono seu tio, o espancador de mulheres.

Eu não entendia o que havia de não violento em arrancar o cabelo do couro cabeludo ou subir e descer milhares de degraus todos os dias. Quero perguntar se os monges jainistas precisam violar seus corpos da mesma forma, mas a expressão de Dilip me impede.

— Algo nessa história está te deixando desconfortável — ele diz. — Não se preocupe, você não precisa parar de comer carne se achar que não vai conseguir.

Minha memória mais antiga é a de um gigante numa pirâmide. O gigante está sentado no centro da pirâmide, numa plataforma elevada. Imita a estrutura em que se senta, formando uma grande pirâmide branca composta de roupas brancas, cabelos grisalhos e uma barba espessa. Em volta dele estão pirâmides menores, também brancas, e Ma é uma delas — uma em meio a um mar de pirâmides — e, quando eu olho para cima, o teto da sala forma um ápice bem acima da minha cabeça, apontando para o céu lá fora.

As pirâmides menores estão de pernas cruzadas. O objetivo da congregação parece ser copiar o gigante. Eu sou a menor na sala e não sei como faria se fosse maior. Algumas das pirâmides são assustadoras se eu chegar muito perto; têm cabelos e espinhas e grandes poros no nariz.

Há uma outra que é mais ou menos do meu tamanho. Ela espera no canto, um pano sujo na mão, nos observando. De vez em quando, se arrasta para encher de água o copo de quem pede. Antes, quando entramos na pirâmide, eu a vi agachada do lado de fora, recolhendo a merda deixada pelos cachorros do ashram.

O gigante abre os olhos; suas pálpebras inferiores descolam das superiores. Há pelos crescendo em todo o seu rosto, mas de alguma forma posso ver que ele é um homem e não um animal, e Ma não tem medo, então tento não ter. Há três cordões de contas pendurados no seu pescoço — marrom, rosa e verde —, formando um emaranhado. Quero tirá-los dele e usá-los porque não tenho meu próprio colar, mas não me atrevo a chegar perto. Sua boca abre e a língua sai, e posso ver a escuridão no fundo da sua garganta, dentes cobertos de escuridão, uma reentrância sem fim.

Me aproximo de Ma. Ela está olhando para ele, suando junto com o resto da sala, mas posso sentir seu cheiro particular, e eu amo ela porque ela é conhecida para mim de uma forma que não sei explicar.

Ela me puxa para si e me beija na boca. Então ela me aperta contra a lateral do corpo e faz cócegas no meu pescoço. Estou envergonhada e fico desconfiada da sua afeição, porque muitas vezes a ela se segue algo desagradável.

O gigante puxa a língua para dentro e engole, preparando-se antes de colocá-la para fora mais uma vez. A saliva cai um metro à sua frente, sobre uma pirâmide de tamanho médio, um homem de cabelos amarelos, mas a pirâmide de cabelos amarelos não se move — ele está hipnotizado e copia o gigante, colocando a língua para fora da boca, e um leve jato de saliva cai logo depois da sua sombra. Olho ao meu redor e minha mãe e todas as outras pirâmides estão seguindo ele. O gigante ri ou tosse, não sei bem qual das duas coisas, e ri e tosse mais, num fluxo contínuo, e sua barriga, que fica um pouco à sua frente, treme, e seus cabelos estão presos em tentáculos. O resto do grupo segue, tossindo, rindo. Eu até ouço um arroto. Uma mulher ao meu lado começa a chorar, mas, quando eu olho para ela, nenhuma lágrima escorre pelo seu rosto.

A sala tem um cheiro mais quente, igual ao meu dedo quando o esfrego no umbigo.

A mulher ao meu lado grita em meio ao choro, e algumas outras pirâmides gritam em resposta. Olho para Ma e seu rosto está vermelho de tosse. Seguro sua mão, mas ela a puxa de volta e começa a se levantar, e vejo que o gigante também está de pé e todas as pirâmides estão se transformando em colunas brancas.

Levanto e seguro a borda do kurta de Ma, enrolando-o na minha mão, remexendo no tecido com os dedos.

O gigante ergueu os braços e está sacudindo eles, e os braços se sacodem e voam para longe do seu corpo como se ele estivesse se soltando, como se ele fosse se desprender dos membros e entregá-los ao mar de branco, do jeito como entregou sua respiração e sua saliva.

O chão está se movendo porque eles estão se movendo — todas as pirâmides, pulando, pisando forte, dançando, segurando umas às outras. Alguém me dá um tapinha na testa e alguém me toma nos braços. Eu choro, querendo Ma, mas por um momento não consigo vê-la, até que a encontro atrás de mim. Seus seios estão pulando por baixo de seu kurta branco e o mar de pessoas a envolve, acaricia partes do seu corpo e a liberta mais uma vez.

O gigante coaxa e seus olhos saltam, e seu rosto é como o de um sapo. Ele geme repetidamente, e alguns o seguem, amplificando o coaxar, mas outros agitam os corpos como animais diferentes, relinchando, balindo, trazendo sons de dentro de si mesmos que não são familiares para mim. Estão por toda parte ao meu redor, se aproximando e recuando, e eu me sento no chão e eles parecem esquecer que estou lá, mas posso sentir o cheiro da pele dos seus pés esfregando no chão de lajotas.

Ma, penso comigo mesma enquanto a observo. Quero que ela olhe para mim, mas ela está em outro lugar. Posso ver no seu rosto, um rosto que ela usa quando não consegue me ver. Não sei onde já vi esse rosto antes porque não consigo me lembrar o que veio antes dele, mas é familiar e algo que sei que devo temer.

Ma está com os braços no ar e gira em círculos. Há dois homens de cada lado dela, e ela desaparece entre eles enquanto dançam. Ela para de se virar e balança para cá e para lá, e um dos homens a segura firme, rindo, mas o cabelo dela está grudado na cabeça e sua boca cai para um lado, ainda encontrando o equilíbrio. Outros estão berrando, vomitando, gritando a plenos pulmões, carregando o ar com sons sem sentido.

— Ma — eu digo.

Sua boca está voltando ao normal, começando a se curvar para cima nas extremidades, até ela ficar sorrindo para alguém. Eu sigo seus olhos e o gigante está lá.

O gigante está retribuindo o sorriso de Ma, ou talvez ela esteja retribuindo o dele, mas isso eu nunca saberei de verdade porque não testemunhei quem sorriu primeiro. Ele está de quatro, erguendo-se. Seu cabelo comprido cai no seu rosto. Saliva borbulha nos seus lábios, acumulando-se entre os fios da sua barba.

Bato na perna de Ma com a mão e ela abaixa os olhos para mim e me empurra.

— Não faça isso — ela diz.

Sinto meus braços se soltarem junto ao meu corpo. Ela me empurra de novo e eu cambaleio para trás. Seus seios se movem de uma maneira que a torna feia.

— O que há de errado com você? — ela diz. — Dance! O que há de errado com você?

Mais corpos aparecem entre mim e Ma, outros corpos de branco que estão viajando do fundo da sala até a frente, na esperança de se aproximar do gigante. Seus rostos se distendem, as mandíbulas pulsam com sangue. Eles têm medo de chegar perto demais.

Levanto de novo.

— Ma — eu digo.

Ela não consegue me ouvir por causa dos gritos, risos e lágrimas.

— Ma — grito, e sinto uma urgência na barriga, algo que não sentia um momento antes, mas agora está prestes a explodir.

— Ma! — estou gritando, mas o som que faço se perde.

— Ma! Ma! Ma! — estou batendo as asas, mas ela não percebe.

— Qual é o problema, menina bonita? — a voz está perto do meu ouvido, e eu me afasto quando vejo o rosto. Uma mulher pintada com giz e vestida de preto está agachada ao meu lado. O único preto no mar de branco. — Qual é o problema?

— Ma — eu digo.

— Ma? O que você precisa dizer à sua mãe?

Eu aponto, mas há gente demais ao redor dela.

— Certo, deixe eu te ajudar. Há algo que eu possa fazer?

Eu aponto para minha barriga e outra vez para Ma. Sinto bolhas na minha garganta, aquelas que surgiram do meu estômago, não as macias que se formam com o sabão, mas sim bolhas de plástico, duras, presas no lugar e crescendo. Nenhum som sai da minha boca.

A mulher olha da minha barriga para o meu rosto e o kohl escuro que circunda seus olhos azuis se estica quando ela levanta as sobrancelhas brilhantes.

— Dor de barriga? — sua voz é estranha, tem uma cadência que eu não tinha ouvido antes, como se ela estivesse cantando uma música.

— Susu — murmuro.

— Certo. Bem, deixe eu te levar. Posso mostrar onde fica o penico.

Ela segura minha mão e serpenteamos em meio ao branco. A pele dela é áspera e, quando eu deixo meus dedos vagarem na sua mão, sinto as pontas das suas unhas compridas. Me viro por um momento, mas Ma desapareceu no mar branco.

O banheiro está silencioso e a mulher de preto me segura sob os meus braços enquanto me agacho acima do buraco. Olhamos uma para a outra enquanto ouvimos minha urina atingir o fundo da bacia, e eu faço que sim com a cabeça quando o ruído para. Ela ajusta minha calça e amarra o barbante na minha cintura com um laço, e vejo que suas unhas são estriadas e cinzentas, e suas mãos estão cobertas de manchas marrons.

— Menina bonita, você espera por mim lá fora?

Faço que sim e fico do lado de fora da porta, ouvindo os sons lá dentro. A mulher de preto deixa escapar um fluxo constante, muito mais alto e mais rápido do que o meu. E eu noto que a porta do banheiro é uma entre muitas, que há um vasto corredor de portas e elas estão quase todas fechadas. Sacudo os cadeados um por um. São pesados, metálicos e frios. Lâmpadas expostas zumbem no alto e posso ouvir uma voz no rádio. No final do corredor há um corrimão de treliça que dá para um pátio aberto, e gotas de chuva do tamanho de moscas de fruta borrifam o ar.

Me viro quando ouço uma respiração ofegante e vejo que uma das portas está entreaberta, e por ela vêm sons de animais, rádios e outras coisas que não consigo nomear. O cadeado está pendurado na dobradiça como um galho decepado. Empurro a porta e ela se abre por completo.

A outra menina pequena está lá dentro da sala, sem seu trapo, e achatada como uma cruz. Enquanto ela se deita sobre uma mesa com os braços abertos, um homem de branco mantém suas pernas abertas. Ele é do mar branco. Ele é a pirâmide de cabelos amarelos. Suas calças caem em torno dos seus tornozelos e ele grunhe enquanto move seu corpo sobre o dela.

— Menina bonita, menina bonita.

Ouço a mulher de preto me chamar. Me afasto da porta aberta e corro. Ela está do lado de fora do banheiro. Se mexe de um lado para o outro ao andar, e os longos panejamentos das suas roupas varrem a poeira do chão.

— Quer um lanchinho? — ela pergunta.

Surge um pacote de biscoitos de glicose. Encho a boca com eles, a superfície absorvendo a saliva do meu palato antes que derretam. Tenho vontade de vomitar, mas não consigo parar de comer. A mulher cheira a tecido e os vapores de muitos dias estão impregnados nas suas roupas.

Ela me pergunta se eu quero descansar enquanto espero por minha mãe.

— Sim — respondo.

Deitamos juntas num colchão úmido no pátio. Está manchado e desbotado, camuflado contra as lajotas marrons sobre as quais está assentado. A chuva parou por enquanto. Posso ouvir gritos vindos da pirâmide, mas são fracos e podem ser da garganta de qualquer pessoa, em qualquer lugar. Sinto que estou me distanciando daquilo, afastando-me da fonte, atribuindo o grito a alguém que não conheço, alguém totalmente desconectado de quem eu sou.

O espaço entre mim e o ruído aumenta, sinto meus ouvidos ficarem ocos conforme o som se retira, e a suavidade se espalha pelo resto do meu rosto. Os músculos ao redor dos meus olhos relaxam e a atmosfera está mais branca do que antes. Não sei onde aprendi a fazer isso, mas faço bem, e é um truque que repito com frequência pelo resto da minha vida.

A mulher de preto pergunta se eu já vi estrelas. Digo que sim, e olhamos para o céu nublado. Quero dizer algo mais sobre as estrelas, mas não consigo lembrar como são, quantas são no total e se elas se agrupam em alguma formação reconhecível. Se ficam estáticas ou se movimentam, se piscam ou brilham como lâmpadas, e começo a duvidar se já vi estrelas — ou se sei da sua existência apenas indiretamente, por meio da minha mãe ou do meu pai, ou outra pessoa que decidiu me ensinar o que não lembro, porque a única realidade que resta daquela época são os sentimentos e as ideias, e se eu sou sua autora ou eles foram colocados dentro de mim é impossível saber.

— Qual o seu nome? — a mulher de preto pergunta.

— Antara — eu digo.

— Oi, Antara. Eu sou Kali Mata.

•

Antes de se tornar Kali Mata, seu nome era Eve e ela morava numa propriedade de oito hectares em Lanesboro, Pensilvânia, com seu marido, Andrew, a filha deles, Milly, e a mãe de Andrew, June. Eu os conheço com as línguas para fora, e de perfil, pelas fotos que Kali Mata deixou para trás. A família dava graças em todas as refeições enquanto a vovó June estava viva — Kali Mata disse que June era rigorosa com esse tipo de ritual, não porque necessariamente acreditasse, mas porque era a coisa certa a ensinar às crianças. Eve não dava muita bola para o conselho da vovó June, mas mesmo depois que a velha bateu as botas (tinha só cinquenta e nove anos, e com toda aquela oração), decidiu manter a tradição. Vovó June foi o primeiro corpo que ela viu desprovido de vida, num instante animado como uma marionete manipulada pelo diabo, e no seguinte nada mais do que uma sombra no chão, braços e pernas caídos de qualquer jeito. O serviço de emergência disse algo sobre um vaso sanguíneo explodindo, mas Eve simplesmente não acreditava nisso. Vovó June não tinha morrido com aquele tipo de fogos de artifício; tinha sido quieto, repentino, deixando a família sem acreditar.

Eve não tinha visto seus próprios pais morrerem e, embora não gostasse dos longos sermões da vovó June, a visão da morte a alarmou. Andrew se descobriu explicando mais sobre o fenômeno da morte para Eve do que para a pequena Milly. Milly segurou a mão do pai, disse que entendia e disse que esperava que ele ficasse bem. Mas Eve, mãe, já com seus trinta e tantos anos, só conseguia olhar para a parede por semanas a fio.

— Elas eram muito próximas — as pessoas murmuraram no velório. — Eram muito próximas e ela amava a velha senhora como sua própria mãe.

Eve não corrigia as pessoas, não contava a elas sobre as ocasiões em que sussurrava para si mesma que esperava que a velha morresse, mas tinha que admitir que a morte, quando a encarou, parecia tão definitiva quanto de fato era.

Eve insistia em dar graças todas as noites e Andrew ficava feliz em obedecer, mas quando todos baixavam a cabeça e agradeciam ao Senhor pelo pão de cada dia, Eve iniciava suas negociações particulares com o Todo-Poderoso: se Deus achasse conveniente tirar a comida da sua mesa e o telhado de cima da sua cabeça, ela sobreviveria. Mas se ele estivesse ouvindo, e se todos aqueles domingos passados num celeiro empoeirado no estudo da Bíblia fossem penitência suficiente, ela pediria apenas uma coisa agora, uma coisa que o Senhor deveria conceder a ela, porque na verdade não era nada. Ela pedia apenas que o Senhor a levasse primeiro, que a recebesse em Seu reino antes de qualquer outra pessoa que estivesse sentada à mesa à sua frente. Ela não sobreviveria, argumentava, se tivesse que enterrar uma daquelas criaturas queridas enquanto ainda caminhava pela Terra. Aqueles eram velórios aos quais ela não planejava comparecer. E assim, se houvesse alguma maneira de ter esse pequeno pedido atendido, ela ficaria feliz em continuar insistindo para que a família desse graças à mesa. Aos olhos de Eve, ela manteve sua parte do trato, mas o Senhor não cumpriu a Dele, e quando a notícia do acidente de carro chegou, Eve ficou inconsolável pelos cinco dias seguintes. Depois fez as malas e foi embora da cidade. Ela estava falando sério — nada de velórios, de identificação de corpos. Nunca ia ver como estavam nos seus lugares de repouso final. Eve morou na Filadélfia com a irmã por um tempo, conseguiu emprego como vendedora num armazém de noivas, até conhecer um homem que se chamava Govinda. Ele era bonito, com cabelos castanho-claros e óculos, possuía uma melancolia que ela também sentia e ganhava dinheiro vendendo maconha. Levou ela até a missão Hare Krishna, onde cantaram canções, e depois ao seu apartamento, onde disse que estava economizando para ir à Índia ver o templo de Brahma em Pushkar e escapar do ciclo de sofrimento. Perguntou se ela queria ir junto.

Em Pushkar, ela começou a se vestir com tecido bordado preto. Era pesado e a forçava a se mover devagar. Ela havia sido uma criança de pele clara, com sardas alaranjadas nos antebraços, mas aquele ano que eles passaram morando no deserto escureceu sua tez e enrugou sua pele. Seu cabelo formava uma trilha curta de dreadlocks atrás dela. Das suas pálpebras cerradas, sombra pendurava-se como poeira turquesa, depositando-se nas ranhuras, criando padrões, e o kohl preto circundava a totalidade dos seus olhos. Seus lábios eram passas escuras. No cabelo, ela mantinha um arranjo de enfeites recolhidos ao longo do caminho, penas e bugigangas penduradas em fios.

Vagaram pelo deserto, vivendo na periferia de aldeias, esquecendo a vida que haviam levado antes.

Ninguém tinha certeza de onde ela vinha. Alguns diziam que não tinha idade e que meditava no deserto de Thar até onde a memória alcançava. Os aldeões lhe faziam reverência, alguns até tocavam seus pés, e as crianças a chamavam de oont bai, senhora dos camelos, porque ela conseguia sobreviver sem água.

Foi lá que ela conheceu um gigante vestido de branco que a convidou para se juntar a ele em sua jornada. Nunca soubemos por que ela se vestia de preto, apenas que ele a encontrara assim, e que ela era mesmo perfeita e completa do jeito que era. Talvez ela ainda estivesse numa espécie de luto, e o luto para ela sempre seria negro. Fazia mais de uma década que estava no ashram em Pune quando uma mulher grávida, pálida e perplexa, tropeçou na sala de meditação. Kali Mata não era mais a consorte do gigante, mas via a si mesma como a mãe dos seus filhos, como a nutridora dos seus muitos seguidores.

Convidou a nova devota a se sentar, mas Ma balançou a cabeça e seus olhos percorreram a sala. Ela disse que não tinha certeza se queria ficar. Mas quando o gigante entrou, Ma correu para a frente e encontrou um lugar aos seus pés. Meditou ali por mais de quatro horas, imóvel feito mobília. Quando Ma abriu os olhos, fitou seu guru e disse que dedicaria sua vida a ele. Então colocou a cabeça no seu colo e chorou.

•

Eu não devia ter mais de três anos quando Kali Mata me contou sobre os Estados Unidos pela primeira vez, e sobre o ashram em que eu me encontrava morando. Ela me disse que ainda estávamos em Pune, mas quando olhei em volta não pude acreditar. O ashram não se parecia em nada com o resto de Pune.

Ela me ensinou que o gigante se chamava Baba, que tinha outros nomes, muitos outros, mas era assim que devíamos nos referir a ele. Seria um pai para nós, um líder, um deus. Mas também era um servo humilde em muitos aspectos, porque havia assumido a forma humana mais uma vez a fim de nos aliviar da nossa ignorância. Sua linhagem de professores e mestres incluía vários maharishis e acharyas famosos, e até mesmo alguns sábios que apareciam em textos antigos. Estão descritos em sua autobiografia.

Baba andava numa Mercedes Benz e colecionava fitas VHS dos filmes de Brigitte Bardot. Tinha mais de dois metros de altura, o que não parece tão notável agora. Sua voz era gentil e suave, mesmo através dos alto-falantes que ele usava ao se dirigir a milhares de pessoas. E seus ensinamentos atraíam a todos, uma narrativa cuidadosamente estruturada que se baseava no Buda, em Cristo, Krishna e Zorba. Baba gostava de ciência e se interessava por computadores. Assistia a Índia jogar partidas de críquete e apreciava a comida japonesa. Havia algo familiar para que todos se sentissem em casa com ele.

Quando adolescente, Ma admirava o ashram de fora, a liberdade que enfeitava seus devotos, mas ela mesma só entrou anos depois, quando descobriu que a casa do seu marido estava cheia de solidão e tédio. Ma procurava uma saída.

Os materiais de marketing do ashram mostram o início de tudo, quando eles viviam em estruturas improvisadas com telhados de zinco e pouca luz. O ashram cresceu em torno de uma figueira-de-bengala de vinte metros de altura, espalhada, enrolada, seus galhos crescendo para cima e para baixo, reivindicando a terra. Os sanyasis plantaram mudas de limoeiros e mangueiras, que um dia produziriam frutos. Lentamente, conseguiram licenças para água encanada e eletricidade. Exploraram a possibilidade de um poço. Precisavam de fossas sépticas. Derramou-se concreto e colocaram-se as fundações. Em seguida, se ergueram as armações e as treliças foram colocadas no lugar.

Essa imagem dá lugar a uma nova tomada do ashram hoje, um resort, um santuário. O mestre está morto, mas sua visão continua viva. Todos os quartos estão agora equipados com televisões de tela plana e oferecem massagens para casais e leituras de tarot. O teste de aids é obrigatório para admissão.

Apenas uma parte desses quatro anos de minha vida deixou uma marca. Havia o mosquiteiro surrado que pairava sobre minha cama no quarto que eu dividia com Kali Mata. Ela me deixava usar as cores em sua paleta de maquiagem para pintar meu rosto. A cozinha era meu lugar favorito no ashram, onde centenas de pratos e copos de aço brilhavam enquanto estavam pendurados para secar, e onde Kali Mata me ensinou como firmar a mão e descascar uma maçã com uma faca. Era também onde eu via Ma, onde ela cozinhava para Baba. E lembro de correr meus dedos sobre esculturas de pássaros e cobras enquanto batia na pesada porta de madeira que levava a um quarto que minha mãe dividia com ele.

E então chegou o dia em que meu avô veio e disse à minha mãe que não suportava mais a ideia de nós ficarmos lá, naquele antro de estrangeiros e prostitutas. Disse que ela envergonhava a família, que deveria voltar para a casa do seu marido imediatamente. Ma o ignorou e disse que aquela era sua casa agora. Disse que Baba seria meu pai e os sanyasis seriam minha família.

Quanto à garota com o trapo, seu nome era Sita. Ela limpava a sala de meditação, regava as plantas, sem falar. Depois do almoço, costumava descansar num tapete de palha remendado, seus olhos brilhando através das fendas dos seus cotovelos. Andei perguntando por ela nos últimos anos, mas ninguém consegue se lembrar que ela tenha existido.

Coletei algumas imagens de Baba, que guardo num envelope. Baba adorava fotos e sempre tinha fotógrafos por perto. "Imagens", dizia Baba, "não registram a história. Elas decidem a história. Se não houver fotos suas, você nunca existiu".

Ma posa ao lado dele em várias imagens. Numa, ela usa um sári. Era a primeira vez desde que havia deixado a casa do marido, e o usava por ocasião do seu casamento simbólico com Baba.

O algodão parece grosso e de um branco brilhante, duas partes cortadas e costuradas juntas. Não há anágua e uma fita marrom está amarrada na sua cintura. A corda tem uma borla de plástico numa das pontas, parecida com um cadarço. As pregas estão dobradas no lugar. Apenas três, e estreitas, metade da largura normal, mas era todo o tecido que ela possuía. Deve ter dado pequenos passos naquele dia. Está sentada num tapete de juta, ao lado de Baba, mas um pouco atrás. Eles arrumam seu cabelo sobre o ombro nu. O pallu curto é deixado na sua cabeça. Ma segura a ponta solta. O sol deve ter brilhado, porque ela está lutando para não apertar os olhos.

Tenho fotos de Baba na forma de cartões-postais e chaveiros que comprei na livraria do ashram, e também uma cópia do seu obituário que converti de microficha.

O obituário afirma que a possível causa da morte foi uma overdose, embora um grupo dos seus seguidores insista que ele foi envenenado pelas autoridades locais. Ele tinha cinquenta e sete anos e talvez tivesse uma condição chamada gigantismo, que explicava a sua altura notável. Não deixou viúva ou filhos de que se tenha notícia.

Quando a lua estava cheia, minha mãe queimava incenso de sândalo em todo o apartamento, com as janelas fechadas. Kali Mata disse a ela para fazer isso a fim de vencer os espíritos malignos e os mosquitos. Paramos a prática por um ano quando o médico disse que estava me causando asma. Ma acredita que foi o ano em que tudo deu errado.

Hoje, a fumaça está intensa enquanto Kashta realiza esse pequeno ritual e eu observo as plumas barrocas em busca de formas e rostos. Nani senta cercada pela névoa numa cadeira vertical enquanto eu tusso. Não sei dizer se ela adormeceu. Ma está ao lado dela, parecendo atordoada. Não está muito alerta hoje.

Fico de pé junto à janela. A lua está branca no céu e imagino as marés subindo em altos picos e quebrando nas praias iluminadas pelo seu brilho. O jornal, dobrado na mesa de centro ao lado de pilhas de revistas e correspondência fechada, chama isso de superlua. Olho para sua superfície pela janela novamente, brilhando, mas danificada, como se tivesse sido atingida muitas vezes. Puxo a página com o artigo do jornal e sobre ela desenho a pele da lua com um lápis, mapeando essas brutalidades.

O artigo diz que a lua parecerá maior do que o normal, que é o mais próximo que esteve da Terra desde 1948.

— Nani — digo, e ela olha para mim, piscando. — A última vez que a lua esteve tão perto da Terra foi em 1948.

Nani sorri e coça o nariz.

— O ano em que você nasceu — acrescento.

— Sim — ela diz, — eu me lembro daquele ano.

Não há registros de nascimento de quando minha avó nasceu porque a maioria das crianças nos campos de refugiados morria antes dos seus mundans, quando os bebês tinham suas cabeças raspadas ritualmente. Seu marido inventou a data de nascimento para o passaporte. Mas quando Nani conta a história da sua vida, ela começa do início: as parteiras estão gritando em multani e usam um pano sujo para limpar o fluido do seu corpo. Ela tem fome e chora, procurando freneticamente pelo seio da mãe, tão anêmica que a chamam de Gauri, a moça de pele clara.

Pergunto como pode ter certeza de que lembra, quando o resto de nós mal consegue ter algumas recordações das nossas infâncias.

Nani zomba. Diz que eu não conseguiria entender a menos que estivesse lá. A partição era uma época diferente. Aconteceram coisas que nunca mais se repetiram.

Seus olhos tremem e se dirigem à parede atrás da minha cabeça. Eu me viro e pego meu laptop, abro várias páginas detalhando a estrutura da placa amiloide: um lado do velcro sem seu oposto complementar. Mais diagramas mostrando tecido cerebral submerso em placas, uma confusão de farrapos, presos numa grade onde não pertencem.

Isso é o que Alois Alzheimer descobriu quando dissecou o cérebro da sua paciente Augusta após a morte dela, em 1906. A pobre Augusta já não entendia mais nada.

Os cientistas não sabem de onde vêm as placas, ou por que a proteína se divide incorretamente. Me lembra muito o que li sobre o câncer, mas não digo isso a ninguém por medo de parecer um descuido com as palavras.

A placa amiloide pode ser apenas um sintoma. Qual é a causa? O comprimento dos telômeros, que ficam na extremidade dos cromossomos como as alças de uma corda de pular, pode ser uma delas. Encurtam com o tempo, um sinal de envelhecimento biológico.

Isso é uma causa ou outro sintoma?

Envelhecer, ao que parece, não é o destino de todos. Tampouco o declínio cognitivo.

Me pergunto se existem exemplos de gente que não envelhece. Me pergunto se existem imortais.

Nani parece estar bem de saúde, mais esperta do que quando o marido estava vivo. Mas dizer que não aparenta sua idade? Não. Ela parece velha. Há rigidez nas suas juntas e na sua mente.

Eu desenho os eixos X e Y, marcando-os como idade e declínio. Assinalo minha mãe e Nani no gráfico. Entre elas está uma pequena família de krill.

Sempre imaginei Kali Mata desafiando os limites deste gráfico, uma assíntota ao infinito, até que ela caiu morta certa manhã na sua casa.

Quantos krill morrerão nessa missão de fazer Ma se lembrar? No canto superior da página, começo a fazer uma representação plana da lua.

— Você está menstruada.

Ergo os olhos dos meus desenhos. Transformei a lua numa omelete apimentada. Minha mãe apaga a luz do banheiro e senta no sofá. A fumaça está baixando. A cabeça de Nani cai sobre o ombro dela.

— Sim — eu digo. — Como você sabe?

— Você deixa um cheiro. Abacaxi.

Nunca tive um cheiro antes, não tão especificamente categorizado. Dilip nunca mencionou isso. Me pergunto se ele sabe qual o cheiro do abacaxi. Certa vez, ele teve uma reação alérgica a um kiwi e seus lábios ficaram com úlceras.

Fico olhando para a lua por mais um momento. Quando Dilip estiver em casa, pedirei a ele que olhe a lua comigo.

Minha mãe boceja.

— Começou hoje?

Preciso pensar um pouco.

— Sim. Esta manhã.

Ma faz que sim. Se recosta na almofada.

— Com a lua, como sempre. Kali Mata, você sempre cheira a abacaxi.

•

A lua migrou pelo céu, agora está escondida atrás de alguns edifícios à distância. Começo outro desenho da sua superfície, desta vez de memória.

— O que é isto?

Levanto os olhos. Nani está segurando um pedaço de papel amassado em sua garra.

— Eu estava deixando bilhetes para Ma pela casa. Para que ela possa encontrá-los e lê-los. Talvez ajude a sua memória.

Nani sorri.

— Você é uma boa menina. Leia para mim.

Hesito e pressiono o pedaço de papel contra a palma da mão. Em algumas semanas, começou a parecer um pergaminho antigo.

— Quando você acrescentou pimenta ao khichdi de Antara — leio.

Nani ri e tosse quando termino de ler.

— Quando foi isso?

— Ela queria que eu aprendesse a comer comida picante, acho. Não parava, embora eu tivesse desenvolvido um grave caso de soluços.

Nani balança a cabeça.

— Sua mãe não colocou pimenta no seu khichdi. Eu adicionei gengibre porque você estava com um resfriado muito forte.

— Isso não é verdade — digo.

Eu tinha certeza de que me lembrava disso, o gosto da dor na minha boca.

— Estou te dizendo — ela diz. — Perguntou a ela? Ela vai te contar.

Eu tinha lido aquele bilhete para Ma e ela olhara para mim vagamente antes que eu o enfiasse no sofá para que ela encontrasse de novo.

— Mesmo se eu perguntar — digo a Nani, — ela não se lembra.

— Talvez não lembre porque nunca aconteceu.

Sinto a parte de trás das minhas pernas enrijecer. Ela andou falando com Dilip? Ma a convenceu de que estou mentindo?

O papel é retirado da minha mão, mas quando olho em volta, todas as janelas que vejo estão fechadas. Acima da minha cabeça, o ventilador se move com um ruído suave enquanto completa sua rotação, voltando para a parte de seu mecanismo oculto que o faz girar outra vez. Me curvo para pegar o papel, mas ele flutua para longe de mim como um fantasma achatado. Nani começa a rir e sua voz é rouca, como se a alegria e a tosse tivessem se tornado uma coisa só e não houvesse limite entre a diversão e o desconforto. Observamos o papel sumir debaixo do sofá.

Pego uma chave do bolso e entrego para a minha avó.

— O que é isso?

— Para abrir o cofre de Ma no banco.

Nani coloca os óculos de leitura e examina o chaveiro. É um Garfield laranja desbotado e turvo. Ela olha para mim e arqueia uma sobrancelha.

— Só por precaução — digo. — Temos que estar preparadas.

Um novo médico sorri quando entramos na sala de exames. O da última vez está de férias.

Ma se remexe dentro da camisola. Diz ao médico que sente o cheiro distinto do suor de outra mulher. Na mesa do médico estão os instrumentos dele, colocados num recipiente de aço. Um depressor de língua liso, um par de pinças curvas. Eu não tenho palavras para os outros. Em suas mãos, parecem afiados, indelicados. A sala dá a impressão de estar suja. Meus olhos se movem de Ma para o teto, a luz branca, o ar-condicionado.

— Houve algum outro episódio? — ele pergunta.

— Sim — eu digo. — Ela tem tido pesadelos. A empregada diz que, quando entra em casa de manhã, encontra Ma sentada num canto, assustada.

A expressão do médico não muda. Ele faz uma série de anotações numa página do arquivo de Ma. Sua caligrafia é tipicamente ilegível.

— Sinto — eu começo a dizer — que tudo está acontecendo muito depressa. Os sintomas dela estão piorando.

— Tudo parece estar tão bem quanto se poderia esperar — ele diz. Os pelos em seu rosto crescem em manchas pretas e brancas. Seus dois dentes da frente são afunilados e ele assobia quando fala.

— Ela está tomando o remédio — digo.

— Vi casos, sobretudo quando se trata de um início precoce, em que a degeneração ocorre em ritmo mais rápido.

— É isso que está acontecendo?

— Não podemos ter certeza.

— Então o que o senhor está dizendo?

— Na verdade, os estudos a respeito são bastante inconclusivos.

Abro um caderno e começo a ler uma lista.

— Tenho mostrado a ela suas fotos, vídeos antigos. Temos assistido seus filmes favoritos. Eu levo ela para passear a pé e de carro em lugares onde ela costumava ir. Temos cozinhado, especialmente com receitas que ela não faz há algum tempo.

Coloco uma pasta na mesa dele e começo a remover as folhas impressas onde sublinhei seções em combinações de amarelo, verde e laranja. O efeito é cítrico e difícil de olhar por muito tempo. Ele pigarreia e empurra os óculos para trás.

— Suspeito que a minha mãe esteja vazando — digo, apontando para uma passagem que apresenta essa tese.

— Vazando — ele repete.

— Sim, por toda parte e de todos os lugares.

Deixando de lado um artigo de uma revista científica que eu havia anotado, abro um panfleto que fiz à mão e revela minha magnum opus. Um fluxograma das funções corporais da minha mãe e uma história da sua vida, desde o nascimento, onde observo que minha avó não fez cesariana e, portanto, inoculou Ma adequadamente com micróbios no canal vaginal. A partir daí, os eventos da infância da minha mãe se desenrolam: listas de possíveis vacinações e uso de penicilina.

A página seguinte enfoca os danos causados às mitocôndrias, os centros eternos das suas células, que foram herdados da sua mãe e continuam a viver em mim. A palavra "mitocôndria" rotula o centro de uma aranha gigante, cujas pernas se enredam e caem em cascata numa teia de vacilantes ciclos de Krebs. A teia é a redução dos telômeros que regulam a produção de enzimas, e a taxa de renovação das mitocôndrias está diminuindo. Ao longo da sua borda estão penduradas gaiolinhas transbordando com espécies reativas de oxigênio, sua produção aumentando exponencialmente, perigosamente, à medida que a bicamada lipídica, a membrana que mantém toda a arquitetura no lugar, começa a rachar e entrar em colapso.

Do outro lado do papel, o intestino da minha mãe é um corredor curvo, poroso e cheio de buracos, comprometido por anos de alimentação descuidada e medicação. Há soldados mortos empilhados, suas piras já aguardando.

— O que é tudo isso? — pergunta o médico.

Olho para a folha.

— Andei pesquisando. Isso foi o que descobri até agora.

— Você está falando sério? — ele diz.

De repente, não consigo mais olhar para ele. Tenho vontade de amassar tudo.

— Por favor, tire isso daqui — diz ele. — Existem alguns novos tratamentos que podemos considerar.

Ele lista alguns dos efeitos colaterais. Derrame. Ataque cardíaco. Depressão.

Digo que vamos pensar a respeito e tenho vontade que o chão se abra e me engula.

— Faça isso. E também recomendo que você encontre alguém para ajudá-la com tudo isso.

Eu espero que ele continue. Ele me olha com a cabeça inclinada.

— Existem terapeutas com quem pode conversar — diz. — Sobre como lidar com a posição em que você se encontra agora. Os cuidadores, nessa função, podem sofrer tanto quanto os pacientes. Pode ser muito estressante.

•

Voltamos do consultório médico para casa e passamos pelas hordas que vão à missa na pequena igreja imprensada entre a leiteria local e a padaria alemã. Ma e eu não falamos uma com a outra, mas olhamos pela janela. A igreja pendura enfeites na véspera de Natal que brilham como estrelas de uma canção de ninar. As filas para acender uma vela à meia-noite causam um congestionamento, interrompendo o fluxo do tráfego, e buzinas e gritos furiosos abafam os hinos.

•

A uma curta caminhada dali, pela rua movimentada, ao longo de uma trilha quebrada, fica a mesquita vizinha, onde a chamada para a oração é observada cinco vezes por dia. O Natal não é exceção. A popularidade do Natal em Pune nunca foi limitada aos cristãos da cidade, especialmente por causa da crença geral de que a estátua da Virgem erigida perto da entrada da igreja traz boa sorte aos seus fiéis. Baixinha e vestida de gaze rosa, ela é objeto de uma peregrinação informal. Ao passarmos, faço uma oração involuntária por tudo e nada em particular.

Os guardiões da mesquita sabem que muitos muçulmanos estão esperando para receber a bênção da Virgem Maria e do seu filho, e o azan da noite berra pelos alto-falantes com força especial após o anoitecer do dia 25, um lembrete de que o dever dos fiéis não foi eclipsado por luzes brilhantes e um pinheiro cintilante nos trópicos.

Olho para Ma. Seus olhos se fecham quando o carro freia. Gostaria que não fôssemos tão fracassadas.

— Por que você não fica com a gente por uma noite ou duas, Ma? — sussurro, em parte esperando que ela não me ouça. — Talvez na próxima semana? Depois do ano-novo?

Ela abre os olhos e fita a rua movimentada atrás de mim.

— Talvez — ela diz. — Talvez só uma ou duas noites.

A data muda depois da meia-noite, e a comoção de igreja, mesquita e carro de boi continua a aumentar. As vozes são dissonantes. Gritos são indistinguíveis de orações. As ruas incham de desordem. O alvoroço continua a aumentar, mas ninguém parece notar que o dia sagrado passou e é chegada a hora de purgar após a saturação, de refletir sobre os excessos do dia anterior.

Tenho dificuldade de dormir naquela noite. Os fios da minha mesa de cabeceira desaparecem numa confusão do outro lado da parede. Acima da minha cabeça, a luz do teto é um olho que me observa.

Na manhã seguinte, a calma relativa retorna à cidade, e a igreja de pronto apaga as luzes festivas para economizar eletricidade. O tráfego — maquinal, humano e animal — retoma seu fluxo normal.

•

No dia seguinte ao Natal, Dilip tem uma teleconferência e eu saio sozinha. O topo preto do riquixá bate nas laterais como um toldo, e a borracha esconde meu rosto, esconde ele do sol, dos olhos de homens maliciosos e de outros desastres esperando para acontecer. Mas os olhos dos homens alcançam as partes que a luz alcança e, mesmo quando não os vejo olhando para mim, através das nuvens de algodão posso sentir o calor do sol na minha pele. Essas são as partes que eles podem ver, meus pés em meus chappals, meus tornozelos, todo o comprimento do meu corpo, meus braços nus. É mais fácil para eles olhar para essa garota sem cabeça andando num veículo sem portas.

Às vezes, seus rostos aparecem sob o capô, abaixando-se para ver quem está ali dentro, mas estamos nos movendo muito rápido para que eu possa distingui-los, e todos eles pertencem ao mesmo corpo e rua.

Passamos pela agitação da MG Road, os livreiros, as joalherias, as mulheres e os homens gritando uns para os outros por cima do tumulto. As coisas mudaram por aqui, tenho certeza disso, mas a cidade passa rápido demais para saber como. Através da membrana seca e salgada das minhas narinas, posso sentir o cheiro da Padaria Kayani. O riquixá gagueja e para, o motor soltando fumaça num semáforo. Dois homens estão encostados no portão dilapidado da velha central telefônica. Compartilham um bidi e, acima das suas cabeças, cacos de vidro revestem o topo do muro, brilhando ao sol. Eu espirro e o motorista olha de relance para mim. Saliva cor de laranja se acumula no canto dos seus lábios. Ele cospe no chão e esvazia as narinas uma a uma.

No ponto de ônibus, os homens se agarram à parte traseira do ônibus, pressionando-se contra a casca de metal vermelha. Um menino sem pernas vende jornais da véspera na esquina e um cachorro com pulgas rola de costas.

Estudantes universitários sentam em scooters em grupos de três, gritando para os amigos deixados para trás na poeira. As garotas sorriem e os lóbulos das suas orelhas estão cheios de furos. São garotas como Ma era, garotas de uma cor só, da cabeça aos pés, garotas com cabelos que caem às suas costas como criaturas voando atrás delas. Observo os olhos sobre elas, suas roupas, braços e pernas, suas bocas abertas. O dia está quente e claro.

Encontro minha amiga Purvi para almoçar no clube. A tarde é para bisbilhotar. Circulamos a pista de caminhada e Purvi descreve a boate onde foi na noite anterior. Ouço alguns dos relatos, mas também dois homens discutindo os benefícios dos programas de esterilização forçada e a letra de uma música que algumas adolescentes estão cantando enquanto caminham pelos jardins do clube.

O trajeto dá voltas e, num ponto, só é separado de um cruzamento movimentado por uma fileira de arbustos e uma cerca de ferro. Ouço o barulho do tráfego se congestionando, os motoristas de ambos os lados se recusando a ceder, empurrando seus veículos para pequenos vãos à sua frente. Os motoristas descem e se reúnem para dar conselhos por cima das intermináveis buzinas. Cabeças balançam e xingamentos são atirados ao redor, primeiro insultos sobre a mãe de alguém, seguidos por um comentário passageiro sobre uma irmã e uma prima também.

A cacofonia se inflama com emanações de gasolina. Paramos e observamos por trás de um muro baixo de plantas. Posso sentir o cheiro de borracha queimando. O barulho luta por espaço, explodindo num escarcéu indecifrável.

Um braço se estende e depois vários outros. Pescoços são agarrados, ombros empurrados e a poeira sobe com a briga. Entre os corpos, vejo um cair, preso sob o peso dos insultos e da raiva. O calor bate nas suas cabeças. Um homem olha para nós. Seu rosto está fechado numa carranca. A sombra oscila conforme as árvores lá no alto vão de um lado para o outro. Olho para as minhas mãos, cerradas em torno da cerca de arame. Estico e solto, mas, ao longe, a luta continua. O homem se perde na briga.

Purvi ainda está falando. Está animada, esculpindo o ar com as mãos, ou esfregando uma na outra, como se quisesse apagar algumas palavras indesejadas. Diz que esfregar as palmas das mãos ou as solas dos pés umas nas outras é uma técnica iogue que integra o lado esquerdo do cérebro e o direito. Quando ela era mais nova, era uma menina com ares de menino, que odiava seu cabelo e escondia os quadris. Agora suas unhas estão pintadas e afiladas. Ela é uma das minhas amigas que se casou jovem e pelos motivos certos. Ela e o marido fazem cruzeiros, alugam casas de férias e aprendem a esquiar. Compram e vendem cavalos, raramente repetem as roupas e nunca desligam o ar-condicionado do apartamento. Às vezes, quando estamos sozinhas assim, Purvi entrelaça seus dedos nos meus e balança nossos braços, como um garotinho experimentando seu bastão de beisebol. Ela me toca enquanto caminhamos, roçando os cotovelos e as partes vulneráveis dos nossos pulsos, colocando os pés no meu caminho. Um ano atrás, no clube, ela me masturbou numa cabine do banheiro enquanto nossos maridos pediam bebidas no bar. Nunca falamos sobre isso.

— É meu pai, com sua família — digo a Purvi assim que nos sentamos à mesa.

Eles estão curtindo o dia seguinte ao Natal. A nova esposa se recosta numa cadeira de vime branca e ele se senta ereto no braço. Não se tocam, mas olham um para o outro com frequência. Ela faz que sim para tudo o que ele diz. Então ela sorri de uma maneira que eu nunca tinha visto antes. Seus ombros tremem, o riso irrompe. O som atravessa meu corpo. Purvi olha de relance para eles antes de voltar ao cardápio, mas eu continuo observando. A mesa que escolheram está banhada de sol. Há apenas alguns metros entre nós, mas a luz transforma o mundo dele num mundo estranho. Quando me recosto na cadeira de vime, poderia estar olhando para uma pintura, emoldurada pelos pilares brancos da construção, algo quase vitoriano. Existe um passado e um presente, e uma lacuna que não pode ser fechada. Será que eles conseguem me ver? Devem conseguir. Estou bem aqui. Eles olham com frequência na minha direção, mas talvez o sol os cegue. Eu sou invisível.

Os garçons vão e voltam. Eu pisco os olhos e olho para longe.

Meu pai gostava da minha mãe há muito tempo atrás. Gostava da aparência dela, pelo menos. Talvez ele concorde em me ver às vezes pelo mesmo motivo, porque eu pareço uma garota de quem ele um dia gostou — porque eu me sento na sua sala, implorando, confusa, com o olhar de uma garota que um dia feriu seu orgulho.

Me pergunto como será o andar de cima da casa deles agora, já que a nova esposa está lá há décadas. Se eu pedisse para ver, será que eles me mostrariam que cômodo pertence a quem, as mudanças que fizeram nos quartos desde que eu morei lá quando criança, as melhorias, uma pia nova, armários adicionais, piso trocado? Talvez sugira isso da próxima vez que suportar a humilhação de uma visita à casa deles. Claro que sua esposa vai se oferecer para me mostrar como eles vivem. Ou talvez o garoto fosse querer me mostrar o local, já que, tecnicamente, sou sua irmã mais velha. Talvez, através das minhas humilhações, meu pai possa testemunhar a humilhação da minha mãe, sentir-se vingado pela forma como foi feito de bobo tantos anos atrás. Ou talvez veja a si mesmo no meu rosto, da maneira como se vê na esposa. Talvez meu pai me mostre os ambientes que designou para seu filho e, em seguida, o quarto que divide com a mulher com quem se casou, o que herdou dos seus pais, uma cama em que seu filho deve ter pulado quando era pequeno, onde ele fode sua nova esposa agora, mas talvez ainda imagine minha mãe. Talvez eu possa foder com ele — esse homem que gosta de olhar para si mesmo — na mesma cama, silenciosamente, com cuidado para não incomodar os outros, enquanto sua mulher faz chá no andar de baixo.

Meu estômago faz um barulho alto.

— Você está com fome? — Purvi pergunta.

Faço que não com a cabeça. Meu estômago não está roncando, apenas falando fora de hora. Isso sempre acontece durante provas silenciosas, jantares, pausas de suspense nos filmes — ele sempre diz coisas que eu não fui capaz de dizer, quando talvez eu esteja com fome, mas uma fome de outro tipo.

Olho para a entrada, que ainda está decorada para o aniversário do clube. Os balões antes flutuavam no ar e agora estão pendurados sem vida nos laços de fitas metálicas.

•

Vemos televisão na cama depois do jantar e Dilip não abaixa o volume quando menciono filhos. Seus olhos estão num âncora que fala por cima dos seus convidados. Discutem se marcas não indianas têm o direito de se apropriar da imagem de Gandhi para fins comerciais.

Não tenho certeza se ele me ouviu. Eu gostaria que tivéssemos mais arte nas paredes. Qual é o sentido de sempre olhar para o branco, sem nada? Dilip diz que isso o ajuda a limpar a cabeça.

— Estou farto da Índia — ele diz.

Olho para a televisão e digo a ele para mudar de canal.

— Não, quero dizer que estou farto de tudo aqui — ele olha para mim e de volta para a tela. — Menos de você.

— Qual é o problema?

— Esta vida. Este trabalho. Esta cidade — uma de suas pernas desliza para fora da cama, numa postura que fica entre o sentado e o deitado.

Concordo com a cabeça, mas ele não me vê, então coloco minha mão na sua. Na televisão, os anúncios passam em volume mais alto do que a programação. Um casal está compartilhando uma barra de chocolate derretida, lambendo os dedos um do outro. Era para ser romântico, mas acho nojento e tenho que desviar os olhos para não vomitar. Odeio este apartamento. Quero viver numa página de revista em que cada superfície contenha a quantidade certa de porcarias bonitas. Onde poderia ficar no centro da sala, imóvel, como uma estátua, e a poeira nunca se acumularia em mim ou na minha desordem.

— Não consigo imaginar para onde mais iríamos — digo.

Ele olha para mim, aguardando, e percebo que tem em sua mente uma resposta à qual quer que eu chegue.

— Eu também tenho uma família — ele diz, quando meu tempo acaba.

Olho para os meus pés, para o esmalte lascado no meu dedão. O peito do meu pé tem alguns pelos finos. Esqueci de depilá-los por vários meses. Ele não os nota. Ou talvez note, mas não o incomodam. Ou talvez incomodem, mas ele é gentil demais para dizer qualquer coisa.

— Você quer ter filhos? — repito.

Enquanto faço a pergunta, percebo que não quero filhos que soem como ele, como se suas línguas se movessem com demasiada liberdade nas suas bocas.

Eu havia feito essa pergunta a ele três meses depois de começarmos a namorar, enquanto tomávamos uma garrafa de vinho e contemplávamos a infelicidade dos nossos pais.

— Acho que quero. Você não? — ele diz.

É exatamente a mesma resposta que me deu antes. Ele é o mesmo homem. Não mudou. Amanhã, a lua no céu começará a se mover para dentro das sombras.

— Por quê?

— Por que o quê?

— Por que você quer ter filhos?

Ele dá de ombros.

— Para que possamos ser como todo mundo.

Não consigo lembrar do que eu disse da última vez ou se isso é algo que também quero, mas parece familiar, parece algo que eu diria. Não é a conformidade algo que sempre desejei?

Olho para Dilip e ele está sorrindo.

— Você não saiu do apartamento hoje, saiu?

1986

O chão do ashram está branco e frio contra minha bochecha e há calcanhares rachados por toda parte. Todo mundo está desidratado, mas transpirando. Braços pertencentes a corpos vestidos de branco se estendem para me levantar. Seguram meus braços e pernas, as mãos se fechando ao redor de coxas, tornozelos, pulsos, antebraços, e eu flutuo alguns centímetros acima do solo antes de voltar a ele. Estão sussurrando, discutindo o que fazer comigo.

Kali Mata passa a mão na minha bochecha.

— Querida, levante. Por favor, levante.

Fecho os olhos sob a pele fria das suas palmas, sob o cheiro de cebola verde e ghee nas suas unhas. Eu a amo. Quero fazer isso por ela. Mas não consigo. Quero água. Sinto água saindo da minha boca. Saliva. O ventilador está girando acima das nossas cabeças. Um lagarto corre pela parede, desaparecendo atrás das pernas brancas dos sanyasis. Tento me enrolar como uma bola, mas o buraco no meu estômago grita quando mexo as pernas. Olho para todos os seus rostos.

Conheço os outros, mas só Kali Mata é realmente minha. Seus olhos azuis são como bolas de gude. Posso me ver em seus olhos, deitada, uma mancha seca de tinta branca. Eles se reuniram para me descolar dali.

O chão reverbera — posso ouvir, meus ouvidos estão tão perto do chão, tão aguçados — e posso ouvir a voz dela. Ma aparece entre seus rostos e eles abrem caminho. Fico tensa ao vê-la — não a vejo há semanas, achei que tinha esquecido de mim, me perguntei se estava morta. Ninguém fala dela na minha frente, ninguém me deixa vê-la. Por que eles querem nos manter separadas? Por que apenas Baba pode tê-la?

Ela me levanta do chão, me carrega para outra sala, pressiona um copo contra meus lábios. Atinge meus dentes com um tinido. Eu tomo um gole da água e suspiro. Meu corpo está ressecado por dentro. Olho ao redor e vejo que o quarto é o meu quarto, um quarto que habito sem ela, e choro, jogando meus braços ao redor dela enquanto meu estômago protesta.

— Ela não come nada há dias. Só pergunta por você e aponta para a garganta, dizendo que algo está preso.

Não sei quem está falando, mas sinto o endurecimento dos braços entre os quais estou. Ma está zangada. Já posso sentir o cheiro.

Ela me joga na cama, e minha cabeça sente a madeira dura sob o colchão fino. Eu grito, mas Ma subiu em cima de mim, está me segurando, meus braços e pernas imobilizados, e a agitação que sinto e o pânico param de repente e rolam para dentro, girando sobre si mesmos. Sua mão atinge o lado do meu rosto e, como um relâmpago, vejo a marca antes de ouvir o som. Ela passa os braços ao meu redor e eu sinto meus pulmões encolhendo enquanto perdem ar. Eu grito, mas minha voz está abafada.

A luz começa a escurecer nas bordas, movendo-se lentamente em direção ao centro. É uma surra se não houver um hematoma? Não consigo me lembrar da natureza da dor.

— É melhor você comer quando mandarem — diz Ma. — É melhor você ser uma boa menina.

•

Houve um tempo em que conhecia bem o ashram, em que sua topografia particular fazia sentido para mim. Aprendi a andar descalça, a achar agradável a pressão das pedras. Kali

Mata limpava meus cortes e arranhões, esculpindo a parte interna de uma folha de aloe vera e esfregando na minha pele. Costumávamos nos demorar num pequeno pomar de que ela cuidava, povoado principalmente por mamoeiros carregados. Ela listou os muitos benefícios do mamão à saúde quando cortou com um canivete cego um espécime caído e me entregou uma lasca. Essas lições continuaram mesmo quando eu era mais velha. Quando eu tinha dezesseis anos, ela me ensinou a secar sementes de mamão e fervê-las no chá como forma de controle de natalidade.

Kali Mata e eu saíamos para caminhar juntas no ashram e aprendi a forma do terreno, onde o solo se curvava como um berço e as raízes das árvores ondulavam acima do chão, sem restrições. Conhecia as fendas que poderiam esconder meu corpo, entre as cobras e as altas samambaias, abaixo da percepção do mundo.

No ashram, quando o céu escurecia, não havia luz, exceto o brilho fraco das tochas que desapareciam no bosque. Eu andava com as mãos na frente do corpo, tateando os obstáculos no meu caminho. Baba gostava de contar a história de como se sentara em silêncio por cem dias, sozinho numa caverna isolada perto de Gaumukh, a foz do Rio Ganges. Não falar intensificou seus outros sentidos, deu-lhe habilidades sobrenaturais. Ele conheceu a sensação de levitar por causa daqueles dias, e por observar os ciclos de vida das células em sua pele. Kali Mata disse que eu não deveria interpretá-lo literalmente, mas eu fazia isso. Faço isso. Quando caminhava no escuro, sentia cada teia de aranha, cada pedra sob os pés e sussurros nas árvores, a fragrância de jasmim florescendo à distância. Minhas sandálias marcavam cada passo. As solas de couro estalavam contra os meus pés, tal era a qualidade do silêncio ali.

No início, pensei que nunca seria feliz naquele lugar estranho. Ficava acordada a noite toda, encolhida num canto, sozinha. Eu podia chorar sem sono, água ou comida. Os sanyasis tentavam me persuadir, me abraçar e até mesmo me repreender de vez em quando. Kali Mata me beliscava e dizia para não ser ingrata. Tinha que comer, beber, dormir, todos falavam; tinha que me cuidar, ceder ao meu estado de natureza. Diziam que eu devia fazer isso por Baba. Diziam que eu devia fazer isso por Ma.

Não sabiam que, quando eu fechava os olhos, não conseguia identificar quem eu era, e que ficar acordada era a única maneira de conhecer os limites do meu próprio corpo. Me deram um kurta que pertencia a Ma, branco e gasto, puído nas pontas. Tinha o cheiro dela e eu o abraçava durante a noite. Quando me deitava na cama, ouvia os sons dos grilos e dos morcegos. Suas vozes ecoavam como se estivessem no quarto comigo. As molas do colchão zumbiam sob mim. A casa rangia, e até o chão parecia solto, frágil. Um passo em falso e eu seria engolida.

Os dias eram mais fáceis e, à medida que fui crescendo, realizava tarefas como todo mundo, ajudava na cozinha. Kali Mata disse que tínhamos que retribuir na medida do que recebíamos, mas eu nunca soube medir essas coisas. Comia tomates como se fossem maçãs. Certas pedras revelavam colônias de minhocas, e eu passava horas observando elas cavarem, às vezes cedendo ao desejo de esmagá-las entre as rochas e enterrar suas carcaças. Eu tomava banho, mesmo durante as monções, quando o ralo regurgitava baratas. Aprendi a lavar minha própria roupa íntima e a pendurá-la para secar. Kali Mata me ensinou como segurar um lápis e controlar meu polegar hiperestendido, como deixar minha mão imóvel.

Depois de quatro meses morando ali, encontrei formas de pegar no sono sozinha, ouvindo os sons da respiração de Kali Mata pelo quarto, encontrando um bolsão de calor no centro da cama e enchendo-o com toda a quentura que pudesse reunir, até que conseguisse abrir os braços e pernas sem temer o frio.

Mas nunca consegui controlar o que acontecia à noite. Quando acordei de manhã com sangue no travesseiro e arranhões no rosto, me contaram que tive pesadelos e cortaram minhas unhas bem rentes. Quando isso não funcionou, colocaram luvas nas minhas mãos. Às vezes, eu acordava de manhã com um lençol enrolado firmemente em volta do meu corpo, mantendo meus braços e pernas no lugar. Eu gritava até que Kali Mata me ouvisse e viesse me soltar. Ela disse que tinham feito isso para impedir que eu me debatesse.

Quando cheguei ao ashram, eu não usava fralda, mas um mês depois eles me colocaram uma. Era demais lavar meus lençóis todos os dias. Usei fraldas de vez em quando até irmos embora, quatro anos depois.

Às vezes Kali Mata me abraçava, me segurando tão perto que eu podia sentir o cheiro sob seus braços.

— Sonhei com você, sabe — ela disse. — Sonhei que haveria uma criança que precisaria de mim.

Havia dias em que eu não via Ma em absoluto, e não tinha permissão para vê-la, ou mesmo saber onde ela estava, e aprendi a não fazer perguntas se não quisesse ouvir as respostas. Quando ela surgia, era uma aparição, e nós sentávamos juntas, ambas de branco, eu mais uma vez uma extensão do seu corpo. Ela me abraçava e me beijava e me dava comida com as mãos, arroz amolecido com leitelho, como fazia quando eu não tinha dentes. Às vezes, à noite, ela vinha, quando achava que eu estava dormindo. Eu ficava imóvel e pesada, deixando ela encontrar uma maneira de encaixar nossos corpos. Seu rosto e kurta costumavam ficar úmidos, e ela respirava com dificuldade junto à linha onde meu cabelo brotava. Outras vezes, sua voz aumentava de volume, perfurando o ar, e sua mão ou pé encontrava uma maneira de cair sobre mim. Houve beliscões, tapas, chutes, espancamentos, embora agora eu não me lembre do motivo pelo qual eles foram retaliação. Para mim eram acompanhados de surpresa, medo e um sentimento que perdurava para além da dor do impacto, me cauterizando de dentro para fora. Entendi que às vezes Ma estava presente e às vezes não estava, mas isso não era nem ruim nem bom, e era assim que nossas vidas seriam. Estar juntas ou separadas era algo independente de desejo e felicidade.

Houve momentos em que me escondi. Às vezes, por dias inteiros. Eu podia ser invisível, sem som, sem cheiro. Quando no final me encontravam, era apenas porque eu queria ser encontrada.

Com o tempo, as solas dos meus pés endureceram. Não me lembro exatamente como eram antes, mas lembro que eram diferentes.

•

No ashram, algumas pessoas choravam como crianças agitadas quando viam Baba, enquanto outras choravam silenciosamente. Havia uma senhora cuja pele parecia leite coalhando no chá, e ela caía de joelhos, tremendo, quando ele passava. Depois tocava os pés de Ma também.

Mas a maioria das pessoas no ashram era diletante. Era o que Kali Mata gostava de dizer. Ela torcia o nariz para aquele tipo, os que provavam de tudo no mercado. Eram promíscuos em suas crenças, como amantes inconstantes. Discutiam sua ambivalência abertamente, na frente de Baba, usavam jeans sob os kurtas e cortavam as mangas para tomar sol nos ombros escuros. Verdureiros montavam barracas e casas de penhores proliferavam logo além do portão do ashram para esses visitantes ocasionais. Vendiam camisas e calças brancas já prontas, em diferentes tamanhos e estilos.

E havia quem tirasse a roupa na sala de meditação e, de peito nu, se deitasse no chão, braços e pernas abertos, olhos revirados, às gargalhadas.

Desses eu nunca esquecerei. E de Baba, rindo, batendo palmas.

No ashram, a voz de Baba era suave, mas trovejante, e eu sempre desviava o olhar quando a ouvia. Ele falava sobre desejo e alegria — dizia que nos ensinaria a conhecer os dois juntos. Nunca entendi como conseguir isso, mas enquanto me sentava todos os dias para assistir as meditações, que sempre começavam em silêncio e terminavam em frenesi, descobri que havia vida em ser espectadora em vez de participante. Todas as noites, enquanto os seguidores explodiam em cacofonia e se debatiam, libertando quaisquer animais que estivessem cativos dentro deles e deixando-os escapar para o vórtice da pirâmide, eu coletava meus vários sentimentos, sobre Ma, o ashram, os momentos que compunham meu dia. Colocava eles num prato na hora do jantar e os observava. Eles ficavam lá, moles. Não queriam lutar. Não venceriam, não queriam tentar. Eu olhava ao redor e ouvia muitas vozes e via os muitos corpos que pareciam compor uma forma gigante, um gigante maior do que Baba, mas um espelho do que ele era, uma coleção de tantos desejos. Eu sabia que esses desejos estavam lá, que eram poderosos o suficiente para controlar os padrões do clima e trazer inundações todos os anos, mas não conseguia imaginar como passavam, como eram entregues e embolsados na minha frente. O desejo adulto era algo que eu ainda não entendia. Não havia espaço para mim perto dele, e nenhum outro lugar onde eu pudesse ir. Então deixava o prato ao meu lado, observando ocasionalmente seu conteúdo, vendo ele crescer. Um dia, misturei ele na minha comida e engoli inteiro.

Quando deixamos o ashram, era 1989. Eu tinha sete anos.

Às vezes posso sentir aquela garota surgindo no fundo da minha garganta, tentando sair por qualquer orifício que consiga. Mas eu a engulo até a próxima vez que ela quiser nascer de novo.

A cada seis meses, lavo as cortinas de todos os cômodos da casa e penduramos lençóis nas hastes à noite para nos proteger da luz. Ma e eu lavávamos nossas cortinas em casa, mas agora temos que mandá-las para uma lavanderia especial porque Dilip tem cortinas blecaute que são grossas e pesadas demais para caber na nossa máquina de lavar. Será que eu já tinha dormido num quarto realmente escuro antes de conhecer Dilip? Ele diz que nos Estados Unidos é diferente, diferente de uma maneira que eu não vou conseguir imaginar até ir para lá. Cresci num lugar que está sempre em guerra consigo mesmo, acostumado à sua própria turbulência interna. As paredes são permeáveis a sons e cheiros, até mesmo a luz parece penetrar. Pergunto a ele o que há de tão ruim nisso. Nada, ele diz, exceto que não é como deveria ser.

Digo que ele se preocupa demais que tudo tenha de ser estéril. Ele olha ao redor da casa, para a ordem cuidadosa que impus, e ri.

Sacudo a cabeça.

— Não, é diferente. Eu sei que o que tenho é uma doença, mas nos Estados Unidos você acha um privilégio.

Ele cruza os braços e diz que não tenho ideia de como esta vida é diferente daquela em que ele cresceu. Olho ao redor para nossa televisão e nossa cama e nossas cortinas, para nossos shopping centers e restaurantes, e não consigo ver como.

— Imitações — ele diz.

•

Passo a maior parte da tarde no estúdio. Meus lápis de grafite têm números de série e um logotipo marcado nas laterais. Ouço Dilip andando pela casa, não pelo ruído dos seus passos, mas pelo som fraco de estática que seu corpo faz ao se mover no ar. A primeira vez que viu meu trabalho, Dilip me perguntou como eu decido que tipo de arte fazer ou no que trabalhar. Respondi que não faço isso. Na verdade, nunca fui particularmente cuidadosa nesse sentido. A obra aparece como que por acaso e então me seleciona.

A empregada bate na porta, perguntando o que deve cozinhar para a noite, mas eu a ignoro. Dilip e eu brigamos uma vez porque ele me ouviu repreendê-la. Ele disse que isso é algo que sempre há de nos separar — os americanos não se comportam de certas maneiras. Pedi a ele que não idealizasse o verniz polido da sua infância porque todo mundo sabe do que os americanos são realmente capazes.

Começo meu dia de trabalho desenhando de memória, algo solto e sem forma, uma impressão fugaz, para aquecer a mão. Em geral escolho alguma coisa com a qual tive contato — uma escova de dentes, as chaves do meu carro, uma parte do corpo de Dilip. Às vezes embelezo, tento completar o objeto, contextualizar — a escova de dentes numa boca aberta, as chaves do carro na mão, uma parte adicional do corpo de Dilip. Em seguida, adiciono os detalhes, mesmo que a forma geral seja apenas um esboço tênue. Adiciono textura com traços curtos e nítidos — sombra, hachura ou espirais de cabelo preto.

Sei que terminei quando fui longe demais, quando a imagem se afastou do seu assunto original, alterada a ponto de ser quase grotesca. Animal tornando-se homem, homem tornando-se objeto. Faço isso como preparação para o trabalho real, para tirar as besteiras do meu sistema. É uma espécie de catarse, se a catarse realmente funcionar. Sei que é bom chorar, às vezes, mas Dilip diz que os jogadores de futebol americano nos Estados Unidos, que batem uns nos outros o dia todo, têm mais probabilidade de bater nas esposas, então talvez só o amor gere amor.

Da gaveta da minha escrivaninha, tiro o desenho do dia anterior. O rosto sempre parece o mesmo para mim, embora cada dia acrescente outra diferença sutil, dando um passo além do original. Às vezes me sinto tentada a olhar para o início, para a primeira imagem. Mas essa tentação faz parte do processo. Não olho para trás até que o desenho do dia esteja terminado.

Me pergunto se um dia vou passar do ponto, cometendo aquele pequeno erro que vai transformá-lo de homem em macaco, aquele deslize na proporção que indica uma espécie inteiramente nova. Ou talvez eu vá pecar pela falta, achatá-lo com minha mão preguiçosa e transformá-lo num manequim. Mas esses medos não são constantes; com o tempo, eu os vi inflar e estourar.

Há dias em que o pavor de cometer um erro faz minha mão tremer, e há dias em que os erros parecem algo pequeno demais diante de tantos anos de trabalho. E há dias em que quero parar, em que nunca mais quero ver esse rosto.

Quando acabo, coloco o desenho na gaveta, que fecho com um estrondo solene.

•

À noite, Dilip e eu somos convidados para uma festa, e cheiramos pó porque todo mundo está cheirando. Fico na varanda sem xale e sinto os pelos dos meus braços se eriçarem nos poros. Quando olho para baixo lá do nono andar, quero que todos na rua sejam pequenos como formigas, mas não estamos em altura suficiente para isso, e me sinto frustrada e um pouco irritada. Conversamos por um tempo e eu me canso de todo mundo rapidamente, mas meu coração não para de bater com força, e me sinto nostálgica dos dias em que as festas pareciam inocentes com ecstasy e dança.

Todos estão curiosos para saber como Dilip está se saindo como vegetariano. Fazem uma pergunta de cada vez e esperam que ele pondere sua resposta. A dona da casa faz questão de passar para ele os pratos que não contêm carne animal. Ele diz que se sente melhor, mais limpo do que há muito tempo.

Uma amiga nossa diz que ele parece mais jovem do que antes. Ele sorri para ela e eles começam a discutir as deficiências de vitamina B na população indiana.

As lanternas penduradas ao longo do terraço cintilam e balançam com o vento. A discussão muda dos benefícios relativos do vegetarianismo para o quão difícil é ser paleo e alcalino com uma dieta indiana, e quem mudou inteiramente do arroz branco para o integral.

— Você notou — eu digo, quando estamos a caminho de casa —, quando os homens mudam suas dietas, todo mundo é tão respeitoso, mas quando as mulheres fazem isso, todos tentam convencê-las a trapacear?

— Mas ser vegetariano não é só uma dieta. Não se trata de vaidade.

Apoio a cabeça contra o assento do carro e olho pela janela.

— Eu disse à minha mãe para vir ficar com a gente.

Dilip está prestes a anuir com a cabeça, mas faz uma pausa.

— Ficar com a gente? Ou morar com a gente?

Olho para ele e minha boca se abre.

— Ficar com a gente. Por algumas noites. Uma semana, no máximo.

Dilip se recosta no assento e olha para a frente.

— Claro.

Passamos por algumas lombadas próximas umas das outras antes de eu dizer:

— Acho que, em algum momento, Ma vai ter que morar com a gente.

Dilip se inclina para frente e aumenta a música para que nosso motorista não ouça.

— Quando?

— Não sei. Não tenho como dizer uma data exata. Em breve.

Deslizo para fora dos meus sapatos quando entramos no nosso apartamento e posso sentir o cheiro do couro barato. Limpo os pés nas pernas das calças.

Meu marido se deita no sofá ainda calçado. Estamos nos olhando, apesar de todos os espelhos. Ao nosso redor há oito sofás, dezesseis luzes, quatro mesas de jantar e trinta e duas cadeiras. Vejo no vidro impressões digitais que não percebi à tarde. Existem inúmeros outros objetos na sala que não se transformam em reflexos; são decepados, cortados pela metade e esquartejados por outros objetos. A sala em metros quadrados não pode acomodar essa profusão, essas realidades parciais e borradas. Nosso apartamento parece cheio demais e tenho vontade de jogar alguma coisa fora.

— Acha que ela deveria morar com a gente? Vocês não conseguem suportar uma à outra por mais de um minuto.

Meu queixo enrijece e mal consigo abrir a boca. Tenho uma resposta, mas não estou satisfeita com ela. Ele sabe coisas demais sobre minha mãe e pode usá-las contra mim. Às vezes, eu gostaria de não ter confiado nele. Gostaria que ele fosse um estranho.

— Ela precisa de mim.

Ele anui com a cabeça e dá de ombros. Isso significa que concorda, mas não sabe como responder? Ou ele me ouve, ouve as palavras, mas não acha que quero dizer o que estou dizendo? Ser indecifrável neste momento parece cruel, pouco característico dele, mas talvez o que ele tem a dizer seja pior.

Quero uma resposta sobre o que ele quer dizer, mas vejo que ele também quer uma resposta, uma resposta a uma pergunta que já esqueci. Esperamos em silêncio que um de nós fale primeiro, que a confusão seja desfeita. O álcool e a queda da euforia nos deixam irritados e com preguiça de ser atenciosos.

— É difícil para mim — ele diz — entender seu relacionamento com ela, às vezes. Estar perto dela é muito estressante para você. E vice-versa. Para ser honesto, me pergunto se você vai fazê-la piorar ou melhorar.

Eu faço que sim. Ele tem razão. Mas quero chorar por ser idiota, por dar a ele as ferramentas para fazer essa incisão.

Prendo cartões brancos com nomes e números de emergência escritos em letras maiúsculas na parede acima do telefone de Ma. A pintura está descascando e alguns dos cartões flutuam até o chão. Persisto. Ma está sentada no sofá, me observando. Coloca a mão no meu traseiro e a move em um movimento circular áspero.

— Você vai ter um bebê.

Olho para ela.

— Não vou, não.

— Em breve, muito em breve.

— Acho que não. Não estamos prontos.

— Eu sei que vai. Vi num sonho.

Ela tem falado muito sobre seus sonhos recentemente. Comigo, com os vizinhos, com as pessoas na rua. Aparentemente, aconselhou o vigia a colocar seus negócios em ordem. Ele interpretou isso como uma ameaça e agora se recusa a abrir o portão para o meu carro quando eu a visito.

— Você já tem tanto aqui — ela diz, a mão ainda no meu traseiro. Parece que está tentando apagá-lo. — E ainda nem teve filhos.

Eu não respondo.

Ela continua.

— E está sempre fazendo regime.

— Todo mundo está sempre fazendo regime.

Ela balança a cabeça.

— Eu nunca faço regime. E na sua idade? Na sua idade eu comia biscoitos Parle-G untados com manteiga branca.

Sinto um calafrio. Já fiz isso, espalhei manteiga nos biscoitos e comi aos montes, delirante e apressada, com medo de ser pega em flagrante pelas freiras do internato depois de termos invadido a despensa no meio da noite. O gosto continua ilícito para mim, algo engolido depressa demais, algo que corre o risco de voltar pela garganta, algo que foi direto para o meu cérebro, que estava sempre nebuloso, privado de gordura, me obrigando a sair à deriva pelo espaço.

Ma não sabe. Nunca disse a ela que durante uma parte da minha infância eu estava sempre com fome e desde então venho buscando um pouco de saciedade. Falar nunca foi fácil. Ouvir também não. O que éramos uma para a outra sofreu um colapso em algum momento, como se uma de nós não estivesse cumprindo sua parte do acordo, defendendo seu lado. Talvez o problema seja o fato de estarmos do mesmo lado, olhando para o vazio. Talvez estivéssemos famintas pelas mesmas coisas, e nos somarmos apenas duplicou esse sentimento. E talvez seja isso, o buraco no coração da questão, uma deformidade da qual não temos como nos recuperar.

Na cozinha, posso sentir o cheiro de algo azedo, algo fermentando. Dentro de uma panela aberta ao lado da pia há uma montanha de feijões-mungo amarelos de molho na água. Os grãos estão derretendo, se dissolvendo, brancos e borbulhantes. Pergunto à minha mãe há quanto tempo o dal está de molho. Ela caminha devagar até a cozinha e espia dentro da panela. Sua cabeça está parada, mas seus pensamentos correm em círculos nos últimos dias, o loop permanecendo irreconhecível a cada passagem.

Empurro a panela para dentro da pia e abro a torneira. A água no metal soa como ondas quebrando.

Minha mãe inclina a cabeça e me olha, como se eu tivesse voltado depois de muitos anos longe.

— Você está diferente — ela diz.

•

Rachaduras originadas em outro apartamento sobem pela parede, brotando em plena floração no canto do meu estúdio. Há dias em que os vizinhos me reconfortam e há dias em que a proximidade parece perigosa. Se as rachaduras viajam, eu me pergunto o que mais consegue passar pelas paredes. Umidade, vozes. Às vezes, enquanto gritamos um com o outro, imagino os vizinhos do outro lado pressionando as orelhas contra o gesso. Ou talvez eles se sentem no sofá lado a lado e observem os sons invadirem seus cômodos, sons que quase tomam forma, mudando de peso.

É uma luta permanecer presente onde quer que eu esteja, porque minha mente viaja no tempo e no espaço, não apenas até o passado e o futuro, mas também até as casas que nos cercam neste condomínio, até os corpos que habitam esta cidade. Quando vejo gráficos populacionais, o país parece uma confusão de gente, os números enviesados na direção dos jovens e dos famintos, e imagino todos eles logo ali, do lado de fora, subindo uns sobre os outros até encontrarem seu caminho por uma janela aberta, um alçapão ou mesmo uma rachadura, e estão todos aqui comigo, ou por perto, avançando, suando, gritando, balindo, relinchando, às vezes um mar de branco, às vezes de cor, e eu sinto a ameaça junto à minha nuca, mesmo que Dilip e eu continuemos nossa discussão sobre que tipo de mobília caberia no estúdio.

Na loja de departamentos, olhamos para uma cama de solteiro com uma etiqueta vermelha de liquidação ampliada e esticada ali em cima como um lençol. A cama vai servir para minha mãe e não ocupará muito espaço no quarto, mas Dilip se pergunta se no futuro não iremos nos arrepender de não termos comprado uma cama maior.

— Por que nos arrependeríamos? — pergunto, embora já consiga pensar em vários motivos, e decidimos ficar com a pequena cama por enquanto, adiando o remorso para o futuro em vez de administrá-lo no momento, porque, afinal, quem sabe por quanto tempo vamos morar neste apartamento?

Dilip acrescenta: Quem sabe por quanto tempo precisaremos de um espaço para fazer arte, ou por quanto tempo viveremos na Índia, ou por quanto tempo ainda viveremos? E embora ele considere essas perguntas animadoras e cômicas, elas me enchem de irritação. Ficamos na fila para pagar nossa cama nova e me imagino morando longe da única casa que conheci, morrendo numa terra estrangeira, até que o vendedor que registra nossa compra pergunta se a cama é para nosso filho.

— Não — eu digo. — É para a minha mãe.

•

— **Não vou conseguir** dormir neste depósito — diz minha mãe, olhando em volta para os livros e gavetas e as caixas no canto empilhadas uma sobre a outra.

Enrolo as cortinas claras e finas em torno de si mesmas com um nó e elas balançam suavemente. A janela do meu estúdio dá para uma piscina que ninguém no prédio parece usar. Penas e folhas em decomposição se fundem numa massa de terra na superfície da água e tudo parece mais sujo do que o normal.

— Posso tirar tudo do quarto — digo, ainda olhando lá para fora.

— Não, não. Não precisa.

Ela não diz mais nada, mas sinto que está pensando: *Não vou ficar aqui por muito tempo.* Não discutimos se este é um teste para um evento iminente ou uma festa do pijama para adultos, e acho que seria melhor que ambas continuássemos com nossas ilusões separadas. Mas quando a pequena sacola de lona que ela trouxe se abre e descobrimos que esqueceu sua escova de dente, seus remédios, roupas de baixo e camisola, percebo que pelo menos uma de nós precisa estar lúcida e talvez o tempo para as minhas ilusões já tenha passado.

•

Estou sozinha no carro no caminho de volta ao apartamento de Ma para pegar suas coisas e fico presa como a fita de um cassete, sem saber como prepará-la para se despedir e qual a melhor maneira de fazê-lo. Porque temos que compreender o propósito desse fim tanto quanto ela, mesmo que seja difícil de registrar, já que ela ainda estará lá quando voltarmos no dia seguinte, sem parecer ou agir diferente do dia anterior. Esta é uma perda longa e prolongada, durante a qual se perde um pouquinho de cada vez. É possível, então, que não haja outra coisa a fazer além de esperar, esperar até que ela não esteja mais lá dentro da sua concha, e o luto possa acontecer depois, um luto cheio de pesar porque nunca tivemos um encerramento verdadeiro.

O interior do seu apartamento beira a catástrofe, evitada pelas apáticas tentativas de Kashta de mantê-lo limpo, mas ela também sabe que sua patroa não está bem e toma certas liberdades quando pode. Me pergunto como vou amar Ma quando ela chegar ao fim. Como poderei cuidar dela se a mulher que conheço como minha mãe não estiver mais morando no seu corpo? Quando ela não tiver mais plena consciência de quem é e de quem eu sou, será possível para mim cuidar dela como faço agora, ou serei negligente, como somos com crianças que não são nossos filhos, ou animais sem voz, ou com os mudos, cegos e surdos, acreditando que vamos nos safar, porque a decência é algo que representamos em público, com alguém para testemunhar e avaliar nossas ações, e se não houver o medo da culpa, qual seria o sentido?

Os sutiãs esfarrapados e remendados estão numa gaveta com suas calcinhas. Pego todos eles.

— O que você está fazendo?

Eu me viro. Kashta está parada na porta, coçando o couro cabeludo com o dedo médio.

— Estão rasgados. Quero jogar fora.

Kashta muda a posição do corpo.

— Eu posso levar.

Eu tinha planejado jogar fora muitos deles, junto com uma pilha de revistas que tenho certeza de que Ma não lembrará. Mas Kashta me observa, a mim e ao arame exposto nas minhas mãos. Entrego os sutiãs e o segredo está seguro. Espero que essa troca passe despercebida, a menos que Ma comece a suspeitar que Kashta está roubando dela. Talvez ela fique aliviada que aquelas coisas miseráveis das quais não conseguia se livrar finalmente se foram.

— Não deixe aqui no apartamento — digo a Kashta ao sair.

•

Quando chego em casa, o clima mudou com a ajuda do crepúsculo e do uísque. Ma dá goles vigorosos num copo frio. Há anéis de condensação sobre todas as superfícies. Dilip ergue os olhos quando eu entro.

— Quer tomar alguma coisa? — pergunta, erguendo seu próprio copo para que os cubos de gelo batam uns contra os outros.

Faço que não com a cabeça.

Ma trocou de roupa e colocou um vestido que me dou conta de que é meu. O tecido de algodão estampado aperta seu torso pesado, transformando seus seios numa única unidade. As mangas cortam suas axilas. Ela está começando a suar. Os botões nas costas do vestido mal se prendem aos buracos e, quando me sento ao lado dela no sofá, posso ver pedaços cremosos de pele que nunca viram o sol.

— Ma, por que você está usando meu vestido?

Ela olha para mim e depois para Dilip. Ele pisca os olhos e minha mãe começa a rir, ainda olhando para ele.

— É meu vestido — diz ela.

— Não. Não é. Não cabe em você.

Ela encolhe os ombros o melhor que pode dentro das minhas roupas.

— Eu tenho um igual.

Dilip está espiando seu copo, evitando contato visual conosco, embora ambas pareçamos estar olhando para ele, talvez esperando que seja o árbitro. Ele deve estar se perguntando se é assim que seremos em breve, se é assim que todas as noites vão se passar. O que estará procurando em seu copo? Talvez uma saída.

Pego a bolsa com a qual entrei e tiro dali um roupão. Ma o ignora quando eu o estendo para ela e pega uma revista da mesa de centro com a mão livre. Vira algumas páginas sem olhar para mim e depois zomba.

— Olhe só para isso — diz ela.

Sua voz está murchando. Dilip se inclina para frente.

— Pequenas marcas, aqui e em toda parte. O que é isso, uma perna?

Ela encontrou uma pequena passagem no texto onde eu desenhei um rabisco que é de alguma forma tão ofensivo que ela não pode deixar passar.

— Parece mesmo uma perna? — ela pergunta a Dilip. — Este é o hábito dela desde a infância, você sabe. Desenha em tudo. Não pode deixar nada como está. Foi uma das maiores reclamações quando foi para o internato. Acho que é realmente a razão pela qual a expulsaram. O que aquela freira disse? Sua filha desfigura tudo em que põe as mãos. Você acredita nisso? Eles a expulsaram da escola por causa disso.

O olhar de Dilip me encontra e viaja até a pequena cicatriz na minha mão. Ele pigarreia.

— Ela tem talento para isso — diz, continuando a falar como se eu não estivesse ali. — Era a vocação dela, pense dessa maneira.

Ma se joga para frente e ri e sua testa quase toca o vidro. Seu cabelo cai na frente dos olhos quando ela se vira e olha para mim.

— O talento dela é ser estranha. Fazia coisas estranhas quando criança e agora também, como mulher. Que tipo de arte estranha você faz? O mesmo rosto, dia após dia. Que tipo de pessoa faz uma coisa tão idiota?

— Ma — Dilip começa a dizer —, acho que deveríamos...

— Tenho que explicar quando as pessoas me perguntam e não sei o que dizer. Sinto vergonha.

— É disso que você sente vergonha? — eu choro.

Minha boca treme. Essa pessoa, que nunca fez algo que valesse a pena na vida, acha que sou uma vergonha?

— Por que você simplesmente não me diz quem é? Quem é a pessoa na foto? — seu rosto se encolhe e seus olhos estão transtornados.

— Já disse um milhão de vezes — falo com os dentes cerrados. — A pessoa é quem quer que você veja, e todo mundo vê alguém diferente. A imagem original não importa mais. Era a foto de um estranho e agora eu a perdi.

Ma põe a mão num dos lados do rosto. A mão migra para a testa e seus olhos se fecham.

Dilip pigarreia e termina o que resta em seu copo.

— Ma, você está pronta para o jantar? — ele pergunta.

Ela abre os olhos e o observa, a boca formando uma linha dura, e então se levanta, devagar, morosa, de modo que por um momento não temos certeza se está de pé ou caindo. Com compostura, ela balança a cabeça.

— Quero me deitar um pouco.

Eu a vejo sair da sala, copo na mão, e sinto que não consigo respirar. Cada parte de mim quer lhe fazer mal, arrancar minhas roupas das suas costas e humilhá-la. Enterro o rosto nas mãos e, quando enfim sinto que posso suportar a luz, me volto para Dilip. Ele está me observando, inclinado para a frente com os cotovelos apoiados nos joelhos. Sei o que ele vai dizer. Como é possível ela morar com a gente? Como podemos deixar essa criatura horrível envenenar a nossa casa?

— Esses desenhos realmente a incomodam — ele diz.

Sinto minhas sobrancelhas franzirem. Engulo em seco e tento dar de ombros.

— Você ainda quer continuar — ele diz —, mesmo que a incomodem tanto?

Ouço minha pulsação nos meus ouvidos. Cruzando as mãos, olho para meu colo.

— Não passei tempo suficiente tomando decisões baseadas nela?

•

Me movimento silenciosamente pelo quarto, embora me sinta arrebatada por dentro, um cavalo louco dando pinotes, enquanto a noite se abre diante de mim como se eu a estivesse vivendo de novo, primeiro suas palavras, a risada louca, o corpo nojento escorrendo para fora das minhas roupas. E então a intervenção de Dilip, que talvez seja pior, porque veio por trás de mim como uma faca traiçoeira. Não era ele que não queria que ela vivesse com a gente? Não disse que eu era próxima demais, que precisava de alguma distância da loucura dela? E agora ele acha que eu deveria parar meu trabalho porque a angustia? Por que, por que tudo tem que girar ao redor dela o tempo todo? Sinto o corpo dele se acomodar na cama e ouço o ritmo da sua respiração enquanto me imagino virando e apertando minhas mãos em torno da sua garganta enquanto ele dorme.

Me sento quando um som agudo atravessa a sala. Vem do estúdio.

Abro a porta e vejo os cacos brilhantes de um copo d'água que deixei para minha mãe refletindo a luz no chão, enquanto ela senta como uma bruxa, hipnotizada por um pequeno incêndio na lata de lixo. Onde ela conseguiu um isqueiro ou fósforos? Sinto Dilip aparecer ao meu lado e juntos nós a observamos jogar bolinhas de papel no fogo, esperando que cada uma seja consumida antes de adicionar outra. Ela é metódica e não parece nos ver, e mal noto a pilha dos meus cadernos que ela estripou, os fragmentos de imagens que jazem no chão. Fico paralisada, pasma com a luz no quarto escuro, toda essa cena que deve ser um sonho.

Na chama, começo a ver um corpo, o princípio de alguma divindade dançante, e um terror primordial surge em mim. Ma ri e despeja o conteúdo de um copo na cesta, e o fogo explode, avolumando-se, projetando-se como uma coluna iluminada até o teto. Viro o rosto quando o calor me golpeia como uma mão aberta. O papel em chamas, desintegrando-se, salta da cesta em partículas brancas e cinzas antes de cair como brasas no chão. Ma se aproxima e a ponta do vestido pega fogo, mas ela não percebe, e nós duas nos assustamos quando as luzes se acendem e um balde d'água cai sobre ela e a chama.

Minha mãe pisca os olhos, queimada e molhada. O algodão fica transparente com a água e vejo as bolhas raivosas em suas mãos. Ela estremece e envolve a si mesma com os braços.

Há quanto tempo estou aqui? O piso de acrílico que parecia madeira derreteu numa poça de plástico fumegante. Eu tusso e Dilip abre a janela. Olho para ele do chão, onde estou. Daqui, seus ombros parecem heroicos.

Eu a visto com roupas secas, ignorando as pústulas nos seus dedos. Nós a acomodamos na sala de estar. O sofá de couro é escorregadio demais para os lençóis, mas fazemos o melhor que conseguimos. Dilip e eu não falamos enquanto a observamos se enrolar. Ficamos deitados acordados, vendo formas passarem pelo teto como nuvens febris.

•

No dia seguinte, levo Ma para a casa dela sem dizer nada, sem ouvir o pedido de Dilip para chamarmos um médico. Não me comove a ideia de que ela possa fazer mal a si mesma. O que quer que ela queira fazer, que faça na sua própria casa. Ela queria destruir meus desenhos e fez isso — anos de estudos, esboços preparatórios, alguns com mais de dez anos, desapareceram da noite para o dia. Todas as imagens que foram um registro de momentos da minha vida, memórias, mas também o meu devir, a criação de um eu separado dela. Talvez ela estivesse atrás de algo mais — talvez quisesse que esta casa desaparecesse, minha casa conjugal, aquela que me mantém distante, o único lugar onde estou segura. Talvez ela desejasse incinerar meu casamento. Talvez minha vida.

Os resquícios desse desastre levam mais tempo para administrar. Um pintor cobra caro demais para cobrir a mancha cinza no teto, e o piso foi descontinuado e precisa ser totalmente refeito. Por duas semanas, o estúdio fica isolado, coberto de poeira, uma zona perigosa de produtos químicos e confusão. Todos os meus pertences são removidos, empilhados num canto da sala. Não deixa de nos ocorrer que nada disso teria acontecido se eu tivesse desocupado o quarto em primeiro lugar.

•

Acordo com uma luz fraca e pálida e todas as caixas abertas. Meus desenhos estão espalhados, com o papel manteiga desdobrado. Alguns em pilhas, outros separados. Aquele rosto desprotegido, vulnerável aos elementos — aquele mesmo rosto com pequenas diferenças, repetindo-se como uma gagueira sem fim em torno de Dilip.

— Você disse que não havia uma foto — ele diz.

Meus olhos ainda estão nos desenhos. Faz algum tempo que não os vejo abertos assim. Mal registro o que ele diz.

— Você disse que não havia uma foto — ele fala de novo. — Disse que tinha perdido.

Dou um passo na sua direção. Na sua mão está uma fotografia com um canto amassado. Paira de leve na pele da sua palma aberta. Eu recuo novamente.

— Por que você mentiu?

Minha boca está seca da passagem da noite.

— Qual era a necessidade de mentir? Quem é ele?

Tento engolir.

— Não vou perguntar de novo. Quem é ele?

— Eu encontrei a foto — ouço-me dizer. — Nas coisas dela.

— Encontrou? Ou pegou?

— Encontrei.

— Antara, quem é ele?

— Ninguém. Ninguém para mim, de todo modo. É um homem que minha mãe conheceu — meus ombros caem. — Eles eram amantes.

1989

Eu soube que aquela noite era diferente quando Ma entrou no quarto que eu dividia com Kali Mata. Ela estava com princípios de hematomas no rosto. Não fechou a porta suavemente.

— Acorde — disse.

Colocou uma garrafa d'água e cem rúpias presas com um elástico num saco de pano. Falou com Kali Mata em voz baixa.

Eu sabia que estavam falando sobre ela, a dourada, a nova favorita que tomaria o lugar de Ma, que agora moraria com Baba do outro lado da porta esculpida. Estava decidido. Kali Mata suspirou e balançou a cabeça.

— Não é motivo para ir embora. Eu fui? Alguma das outras foi? Nós todos te amamos. Você é uma de nós. Sempre haverá um lugar aqui para você.

Ma riu e chorou ao mesmo tempo. Enxugou o nariz gotejante com a manga do kurta. Seus olhos estavam arregalados, a boca tensa.

— A verdade é que eu odeio isto aqui — disse Ma. — Sempre odiei.

Eu nunca tinha visto ela assim antes. Comecei a tremer. Kali Mata me segurou nos seus braços e disse que me amava.

Saímos sem dizer uma palavra a ninguém. Ninguém veio nos ver partir. Caminhamos por algum tempo. A noite foi preenchida com o cheiro forte de óleo diesel e sons de caminhões. A boca de Ma se mexia enquanto ela se convencia a não voltar. Ela cobriu os lábios com a mão para interromper as palavras.

Um veículo decrépito parou diante de nós. Era um Tempo Traveller e o rosto do motorista estava obscurecido. Na parte de trás havia um pacote de formato irregular preso com corda velha.

— O que é isso aí atrás? — Ma perguntou. Ele olhou para ela, mas não respondeu. — Mobília?

— Talvez — ele disse. — Para onde?

Ele usava um boné de lã e um cachecol puído no calor. Pelos grisalhos brotavam no seu rosto, um matagal das suas orelhas. Atrás dos óculos, os olhos eram ampliados ao dobro do tamanho. Flores azuis desabrochavam nas suas pupilas.

— Clube Poona — ela disse.

Ele assentiu.

— Clube Pune.

Sentei no colo dela, no banco do passageiro. Ela colocou os braços com força em volta da minha cintura. Minha bexiga estava cheia, mas não mencionei isso. Uma pequena Lakshmi de metal pendia do espelho retrovisor torto. A deusa sentava num lótus. Tinha quatro braços. Ou seis. Estremecia com os solavancos do veículo. Ma suspirou e apoiou os ombros no assento de vinil. Pude sentir o cheiro da última refeição do motorista e um odor de enxofre quando ele se inclinou para ajustar a porta dela. Seu braço permaneceu, pressionado contra mim, contra os braços de Ma ao meu redor, por um momento.

— Você não vai se lembrar dessas dificuldades um dia — ela sussurrou no meu ouvido. — Quando for mais velha, todos esses momentos deixarão de existir.

O sol estava começando a nascer quando chegamos ao clube, e o guarda reconheceu Ma no seu estado desgrenhado e nos deixou entrar. Ma pediu para ser deixada no clube porque era o único local, além da estação de trem, que o motorista com certeza conheceria. Além disso, era o único lugar onde podíamos usar o telefone. Não percebi na hora, mas Ma não tinha feito planos antes de deixar o ashram. Não tinha ideia para onde iríamos, quem concordaria em nos acolher e em que condições. Não falava com o marido havia anos e tinha dito aos pais que não queria ter nada a ver com eles se insistissem que ela desse uma segunda chance ao casamento.

Ma me disse para esperar no parquinho na entrada enquanto ela ia telefonar. Sentei na parte inferior do escorrega de metal e me deitei, olhando para o céu. Observei pássaros pousando nos fios elétricos que cruzavam as árvores, balançando para frente e para trás como crianças pequenas. O parquinho estava vazio e não havia mais ninguém por perto. Eu sabia que as crianças gostavam de brincar ali, mas eu nunca havia gostado e não tinha certeza do que fazer. Concluí que odiava parquinhos, estranhas paisagens de metal sem propósito. Odiar o parquinho era bom, direcionava o meu sentimento de mal-estar, fundamentava-o num objeto que eu podia ver. Esse desprezo ainda surge nos momentos em que me sinto desconfortável. Eu rejeito de modo a nunca ser rejeitada.

Quando Ma voltou, eu tinha lama nos joelhos e sujeira sob as unhas. Ou eu já tinha antes? O dia estava mais claro. Ma não pareceu notar. Eu podia sentir o coração dela batendo na sua mão quando ela agarrou meu braço.

— Eles não vão nos ajudar.

— Quem? — perguntei.

— O nojento do seu pai. Ou seus Nana-Nani.

Eles não iam nos ajudar? Isso não parecia combinar com eles, pelo pouco que eu sabia — a mulher que me segurava contra sua pele enrugada e o homem que estendia sua dentadura superior como uma bandeja de caixa registradora porque isso me fazia rir. E meu pai. Meu pai com certeza me ajudaria.

Pai. Pai. Pai. Eu não conseguia lembrar nada sobre o meu pai. Eu era um bebê quando saí da sua casa. E até onde eu sabia, ele nunca tinha vindo atrás de mim.

Eu sonhava com ele às vezes, quando estava no ashram. Às vezes imaginava um homem cujo rosto não conseguia lembrar me levando para longe da minha mãe. (Será que imaginei isso ou Ma plantou a imagem ali quando me dizia que eu sempre queria deixá-la, que sempre queria feri-la?)

Meu pai era um desconhecido e às vezes eu podia ser persuadida a imaginar que era melhor assim.

— Estão tentando mandar na gente como tiranos, mas eu não vou deixar — disse Ma. Seus olhos estavam arregalados e vermelhos nos cantos e sua respiração cheirava a banana velha. — Eu vou cuidar da gente. Você confia em mim, não confia?

Eu queria balançar a cabeça ou dizer algo em resposta, mas não o fiz. Ou talvez não pudesse. Me pergunto agora se eu sequer entendi a pergunta naquele momento. Confiar nela para quê? Que escolha eu tinha e o que mais eu sabia?

Morávamos no clube. Às vezes do lado de dentro dos muros e às vezes do lado de fora. Conheci um cachorro de rua a quem chamei de Vela porque a ponta da sua cauda parecia um pavio queimado. Eu o mantive conosco para afastar os ratos que eu via cavando os canteiros de flores na parte mais escura da noite.

Ma começou a mendigar. Eu não era pequena o suficiente para despertar simpatia, então ela me fazia ficar perto do portão. No primeiro dia, aprendemos que havia regras para mendigar, que certas ruas pertenciam a certas mulheres e crianças e que invadir seu espaço era um ato de guerra. Tinham dentes faltando, poeira incrustada nos cabelos e falavam um tipo de marathi que eu nunca tinha ouvido antes. Eram rápidos com as mãos e os pés, o tipo de mendigos que podiam ser persistentes, aqueles com quem Ma me disse para nunca fazer contato visual. Pareciam diferentes de nós, tinham um cheiro diferente. Mas, com o passar dos dias, as diferenças começaram a diminuir.

Os sócios do clube que nos conheciam e conheciam meus avós olhavam confusos para nós, sem saber como reagir aos nossos apelos. Alguns protegiam os olhos dos filhos e seguiam em frente. Outros riam e me davam tapinhas na cabeça, como se fosse uma espécie de piada. Todos passavam por nós com um pouco de ódio pelo que sabiam de Ma e porque éramos prova de como era fácil cair. Uma noite, ela ergueu as mãos na frente do rosto e fez uma caixinha. Olhou lá para dentro.

— Olhe aqui.

Eu olhei, mas havia apenas a rua à nossa frente. Vela estava deitado de costas. Uma senhora com um sári magenta passou.

— O mundo existe apenas até onde você consegue ver — disse Ma. — O que está acima, o que está abaixo, isso não é da nossa conta. O que eles nos disseram antes, nada disso importa.

Olhei direto em frente, para o que estava na altura dos meus olhos. Traseiros, mãos. Um casal sentado num banco, esperando. Alguma sucata na beira da rua. Uma garota sentada num carro, a bochecha pressionada contra a janela. Olhei de volta para Ma, e ela estava chorando.

Me lembro de dormir sentada contra o portão, recostada, acordando com a cabeça no colo de Ma. Mas não me lembro de sentir fome. O segurança trazia pratos de comida e água em intervalos regulares. Mais tarde, descobri que meu pai andara ligando para o gerente do clube e instruindo ele a me alimentar. Não tenho certeza de quanto tempo vivemos assim. Eu estava com Ma e ela estava comigo, e não havia regras, tarefas ou horários a observar. Eu não tomava banho, e uma penugem crescia ao longo da linha da minha gengiva. Dormia com Vela, cochilando em seu pelo esfarrapado, observando criaturas abrirem caminho ali, apoiando a mão nas pústulas que minha mãe chamava de sarna. Logo, eu sentia coceiras como ele, me parecia com ele, tinha sido convertida pela sua presença e soube que havia encontrado um membro da minha família.

Certa manhã, quando ainda era cedo o suficiente para que o segurança do clube pudesse dormir descaradamente na sua cadeira, meu pai veio nos buscar no seu carro, um Contessa branco.

Seu aspecto era como o de agora, um homem adulto cuja barba começa a aparecer poucas horas depois de se barbear, mas mais magro, com um nariz mais pontudo. Ele não se parecia em nada com Baba ou qualquer um dos homens que eu tinha visto no ashram. Suas orelhas estavam limpas e não havia pelos saindo das suas narinas.

Ele segurou a porta aberta. Ma se levantou devagar e puxou meu braço. Subimos no banco de trás e fechamos a porta.

Meu pai não se virou para olhar para mim e admirei sua nuca. Ele não disse uma palavra a Ma. Ele ligou o rádio. Enquanto nos afastávamos, chamei Vela, que se levantou de onde estava descansando e saltou para a frente, os músculos das patas traseiras pressionando o pelo danificado. O cachorro nos perseguiu por um momento, mas depois parou para se coçar.

•

Ninguém fez qualquer menção ao fato de que parecíamos mendigas. Não houve perguntas sobre o ashram. Na casa dos meus avós, logo descobri, o nome de Baba era proibido. Nani estava esperando por nós com o café da manhã quente na mesa e uma chaleira de chá fumegante. O leite tinha malai por cima e tudo era cozido em ghee.

Meu pai, depois de nos deixar ali, ficou para trás, na soleira da porta, um motorista, um carregador de bagagem, pronto a partir depressa quando o trabalho estivesse concluído.

Os braços de Nani estavam cruzados na frente do peito, suas pulseiras agarradas nos antebraços carnudos, seu traseiro espalhado no sofá semicircular vermelho.

— Espero que a birra tenha acabado — disse Nani.

A voz dela ecoou no apartamento. Eu não sabia com quem ela estava falando até que vi o rosto taciturno de Ma.

— Antara — ela disse. — Você se lembra da sua Nani Ma? Venha cá.

Caminhei pelas lajotas matizadas em direção a ela, mas parei quando colocou o rosto nas mãos. Seus ombros começaram a tremer, em espasmos. Me virei para o meu pai e Ma, que estavam parados na sombra. Ma acenou com a mão, gesticulando para que eu seguisse adiante. Quando me virei, notei a cor dos meus pés, cobertos de poeira, de manchas, e as pegadas que eu havia deixado atrás de mim. Uma das minhas unhas estava roxa e a pele debaixo dela estava ensanguentada.

Fui levada para tomar um banho e esfregada por uma empregada que eu não tinha visto antes. Seu cabelo estava preso num nó no topo da sua cabeça e seu sári de algodão ficava no alto da sua cintura, de modo que seus tornozelos e panturrilhas estavam expostos. Senti o cheiro das suas mãos enquanto ela lavava meu rosto e meu pescoço. Alho, pimenta e espuma de sabão. Não muito diferente de Kali Mata. Depois me sentei frouxamente entre suas pernas enquanto ela usava os dedos para alisar meu cabelo, procurando por criaturas estranhas.

Nani olhou para nós.

— Bai — disse ela à empregada —, yeh amchi beti hai.

— Kasa hai — a mulher me disse.

— Querida, essa é Vandana — disse Nani.

Vandana começou a cuidar de mim porque Ma passava a maior parte do dia dormindo ou trancada num quarto com Nana e Nani. Eu podia ouvi-los gritando um com o outro através da porta, mas os gritos paravam quando eles saíam para almoçar ou jantar. Ma baixava os olhos para o prato, misturando a comida, fingindo que nenhum de nós existia.

Meu pai com frequência passava por ali à noite, antes de voltar para sua casa e sua mãe. Ele e mamãe ficavam sentados juntos por um tempo, às vezes sem se falar. Em outras ocasiões, sussurravam, às vezes até gritavam. Eu me escondia embaixo da mesa de jantar, embora fosse crescida demais para esse tipo de coisa. Tentei ler os lábios do meu pai, mas uma perna da mesa bloqueava minha visão.

Ele nunca nos pediu para voltar com ele. Às vezes eu achava que ele me olhava com os mesmos olhos com que olhava para ela. Um dia, ele veio com outro homem e uma pasta cheia de documentos. Ma deu uma breve olhada neles e assinou seu nome.

Eu tinha perguntas que nunca fiz: por que estávamos na casa de Nana e Nani? Será que algum dia voltaríamos a viver com meu pai? Me parecia que pais e filhos viviam juntos, que marido e esposa deveriam ser inseparáveis, mesmo em sua aversão mútua.

Vandana me levava ao clube à tarde para brincar. Embalava um lanche, que carregava numa das mãos enquanto me segurava com a outra. No riquixá motorizado, ela me ensinava a falar um pouco de marathi. Ela era de uma aldeia que só chamávamos de gaon. Ela ria da minha pronúncia, o que me fazia corar e não querer tentar de novo, mas não me ocorria provocá-la quando ela dizia que não sabia ler ou escrever. Suponho que fosse porque eu também não sabia. Fiz um pacto com ela para que me ensinasse mais marathi, e eu poderia lhe ensinar o alfabeto inglês. Gostar do parquinho eu na verdade não gostava muito, mas quando ela subia no balanço e começava a balançar as pernas para frente e para trás, voando mais alto, eu tinha vontade de me juntar a ela.

Às vezes, Vandana puxava o sári para trás e passava pelo meio das pernas. Se agachava tanto sobre as pernas quando varria que eu tinha certeza de que seu traseiro tocaria o chão. Isso nunca acontecia. Ela podia ficar naquela posição pelo que parecia uma eternidade, e uma vez tentei cronometrar, mas ela demorou tanto que esqueci que estava de olho no relógio e não fiz uma leitura precisa. Sua boca não tinha os dentes da frente e eu via as lacunas rosadas nas suas gengivas quando ela sorria. Trazia pimentas verdes frescas todos os dias e preparava poha para mim no café da manhã.

Uma noite, vi Vandana amarrar as chaves num cordão na cintura e colocar os chappals do lado de fora da porta.

— Tchau — ela disse, me mostrando suas gengivas desdentadas.

Eu podia ouvir Ma cantarolando em seu quarto. Esperei que Vandana fechasse a porta e saí atrás dela, descendo as escadas, confiante de que ela não me veria, e na defensiva quando ela se virou e disse:

— Ei, o que você está fazendo?

— Vou com você — eu disse.

— Vem comigo para onde?

— Até a sua casa. Para conhecer seu marido.

Ela inclinou a cabeça e olhou para mim.

— Você não pode vir comigo. Volte lá para cima. Sua mãe vai ficar procurando você.

Murli, o ascensorista, observou nossa discussão e riu.

— Leve essa menina para casa — Vandana disse a ele em marathi.

— Não — eu disse. Sentia algo arranhando as laterais do meu estômago e empurrei o que fosse para baixo. — Quero ir com você. Você tem que me ouvir, você é uma bai. Eu sou sua patroa.

Quatro linhas apareceram na testa de Vandana e seus olhos se tornaram fendas pretas.

— Você não é ninguém. Sua própria mãe mal olha para você.

Ela me pegou pela nuca e me empurrou para dentro do elevador. Eu estendi a mão e dei um tapa nela, e ela me deu um tapa de volta.

No andar de cima, Nani abriu a porta, se deparando comigo chorando e Vandana carrancuda, com manchas de suor aparecendo na blusa lilás.

— O que aconteceu? — disse Nani.

— Ela tentou me seguir até em casa.

Vandana largou minha mão e me empurrou para a frente. Ma apareceu atrás de Nani na porta.

— Seguir você até em casa? — Ma olhou para mim. O rosto dela ganhou uma cor de queimadura. Estremeci, esperando levar outra bofetada, mas em vez disso ouvi Ma gritar com Vandana. — Você devia ser mais cuidadosa.

Ma me puxou para dentro de casa, mas elas continuaram gritando uma com a outra, cada vez menos inteligíveis. Vandana deu um tapa na testa e apontou para Ma. Não voltou ao trabalho, e Ma disse a Nani que tivesse um criado homem a partir de então.

Ma e eu dividimos a cama depois disso, e ela me convidava para ir ao terraço com ela para ficar observando enquanto ela fumava no escuro. Foi então que percebi como minha mãe era bonita. Quando ela terminava, ela me dava a guimba e me ensinava a dar um tapa bem para longe, para o meio do tráfego perto da estação.

Às vezes, levávamos o cigarro dela lá para baixo. Passávamos pelo hotel dilapidado, que Nana possuía e dirigia, com sua fachada art déco e pintura descascada. As famílias sentavam em esteiras de palha no chão. Uma vez, vimos um homem bêbado estendido, a sono solto, resmungando para si mesmo, e ficamos por perto, tentando entender o que ele dizia. Os vendedores de chai carregavam suas mercadorias ou cochilavam apoiados em postes de aço, esperando a chegada da multidão. Rostos úmidos, mandíbulas cerradas e olhos injetados de sangue, todos olhavam para além de nós, e ficávamos entorpecidas pela noite quente. Um fluxo constante de ratos inchados corria ao longo dos trilhos, farejando o que fora deixado para trás após o longo dia. A fumaça e o cheiro de haxixe subiam até nossos narizes, cortesia de um drogado descalço que apalpava os testículos enquanto olhava para a minha mãe. Uma hijra solitária vagando pela estação de trem bateu no seu ombro e estendeu a mão ornamentada. Ma mordeu os lábios secos. Ela em geral não era supersticiosa, mas as hijras supostamente tinham poderes inexplicáveis. O dinheiro podia ser trocado por proteção, mas não tínhamos nenhum. Ma pegou um batom vermelho que por acaso estava no seu kurta e o entregou. A hijra pegou o batom, disse uma palavra de bênção e seguiu em frente. O grande quadro onde a programação diária dos trens passava ruidosamente, uma enxurrada de símbolos cambiantes, era ilegível para mim.

Não consigo me lembrar do que sentia por Ma naquela época porque faltava um nome familiar ao sentimento. No ashram, eu tinha vivido sem ela e ao mesmo tempo ansiado por ela, mas agora que estávamos juntas eu muitas vezes me deparava com o pavor, a sensação de que me enganara, de que talvez não a quisesse nem precisasse dela, apenas para voltar à noção com que vivi toda a minha vida, de que estar sem ela era um inferno, um sofrimento imenso. E mesmo agora, quando estou sem ela, quando quero ficar sem ela, quando sei que sua presença é a fonte da minha infelicidade — aquele anseio adquirido ainda cresce, aquele desejo pelo toque do algodão branco e macio puído nas pontas.

Ma não estava bem depois do ashram. Ninguém poderia negar, mas ninguém sabia me dizer o que isso significava. Seus olhos permaneciam no teto, conversando com ele quando estava acordada, mas ela dormia durante a maior parte do dia. Dormia como se não dormisse havia anos.

Mais tarde, descobrimos que isso acontecia porque Ma ficava acordada para entrar em contato com meu pai tarde da noite. Ele ia se casar novamente, ela ouvira dizer, e Ma ligava para sua residência a fim de insultá-lo. Nas ocasiões em que outra pessoa atendia, Ma desligava e ligava de novo. Às vezes eu me sentava no seu colo enquanto ela fazia isso, e de quando em quando ela me deixava discar o número enquanto segurava o fone no ouvido. Ainda me lembro do número de cor, embora eu mesma raramente ligasse para ele. Quando Nani descobriu, ela me puxou e me disse que fosse ao seu quarto quando minha mãe estivesse se comportando de forma estranha. Perguntei à minha avó o que era uma forma estranha.

Nani suspirou.

— Não sei o que ela espera conseguir com isso.

Ela recebeu a resposta dois dias depois, quando meu pai veio ao apartamento e deu à minha mãe um grosso envelope de dinheiro. Se ele fez isso por um senso de responsabilidade ou se ela encontrou uma maneira de extorquir, nunca saberei, mas foi a primeira vez que quis ir com meu pai e deixar Ma para trás. Eu observava ele, uma figura alta e esguia com cabelo crespo, que fez breve contato visual comigo da sombra da porta. Ele não sorriu e seus olhos pareceram perturbados quando me viram.

Perguntei a Nani se mamãe e eu iríamos para a casa que pertencia ao meu pai.

— Sua mãe ficou tempo demais fora daquela casa — ela disse. — As coisas mudam com o passar do tempo. Uma nova mulher vai se mudar para aquela casa agora.

Embora o processo fizesse pouco sentido para mim na época, pude discernir dois fatos: meus pais não eram mais casados e meu pai havia encontrado uma nova esposa. Assim como Baba fizera. Me lembrei de como Kali Mata dissera a Ma para ficar, explicara que ela fazia parte da família. Compreendi que Ma poderia permanecer e ser como Kali Mata, descartada e respeitada. Me perguntei se essa opção existia para ela agora, com meu pai, mas ao me lembrar do seu rosto no dia em que deixamos o ashram, a tristeza e o nojo, eu sabia que Ma não gostava da chegada de novas esposas.

Comecei a reconhecer o caos dentro da minha mãe, a ver o quão diferente dela eu era. Sim, eu também vazava de vez em quando, mas sempre conseguia voltar a me vedar.

Perguntei a Nani o que era o divórcio. Ela era inarticulada quando se tratava de tais assuntos, mas tentou explicar.

— Quando marido e esposa não são mais marido e esposa — eu disse —, isso significa que o pai não é mais pai?

Nani sustentou meu olhar por um longo tempo antes de permitir que seus lábios se curvassem num sorriso.

— Não — ela disse. — Não significa, não.

•

Eu esperava no térreo do apartamento dos meus avós com uma mala azul. Meu cabelo estava preso numa trança elegante que puxava a pele junto às minhas orelhas. Nani havia aplainado minhas sobrancelhas delinquentes com vaselina. Parada ao meu lado lá embaixo, Nani me disse que fosse uma boa menina.

— Faça com que ele a ame — disse ela.

Suas palavras pareciam um aviso de que eu só tinha uma chance.

Ma mal havia se despedido.

Meu pai chegou no seu Contessa habitual. Era um homem limpo, e prudente com o dinheiro. Seu carro, embora velho, estava impecável e bem conservado.

— Espero que você tenha trazido o suficiente para uma semana — ele disse.

Eu estava levando um pouco mais, as coisas que não queria deixar para trás.

Não lembro quantos passos demos até a casa, mas arrastei a mala azul atrás do meu pai. A porta era preta e a maçaneta era uma barra de ouro entalhada como uma coluna num templo onde mãos tivessem apagado o relevo ao longo de muitos anos. A campainha era tão fraca que me senti tentada a tocá-la de novo depois do meu pai, mas recuei e esperei, surpresa quando a porta abriu. Ela estava esperando, usando as pulseiras do casamento recente nos dois pulsos. Eram grandes demais para ela e deviam ter pertencido à minha avó. As lentes dos seus óculos eram divididas ao meio e manchadas com impressões digitais. Meu pai não parecia notar. Entrou na casa para cumprimentá-la enquanto eu observava de fora. Toquei a parede da casa, arrastando os pés até que os dois olharam para mim. Um criado veio e tirou a mala da minha mão fechada.

A nova esposa se abaixou e me abraçou, puxando meu rosto para junto do seu cabelo. Eu sorri na névoa de cachos frisados. Eram lanosos e cheiravam a óleo de coco. Na antecâmara atrás dela, pude ver as criadas espiando o momento que compartilhávamos.

Me levaram a um quarto que geralmente era ocupado pela minha avó. Eu ficaria lá porque ela estava em Délhi, visitando uma das filhas. O quarto era úmido e cheirava a suor e pele, mas eles não pareciam notar. Minha mala já estava lá, aberta, e o criado separava minhas roupas de baixo em pilhas e as colocava dentro do armário escuro. Me encostei no pé da cama e olhei para o rosto do ventilador que estava parado na minha frente como uma boca aberta.

Pela manhã, meu pai saiu para trabalhar depois de comer uma banana em duas mordidas e beber um copo grande de leite. Coloquei um despertador como Nani me mostrou, para que pudesse acordar quando ele acordasse. Comi igual a ele e tentei dizer alguma coisa, mas tive que me deitar com dor de estômago assim que ele saiu. Fiquei em casa o resto do dia, com os criados e o cão de guarda, que corria para o portão, latindo, sempre que um carro ou um ciclista passava.

Eu só tinha levado minhas melhores roupas para a casa deles, comia tudo o que a cozinheira me servia e não pedia shakkar-roti doce no final da refeição. Depois do banho, tentava pentear o cabelo eu mesma, trançá-lo, embora não pudesse ver as costas, e não pedi ajuda quando não consegui encontrar o botão para ligar o aquecedor de água. Não havia sabão no banheiro e a pasta de dente queimou minha língua, mas não disse uma palavra sobre isso. Eu me tornara engenhosa depois do ashram; sabia fazer coisas que ninguém mais sabia.

Fiquei sentada no topo da escada olhando para baixo durante a maior parte da semana. A escada se curvava duas vezes e me lembrou uma cobra que havia sido capturada no ashram. Sempre vinha cheiro de alho da cozinha no andar de baixo. O chão era de mármore escuro e frio e, quando meu traseiro começava a ficar gelado, eu andava para cima e para baixo no corredor até senti-lo descongelar. Tinha esquecido de trazer chinelos e ficava de meias o dia todo para aquecer meus pés, mas o chão era tão escorregadio quanto frio, e andei em passos pequenos até descobrir que havia mais prazer em deslizar para frente e para trás. Imaginei que patinar no gelo fosse parecido. Depois que a patinação ficava cansativa, eu voltava para a escada, onde meu quadro de visão consistia apenas do piso térreo, onde via ocasionais topos de cabeças passando — empregadas, o criado e às vezes a nova esposa, que andava depressa, muitas vezes desaparecendo durante a maior parte do dia.

Eu queria agradá-la. Arrumava minha cama e matava as baratas do armário de remédios para ela.

No meu quinto dia na casa, vi o topo da cabeça da nova esposa, seus braços magros se esticando enquanto ela arrastava três malas grandes pelo corredor. Ofegante, ela chamou os criados lá em cima, deparando-se comigo em seu campo visual. Seus olhos se arregalaram, como se ela tivesse esquecido que eu estava na casa.

— Seu pai e eu vamos para os Estados Unidos — disse ela. — Por pelo menos três anos. Ele queria que eu contasse a você.

O decantador de cristal do meu pai, cheio de uísque cor de âmbar, estava num pequeno carrinho contra a parede atrás dela. A luz passava por ali e a adornava como uma coroa.

À noite, o amigo do meu pai veio conhecer a nova esposa e a filha. Seu nome era tio Kaushal e ele olhava para uma e para a outra, as duas mulheres na sala, sem saber a quem cumprimentar primeiro. Escolheu a esposa, juntando as mãos e dizendo como estava feliz por conhecê-la. Me abraçou em seguida, beliscando minha bochecha e a ponta do meu queixo.

Sentamos no salão e meu pai trouxe o uísque e os copos. A mesa estava coberta com tigelas de prata e objetos que brilhavam como joias. Os homens brindaram um ao outro enquanto a nova esposa e eu bebíamos ponche tutti-frutti. O copo parecia estranho na mão do meu pai. Seus pulsos eram moles, magros e pareciam tensionados pelo peso da bebida.

Pakoras fritas, samosas e koftas vieram da cozinha. O criado estendeu uma bandeja para o tio Kaushal, mas meu pai fez um gesto na minha direção.

— Sirva a comida a todos — ele disse.

A bandeja era mais pesada do que parecia ser para o criado e minhas mãos tremiam um pouco. Estendi na direção do tio

Kaushal. Ele riu e balançou a cabeça para mim. Pegando a bandeja, colocou na mesa perto da sua bebida e me envolveu em outro abraço. Seu ombro cheirava a suor e desinfetante. Ele deu um tapinha na minha nuca e disse:

— Que filha adorável você tem!

Me virou e me sentou no seu colo. Seu braço deslizou em volta da minha cintura. Fiquei lá o resto da noite, enquanto meu pai falava sobre seus planos para os Estados Unidos, o apartamento que eles planejavam alugar, enquanto contava piadas sobre como se adaptar ao clima intemperado.

Me pergunto agora por que meu pai não me disse que ia embora, por que pediu que sua esposa fizesse isso. Nani e Ma sabiam que ele ia? No meu caderno, anotei isso junto com não saber os detalhes do divórcio dos meus pais e nunca discutir seu casamento. Isso deve ter se originado do mesmo impulso. Talvez, casada com um americano, eu tenha esquecido que certos assuntos não se discutem. Mas na época não pensava em nenhuma dessas coisas. Fiquei triste, mas parecia adequado que meu pai não me contasse. Parecia aceitável que ele fosse embora.

Exatamente uma semana depois de eu chegar, minha avó veio me buscar. Foi nesse dia que fechei todos os pensamentos sobre meu pai num local periférico, que ocupa pouco espaço, que não precisa de atenção.

— É assim mesmo que você coloca seu sutiã?

Purvi observa enquanto eu me visto. Chegou antes que eu estivesse pronta e entrou no meu quarto sem ser convidada.

A noite está caindo e o céu é de um tom púrpura ralo. Eu me afasto dela. Estou cansada e os músculos do meu rosto não conseguem esconder meus pensamentos.

Quando estou vestida, nos juntamos aos nossos maridos na sala de estar.

O marido dela é educado quando me cumprimenta, e nos abraçamos de lado enquanto ele me dá um tapinha nas costas. Gosta de uísque com o críquete, ligado na tevê, e carrega consigo o cheiro de desinfetante para as mãos quando entra na casa.

Seguimos para a mesa de jantar. Me certifiquei de que houvesse muitas coisas para comer — o marido de Purvi gosta de opções na hora do jantar. Papdi, kantola, coxinhas de frango, repolho. No centro da mesa há coxas roliças de galinha, carbonizadas e fumegantes, que foram marinadas em coentro, alho e pimenta. Ao lado de Dilip há uma montanha de dahi aloo. Ele dá as costas ao prato e a mim.

O marido de Purvi cresceu em Pune, foi para a faculdade em Mumbai e voltou para trabalhar nos negócios do pai. A empresa projetou o primeiro shopping da cidade, um prédio vermelho brilhante — sua cor característica. Agora eles têm shoppings em toda a Índia, todos da mesma marca, e abrigam algumas das melhores lojas do país. É assim que ele se apresenta, com uma história do seu passado, sua família e sua admirável riqueza. Define a cena de como deseja ser julgado e lembrado, tilintando um grande cubo de gelo no copo ao final de cada frase.

Pergunta a Dilip se já notamos o mecanismo de tranca do seu carro. Quando Dilip diz que não, o marido de Purvi insiste que olhemos depois do jantar.

— Tinha diamantes — diz ele. — Eram reais, sabe. Mas isso acabou não sendo muito seguro. Temos tantos motoristas.

Purvi corta seu chapati em pequenos pedaços e os espalha pelo prato.

O marido de Purvi sugere que uma noite, na próxima semana, todos nós vamos a um novo hotel cinco estrelas para jantar.

— A comida lá é excelente — diz ele.

— Já estivemos lá juntos antes — eu lhe recordo.

Ele levanta o copo para mim e elogia a galinha. Digo a ele que não fui eu que preparei.

Em seguida, ele me conta sobre a última propriedade que seu pai comprou. É numa rua não muito longe da casa dos meus avós. Ele comprou um terreno num pequeno condomínio adorável e começou a construir a casa dos seus sonhos. Mas o condomínio reclamou da altura e do tamanho da estrutura, dizendo que bloqueava a luz para as demais residências. Seu pai teve que interromper a construção.

— Meu pai ficou arrasado — diz ele.

Deixa a cabeça cair. Purvi tosse.

Eu digo que espero que ele em algum momento possa construir outra coisa que ame.

O marido de Purvi ri e entrega seu copo a Dilip, sinalizando um refil.

— Não precisa se preocupar com meu pai — ele diz.

Quero explicar que só estava sendo educada, que minha preocupação com seu pai é uma delicadeza social aprendida, um sorriso na boca que não chega aos olhos. Mas sinto que ele não liga muito para esses detalhes, que está me usando para seguir com a história.

Diz que seu pai é amigo de políticos locais e de conselhos de autorização. Os funcionários todos o chamam de senhor. O chefe de polícia está sempre na sua casa para jantar. O condomínio que ousou detê-lo já sofreu as consequências. Ele não divulga a punição, mas sorri diante da engenhosidade do pai, dizendo num devaneio que é algo que ele espera aprender.

Não digo mais nada, mas vejo que estava certa, que minha contribuição foi apenas um calombo na narrativa.

Tenho a sensação assombrosa de que a vida é curta, de que posso sentir os minutos passando, de que não tenho muito tempo. Estou cansada deles, de Purvi e seu marido. Não exatamente cansada, mas algo mais, algo nervoso e frenético. Quero que eles vão embora, quero seu fedor fora da minha casa, quero que seus corpos multiplicados desapareçam dos meus espelhos. Um ano atrás, discutimos depois de beber muito gim e a noite terminou com o marido de Purvi ameaçando apagar um charuto no meu rosto. No dia seguinte, fingimos que nada tinha acontecido.

Me pergunto o que aconteceria se eu pedisse para eles irem embora, que novo enredo surgiria disso? Como eles responderiam? Esperariam que Dilip intercedesse em seu nome? Que conversas aconteceriam no carro, enquanto fossem para casa? E como a história se repetiria em outros jantares?

Uma risada histérica borbulha em mim, mas eu a engulo e faço um ruído de cuspe. Eles me olham com olhos arregalados e preocupados, nervosos de que eu possa vomitar, com medo de ver os alimentos que estamos comendo mastigados e parcialmente digeridos.

Depois do jantar, os homens ligam o críquete de novo. Purvi fica parada na frente da televisão e comemora quando um batedor indiano faz um century. Ela ergue o punho e se vira, os olhos no marido, e vejo a profundidade do que eles compartilham, o esqueleto por baixo.

O marido de Purvi se serve de outro uísque e dá um tapinha no braço de Dilip.

— Há um novo negócio em que eu quero entrar.

Ele se inclina para perto do meu marido e fala em voz baixa. Diz acreditar que as empresas farmacêuticas estão de partida. Novos estudos mostram que tudo pode ser curado com cúrcuma ou, caso contrário, cannabis. Ele viajou recentemente para a China e visitou laboratórios onde produzem cogumelos medicinais.

— Acho que vai ser um grande negócio.

Inclina-se e me pergunta se já estive no Butão. Digo que não.

Ele diz que devo ir, que coisas misteriosas acontecem lá, milagres que ocorrem nas montanhas, onde as árvores já não crescem, onde o oxigênio é rarefeito e as plantas são as mais vigorosas da Terra.

Diz que vai nos levar, que foi convidado por uma tribo de nômades que mora lá. Homens, menores que anões, que pastoreiam iaques. Se tivermos sorte, eles nos levarão pelas montanhas em busca de um fungo, uma criatura astuta que se agarra a lagartas. As lagartas, uma vez infectadas, comem de forma insaciável, alimentando-se de tudo no seu caminho, alimentando o fungo, construindo casulos e desaparecendo dentro deles. Mas o fungo acaba vencendo, assumindo o controle do corpo da sua presa. O que resta é o cogumelo mais evasivo de todos, o cordyceps.

Ele sorri para Purvi e olha para trás, para Dilip.

Os chineses descobriram uma maneira de fazê-los em laboratórios, criando os efeitos da altitude em tanques e produzindo supercordyceps, do tipo que você só poderia encontrar no Monte Kailash — não, na lua. Ele diz que podemos ganhar muito dinheiro juntos.

Purvi bate palmas.

— O que você acha, Dilip?

Dilip acena e balança a cabeça imediatamente.

— Não tenho certeza. Não me parece vegetariano.

O marido de Purvi tropeça ao cruzar a sala. Inclina-se para mim. Viro o rosto para longe do ataque da sua respiração.

— Há uma espécie de truta — ele começa a dizer — encontrada na América, com a barriga vermelha, que nada em águas profundas. Quando esse peixe se torna hospedeiro de um determinado parasita, ele abandona seu lar escuro e vem à superfície. Lá, balança ao sol, e a luz atinge suas escamas vermelhas, atraindo pássaros. O peixe se torna o almoço do pássaro, e o parasita inteligente é excretado pelos pássaros na terra, onde pode se reproduzir e começar seu ciclo de novo. Os parasitas podem ser a maior arma da Terra. Modifique-os geneticamente e eles podem transformar seus hospedeiros em zumbis.

•

Naquela noite, na cama, estou quiescente. Imóvel como uma rocha. Dilip toma um banho demorado e anda pela sala com os pés molhados. As janelas estão fechadas para afastar os mosquitos que vão acordar com o raiar do dia. Ele se deita ao meu lado. Faz alguns dias que não nos falamos.

Hoje à noite, o silêncio parece vivo. Não tenho certeza se fui eu que comecei, mas parece algo que eu faria. As dúvidas desabam velozes e me enterram; talvez ele e eu nunca tenhamos sido exatamente o que eu pensava. Acredito que se não retomarmos nossa conversa, se nunca mais nos referirmos a ela, ela irá embora.

Se nunca falarmos sobre Ma, ela deixará de existir.

O mesmo pode ser verdade para a pequena foto que ele encontrou, e a mentira que a acompanhou.

Estou esperançosa, embora com medo.

Mas há outra coisa crescendo no quarto, na cama. Um sentimento que não consigo definir. Tento imaginar o que ele está pensando, o que ele tem vontade de dizer.

•

No dia seguinte, a mãe de Dilip liga. Quase não atendo.

— Estou preocupada com vocês dois — ela diz. — E agora você quer que sua mãe more com vocês? Acha que isso é prudente? Ela não deveria ficar na própria casa, talvez com uma enfermeira residente? Você trabalha em casa, será que tê-la por perto não vai dificultar as coisas?

Poucos dias mais tarde, quando estamos nos falando e o passado parece pequeno e administrável, eu me pergunto em voz alta o que essa reviravolta tem significado para Dilip, o que tem significado para mim, e, no futuro, como vamos perpetrar nossa vingança e fazer o outro se arrepender.

Ele está em silêncio.

Eu digo que essas coisas nem sempre são conscientes, que às vezes a maneira como agimos é determinada por equações nas quais caímos continuamente. Por mais simples que seja o problema e por mais limpa que seja a solução, sempre há um resto, uma fração de algo dito e mal interpretado.

Ele esfrega os olhos e diz que nunca manteria esse tipo de inimizade.

1989

Nani me contou que minha mãe perfurou o próprio nariz com um alfinete e foi reprovada no sétimo ano não uma, mas duas vezes. A única lembrança positiva que minha avó tinha da própria filha era da guerra em 1971, quando a garota, ainda jovem e dócil, a ajudou a prender papel pardo nas janelas de todos os cômodos para evitar que os vidros se quebrassem e caíssem sobre eles enquanto dormiam.

Me lembro de sentar entre as pernas de Nani enquanto ela derramava óleo na minha cabeça. O óleo escorreu pela lateral da minha bochecha e abriu caminho até o meu pescoço. Ela o aplicou no meu cabelo, me segurando com força entre os joelhos. O óleo atingiu seu churidar e pingou no chão.

— Sua mãe nunca me deixou fazer isso. Ela não parava quieta, dizia que odiava o cheiro. Imagine. Eu dizia a ela, fique assim por uma noite e lave. Ela nunca ouvia. É por isso que o cabelo dela se transformou no que é. Mas você conhece sua mãe. Difícil.

Eu sabia que meu silêncio seria ouvido como uma afirmativa, mas era uma época de alianças incertas entre todos nós.

•

Nani talvez tenha sido a arquiteta do meu breve banimento para o internato, mas nada pode ser provado. Anos depois, os adultos começaram a apontar os dedos uns para os outros.

Meu avô disse veementemente que era contra a ideia desde o início, embora eu me lembre que foi ele quem me entregou a pequena mala azul de novo, numa manhã de julho de 1989.

Entramos no seu Maruti 800 vermelho, nós quatro, e começamos a viagem para Panchgani. O carro abraçava a encosta curva da montanha, e choveu a maior parte do caminho, obscurecendo a vista da janela. No assento entre mim e Nani havia uma garrafa térmica e uma caixa de metal com sanduíches. As curvas acentuadas continuaram e comecei a me sentir enjoada. Lá fora, vi de relance uma mulher afundada na lama até os joelhos. A terra em Panchgani estava cheia de água e seiva.

Já estávamos no carro quando eles explicaram para onde eu ia. O pânico cresceu em mim. Grudei no banco. Não sabia se conseguiria ficar longe de casa por tanto tempo. Não tinha feito as malas para essa viagem. As bolhas voltaram para o fundo da minha garganta, as do ashram, sufocando-me, quicando junto com o carro. Com o solavanco seguinte, vomitei sobre mim mesma.

Meu avô abriu as janelas e começou a cantarolar a melodia de *Amar Akbar Anthony*. Nani usou guardanapos para limpar minhas roupas.

— Você sabe encapar livros com papel? — ela perguntou.

Paramos o carro e eu senti a brisa da montanha. Minha pele formigava sob as roupas. A mancha úmida fedorenta parecia mais úmida. Saí do carro e a lama entrou nos meus sapatos. Ma olhou para mim pela janela do banco da frente e se virou para o outro lado. Nani deu um tapinha nas minhas costas, perguntou se havia mais alguma coisa ali dentro. Eu disse que sim, que as bolhas ainda estavam ali, amontoadas no fundo da minha boca. Podia senti-las arranhando minhas amídalas. Mexi a língua na goela, mas as bolhas não mudaram de lugar. Meti o dedo ali dentro e senti minhas amídalas. Então vomitei de novo.

•

Abri os olhos e vi uma construção de tijolos e um telhado inclinado parcialmente coberto por árvores. Os padrões dos azulejos portugueses. Tracei os losangos verdes com os dedos. Nana estava com uma mulher curvada vestida de branco.

— Irmã Maria Theresa — disse a freira.

Ela fungou e inclinou-se perigosamente para a direita ao caminhar; parecia que estava escondendo outra cabeça por baixo do hábito.

Do lado de dentro, a escola era diferente do que parecia pela fachada. Os tijolos vermelhos davam lugar a um pátio coberto de fuligem. Macaquinhos se penduravam nas árvores ao longe. A terra para além do portão dos fundos se contorcia numa ravina. Ao longo do caminho de entrada, potes de barro estavam cheios de arbustos secos. As árvores champa não tinham flores. Garotas com saias e blusas azul-marinho passavam em fila. Seus sapatos estavam engraxados e suas tranças brilhantes pendiam retas enquanto elas caminhavam.

— Houve um incêndio nos dormitórios no ano passado — explicou a freira. — As meninas estão morando no ginásio até que seja reconstruído.

Do outro lado das portas duplas marrons do ginásio, quatro fileiras de camas e armários se estendiam de um lado a outro. À noite, as camas seriam ocupadas por meninas em seus uniformes escuros e cabelos bem enrolados.

— Muito bom — disse Nani.

Ela tocou os lençóis xadrez. Ma se jogou na cama. Não disse uma palavra durante a maior parte do dia e manteve os olhos fixos nos pés. Sua boca estava parada e reta.

A sala de jantar era uma grande caverna sem janelas sob a construção principal. Tive ânsias de vômito em meio ao cheiro pungente.

— Não está acostumada a comer peixe, pelo que vejo — disse a freira.

Horas depois, o carro vermelho levantou poeira ao começar a descer a estrada, para longe de mim. Imaginei Ma se voltando, fazendo sinal para que eu corresse atrás deles. Quando esfreguei os olhos e procurei por ela, já tinha ido embora.

Meu ano no colégio interno seria a última vez em que ficaríamos separadas até eu ser muito mais velha e ir embora por conta própria, contra a vontade dela e sem seu consentimento — mas não sabíamos disso na época, tendo apenas conhecido o passado, quando minha vontade e consentimento eram os que corriam perigo. Quando voltei para Pune, entrei na nova casa da minha mãe como uma estranha.

No internato, resolvi ter poucas e limitadas posses, reduzidas ao que era mais importante, no caso de precisar ir embora. Os objetos precisavam ser avaliados, priorizados, e a vida não tinha o peso necessário para o aterramento, me deixando nauseada com as mudanças de pressão.

•

Uma garota magra com óculos bifocais ficou sentada na minha cama enquanto eu desfazia as malas no dormitório. Meu corpo estava tomado por um tremor que não conseguia reprimir. Para a garota, ao contrário, tudo parecia fácil e confortável. Ela usava as meias acima dos joelhos e tinha uma pequena cicatriz acima da boca.

— Sou Mini Mehra. Minha cama é ao lado da sua.

Mini explicou que a vida no Convento de Santa Ágata era alfabetizada em todas as coisas. Lamba e Mehra ficariam uma ao lado da outra enquanto ambas frequentassem a escola, a menos que algum outro L ou M se interpusesse. Ela era de Mahabaleshwar e morava numa casa geminada com os irmãos e os pais. Durante o jantar, me mostrou como cobrir o peixe com dal amarelo para disfarçar o gosto. Explicou que as bolas oblongas eram ovos cozidos, que podiam ser descascados e eram as coisas mais saborosas que havia no prato. Depois do almoço, esvaziei o conteúdo do meu estômago num vaso de flores.

Com o tempo, aprendi algumas coisas por conta própria. Tínhamos permissão para tomar banho duas vezes por semana em água morna, não importava a estação, mas só podíamos lavar o cabelo uma vez. A cada seis meses, colheres de óleo de rícino eram administradas para combater a constipação, que afligia alunas e professoras. Aprendi sozinha a limpar os sapatos, amarrar os cadarços, trançar o cabelo e fazer a cama.

•

A diretora Maria Theresa tinha outro nome dado a ela pelas alunas — era conhecida como o Terror, e no meu segundo dia em Santa Ágata eu aprendi o porquê. Enquanto as outras alunas estudavam história, ciências, inglês e matemática, eu deveria ficar trancada com ela num pequeno escritório. Atrás da sua mesa de madeira escura, abaixo de um grande e austero crucifixo, estava a foto de uma moça cujo corpo havia sido enfiado num vestido que parecia feito de meia. A mulher estava parada de lado, a pele escura. Seus lábios vermelhos sorriam e o sol que entrava pela janela obscurecia o lado esquerdo do seu rosto. Elas eram parecidas, mas não o suficiente para serem parentes. Olhei para a foto no meu primeiro dia naquela sala e quis perguntar à freira quem era a moça, mas resolvi esperar um pouco, até que algum tempo se passasse, até que construíssemos um relacionamento amistoso. Mais tarde, desejei ter aproveitado a oportunidade no início.

— Não sei bem como uma garota pode se tornar uma coisa grande e desajeitada como você e não saber ler — ela disse.

Eu esperei, pensando se deveria responder.

— Seu formulário lista o nome da sua mãe e o nome do seu pai, mas você usa o nome da sua mãe. Por quê?

Eu abri a boca, mas minha língua parecia de feltro.

— Não importa. Posso adivinhar qual é a resposta. Abra seu livro de letras e histórias.

Procurei na pequena pilha e encontrei o livro. Antes que pudesse abri-lo por completo, ela espalmou a mão em cima da minha.

— O que é isso?

O livro tinha sido encapado com papel. O trabalho era de má qualidade. Mini tinha tentado me mostrar o jeito mais rápido. Na primeira página do livro didático havia letras rabiscadas a lápis, formando o que devia ser uma frase.

— Você escreveu isso?

— Não.

— Você sabe escrever? É uma mentirosa?

— Não.

Ela estendeu a mão e beliscou minha bochecha, torcendo a pele entre seus dedos. Senti sua unha me furando.

— Percorra cada página e apague todas as marcas. Esses livros estavam imaculados quando foram dados a você. Vai mantê-los assim.

Comecei a virar as páginas, depressa, mas com cuidado, para que ela soubesse que eu respeitava o livro e sua encadernação. Ela saiu do escritório, deixando a porta bater. Estava errada, os livros não eram imaculados. Algumas das bordas estavam viradas, enroladas. Havia rabiscos nos cantos. Me perguntei quantas meninas tinham lido aquele exato livro, sentadas naquele escritório, antes de mim. Esfregando minha bochecha, que ardia, percebi que deveriam ser rabiscos de crianças de quatro anos. Na minha idade, estavam lendo livros, memorizando tabelas. Abri numa página de faixas de verde e azul, céu e grama. Ler a foto era fácil. Passei o dedo sobre as letras pretas que corriam ao longo da parte inferior. Poderiam dizer qualquer coisa. No centro da imagem havia uma árvore com um tronco largo e grosso; era liso, diferente de tudo que eu tinha visto em Pune. Abaixo da árvore estava uma garota segurando uma bola laranja na mão. No canto da imagem havia uma marca escura. Passei a borracha ali e ela começou a desaparecer, levando junto um pouco do céu. Eu não entendia aquela marca. Parecia sem sentido. Não dizia nada nem significava nada. Apenas partia o azul brilhante pela metade. A bola na mão da garota tinha linhas. Uma a mais passaria despercebida. Enfiei meu lápis no centro da bola e o levei até a borda. E agora havia uma linha. Uma linha igual àquela errante no canto, mas a nova encontrou um lar na foto e poderia residir lá sem causar problemas. Outra linha poderia ser feita no vestido amarelo da menina, em torno da gola que se curvava num babado em forma de s. Adicionei uma camada de babado.

Um puxão na minha trança esticou minha cabeça para trás. Olhei para o teto. Olhei para o rosto da Irmã Maria Theresa. A saliva se acumulou no canto da sua boca.

— Digo para apagar os rabiscos e o que você faz? — ela se moveu pesadamente e olhou para a página. — É só o seu primeiro dia e você já é uma vândala? — ela pegou o lápis da minha mão e apontou para o livro.

Comecei a apagar, mas a linha não desaparecia. Ao contrário do azul, o amarelo ficou turvo, quase verde. O vestido da garota desbotou no pescoço. Parei de apagar e coloquei a mão sobre a mesa. O suor se acumulou em mim. Irmã Maria Theresa abaixou a cabeça para olhar a foto e, sem avisar, cravou o lápis no dorso da minha mão.

Ambas olhamos para a minha mão, para o lápis erguido nela, como a árvore na grama da foto. Como a bandeira na entrada, onde Ma havia me deixado. Eu gritei, primeiro diante daquela visão, mas não senti nada até que uma dor diferente de tudo que eu poderia lembrar subiu pelo meu braço.

A Irmã Maria Mathilda, que administrava remédios, usou duas bolas de algodão para verificar se havia partículas deixadas na minha mão. Ela foi delicada, mas não me tocou mais do que o necessário. Fui dispensada depois que a minha mão foi enfaixada com gaze.

— O que aconteceu com você? — Mini perguntou.

— O Terror — eu disse, tentando não chorar.

Mini abriu a boca num o perfeito quando contei a ela sobre o buraco na minha mão.

— Ela não tem permissão para fazer isso.

Eu abri e fechei a mão. Ainda não tinha aprendido a ficar indignada.

Na manhã seguinte, Irmã Maria Theresa começou minhas aulas. Nenhuma de nós duas fez qualquer referência ao dia anterior. Nos dias em que eu ficava lenta, incapaz de acompanhar seu ritmo, ela cravava as unhas na minha pele, a cada vez em algum ponto recém-descoberto. Se eu ou meu trabalho estivéssemos desleixados, uma régua era aplicada nos nós dos dedos ou na parte de trás das panturrilhas. Aprendi palavras como "pecado". Aprendi que a limpeza tem pouco a ver com o banho.

•

O banheiro que nós, meninas, dividíamos tinha uma luz abafada, mesmo quando o céu lá fora estava ensolarado. Os ladrilhos sob meus pés eram molhados e eu podia sentir o cheiro da soda cáustica, do sabão e da umidade que havia entrado nas portas de madeira dos chuveiros. O halo em torno do ralo era escuro, incrustado com anos de sujeira que circulara e desaparecera pelo buraco. Eu fiquei nua no chuveiro. Mini estava vestida, mas nenhuma de nós comentou isso. O lado direito dos seus óculos caiu e pousou na sua bochecha, e olhei para o rosto dela um pouco mais para ver se era torto.

Eu não sabia por que ela havia me seguido. Ela virou o balde e abriu a torneira. A água atingiu o metal com violência. Eu observei a água subir e estendi a mão para desligá-la quando atingiu a marca da metade. Isso era tudo o que nos era permitido, eu sabia. Meio balde, morno. Mas Mini tocou meu pulso e puxou uma meia comprida do bolso do uniforme. Eu a encarei e pisquei os olhos, me perguntando que outros milagres ela possuía ali. Ela ajustou a cintura elástica da meia ao redor do bico e colocou o pé de náilon no balde. Olhando para o meu rosto, virou ao máximo a torneira de água quente. A água continuou a fluir silenciosa para dentro do balde.

— Lamba, você está aí?

Meus olhos se arregalaram e meu estômago desabou.

— Sim — minha voz era um guincho.

Eu ouvi os passos do Terror se aproximando do chuveiro. Mini levou o dedo aos lábios e entrou silenciosamente no balde de aço. A água se deslocou. A torneira continuou a fluir.

Eu ouvi a respiração do Terror parar quando ela se abaixou. Olhou pela pequena abertura abaixo do chuveiro, vendo meus pés e o fundo do balde. Seus joelhos estalaram quando ela se endireitou.

— Não fique aí para sempre — ela disse.

Fiquei escutando seus passos desaparecerem no corredor.

Mini e eu nos demoramos ali mais um pouco, eu ainda nua, ela de uniforme, submersa até os joelhos na água do meu banho.

•

Uma noite, eu estava deitada na minha cama, olhando para o teto escuro. Para além daquele salão havia o céu espumante.

— Mini — eu disse. — Tenho que fazer o número um.

— Então vá, Na — ela murmurou.

Era um longo trajeto pelo caminho escuro, passando pelo som das árvores assombradas, dos animais choramingando, do frio.

— Mini, venha comigo.

Mini virou a cabeça para o outro lado, resmungando.

Eu voltei a me deitar. Os dedos das minhas mãos e dos meus pés estavam congelando, mas um suor irrompera no meu corpo. Juntei as pernas e senti a pressão na minha barriga. Se eu apertasse os olhos com força, quase podia ver o céu se iluminando à medida que a noite escurecia, fluindo como leite. As estrelas brilhavam. Senti meu rosto suavizar, minha boca se abrir e suspirar.

Acordei na manhã seguinte com uma pontada forte na lateral do corpo. A luz da manhã, sem filtro, aquecia meu rosto. Abri os olhos e vi um queixo forte e uma mandíbula pesada pairando sobre mim.

— Hinduzinha nojenta. Olhe só a sujeira que você fez.

Eu estava deitada no centro da minha cama encharcada.

Naquela manhã, fiquei parada na porta do ginásio, segurando os lençóis imundos acima da cabeça. Os nós dos meus dedos queimavam e eu queria lambê-los. O sangue fora drenado dos meus braços. Meu corpo tremia. Minhas colegas passavam, correndo para as primeiras aulas, rindo baixinho. Ainda não me conheciam, essas meninas. Embora fizesse meses que eu vivia entre elas, passava os dias separada. Elas sabiam que eu era diferente, lenta.

•

As surras não eram de todo ruins. Às vezes, eram a maneira de fazer amigas. Comparávamos os vergões vermelhos nos nossos dedos e pulsos. Eram nossos anéis e pulseiras. As costas das mãos e panturrilhas tendiam a ficar mais escuras. Eram a nossa mehndi. A garota com a mehndi mais escura a cada semana era a noiva. Nós a homenageávamos e dizíamos que seria a favorita da sua sogra. A garota com mais anéis e pulseiras era nossa rainha. Fazíamos uma reverência ou beijávamos sua mão quando passávamos por ela e atendíamos as suas exigências.

Os domingos eram dedicados à missa. Eu mexia a boca junto com a letra dos hinos, mas na minha mente repetia outras orações. O pálido Jesus de gesso olhava para mim do altar. Eu falava com outros deuses, aqueles que Nani havia me mostrado em casa, mas em hindi para que eles pudessem entender.

Aprendi a desenhar tão bem, com tanta destreza, que o Terror não conseguia mais ver minhas marcas. Aprendi a ler, a escrever, a nomear os planetas e a multiplicar frações.

Algumas noites, eu me agachava num canto do ginásio e urinava direto no chão. A urina respingava nos meus pés descalços, mas me treinei para não pensar nisso. As freiras logo notaram as poças e começaram a monitorar o ginásio no meio da noite, entrando e saindo como fantasmas nas suas camisolas brancas. Para essas ocasiões, eu aprendi a levantar o calcanhar entre as pernas e enfiá-lo profundamente na pélvis.

Aprendi a regular meu corpo. Quantas vezes eu podia tomar banho determinaria o quanto podia suar. A frequência com que conseguia urinar determinava quanta água podia beber. Parte de mim foi selada. Pouco entrava e pouco saía.

•

— **O que há de errado** com você? — Mini perguntou.

Balancei a cabeça, mas uma sensação de afundamento me puxou para baixo. O salão de jantar começou a perder o foco. A parte de trás das minhas pernas deslizou e raspou contra a cadeira. A sala ficou escura.

Ao acordar, senti meu nariz pressionado contra o chão. Havia dezenas de sapatos pretos brilhantes até onde minha vista alcançava. Murmúrios e risos. Uma mão fria desceu sobre a minha testa. Acompanhei ela com os olhos até o pulso cheio de veias e vi o rosto da freira acima de mim.

— Ligue para a enfermeira.

A enfermeira começou o protocolo de verificação da minha temperatura, mas, ao ver minha urina vermelha como fogo, gritou para a diretora.

— Infecção — ela disse.

Fui internada no hospital local, onde o médico administrou antibióticos fortes. Por três dias, fiquei no quarto azul do hospital. Meu nariz queimava com o cheiro de alvejante e das bolas de naftalina que ficavam sobre os ralos.

Chamaram Ma e Nana. Eles chegaram e trouxeram consigo os cheiros de Pune. Nana balançou a cabeça quando me viu. Ma chorou.

— Vamos levá-la para casa — ela disse.

•

Quando recebi alta do hospital, voltei para a escola apenas para pegar meus pertences. Uma pequena mala azul. Alguns desenhos que tinha feito. Pendurei-os num quarto no apartamento de Nana e Nani, um quarto que eu compartilharia com minha mãe.

Ninguém jamais me perguntou o que tinha acontecido, por que perdi tanto peso e parte do cabelo, ou por que tinha uma cicatriz redonda em ambos os lados da mão esquerda. A vida continuou como se nada tivesse mudado. Talvez, em certo sentido, isso fosse verdade. Seguimos vivendo em realidades separadas.

•

Nani passava um bocado de tempo tentando me convencer a comer. Quando eu lhe dizia que não estava com fome, ela dizia que chamaria alguém para me levar embora. Um médico, um policial, um homem do saco. Algum homem. Sempre um homem.

O momento era estranho — eu me sentia velha demais para isso, velha o suficiente para saber que havia algo artificial na construção da sua advertência. Acima de tudo, estava curiosa sobre os detalhes da punição que deveria esperar, os detalhes da dor ou humilhação. Vão me levar embora e depois fazer o quê, eu queria perguntar. Da minha parte, conseguia ver além do horizonte das suas ameaças, conseguia enxergar o outro lado — tinha estado lá, nesse lugar ao qual ela apenas aludia, mas sentia que a verdade desse fato a assustaria. Então comia minha comida e deixava ela acreditar que eu estava com medo.

Agora acontecem incidentes com Ma quase todos os dias.

Ela não sabe quem deixou o feijão-mungo de molho. Ainda assim, todas as manhãs ele está lá. E por que está lá? Às vezes, ela se lembra de tê-lo deixado de molho, mas não se lembra para o que era. Chila? Dal?

O mesmo acontece com as roupas no cesto de roupa suja. Ela se pergunta se alguém está morando na sua casa, usando suas coisas. Quem é essa outra mulher? É uma ou são várias? Paga o salário da empregada duas vezes no primeiro dia do mês. A empregada fica estranhamente alegre até que eu corrija o erro.

Não menciono isso a Dilip. Quanto menos eu mencioná-la, melhor. Mesmo assim, a doença de Ma paira sobre nós à noite. As coisas não são exatamente as mesmas em casa. Ele tranca a porta quando está no banheiro, vem para a cama quando tem certeza de que estou dormindo e eu tremo se pensar muito na fragilidade do que temos.

Vou ver o médico de Ma. Ele cortou o cabelo e não está usando sua aliança hoje.

Pergunto a ele se teve um Diwali agradável. Ele diz que foi agradável.

Conto para ele sobre o feijão-mungo.

Ele me diz que vai ver a dosagem da minha mãe.

Digo a ele que minha mãe está morando sozinha de novo.

— Houve um incidente.

— Que tipo de incidente?

— Ela acendeu uma fogueira usando nossas coisas, mergulhou em álcool. O quarto inteiro ficou arruinado. Ela queimou a mão. Foi assustador. Ela parecia estar possuída.

Ele concorda.

— Isso parece assustador, mas com as devidas precauções, tenho certeza de que pode ser evitado no futuro.

Eu desloco o peso do corpo para frente e para trás.

— No momento, ela não pode morar comigo.

O médico diz que isso é lamentável para minha mãe, mas pode ser o melhor para mim a longo prazo.

— Para mim?

Ele diz que minha mãe e eu sempre compartilhamos alguma versão da nossa realidade objetiva. Sem mim, seus laços com essa realidade talvez tenham se afrouxado, o que é triste, mas verdadeiro; por outro lado, como cuidadora, a distância pode ser boa para mim. É difícil quando tudo começa a desaparecer.

Ele diz que a memória é um trabalho em andamento. Está sempre sendo reconstruída.

— Talvez ela se lembre de coisas do passado — eu digo. — Coisas que todos nós esquecemos.

— Você nunca vai saber se a memória é real ou imaginária. Sua mãe não é mais confiável.

Percorremos juntos os estágios finais do processo: ele, um especialista em medicina, e eu, uma especialista em busca de teorias.

Alucinações, habitar o passado, um senso arcaico de si, uma profunda sensação de isolamento. O presente é visto pelo que é, uma mancha sempre escorregando pela peneira.

Ele aquiesce e diz que sou bem versada. Agradeço, mas me sinto frágil por dentro.

Ele me diz que continue falando com ela, que a ajude a rever as coisas na sua mente. Escrever também pode ajudar. Ativa diferentes centros no cérebro. Os sentimentos podem permanecer, mas em dado momento desaparecerão. Vou perdê-la em incrementos. No final, ela será uma casa da qual eu saí, sem nada que seja familiar.

— Eu li — começo a dizer — que esta doença é causada pela resistência à insulina no cérebro. Como um outro tipo de diabetes.

— Não há provas suficientes para apoiar isso.

— Também vi alguns estudos que associam a saúde cognitiva a problemas nos intestinos.

Ele se inclina para longe de mim, como se pudesse sentir o cheiro de algo estranho. Talvez seja minha sugestão de que os intestinos contêm a resposta à nossa pergunta, uma profanação do dogma que ele tanto preza. Intelectuais franceses bufaram quando Bataille sugeriu que a iluminação poderia ser encontrada na merda, ou Deus numa prostituta, e é provável que agora os neurologistas prefiram manter a tela que separa seu domínio do resto do corpo, a santidade da barreira sangue-cérebro, porque um cocô não pode ter relação com os mistérios que procuram.

Em casa, acendo as luzes e uma mosca passa voando pelo meu rosto. Perambula pelos parâmetros da sua gaiola, esbarrando em espelhos e pressionando o corpo contra janelas, experimentando superfícies com os pés. Eu a vejo voar em círculos e me pergunto quantas horas faz que está aqui. A esta altura, já mapeou este lugar, criou coordenadas na sua mente. Sabe qual o ponto mais distante ao qual pode viajar, o sofá, a estante, a maçaneta. Abro a porta da varanda e me afasto. Espero a mosca sair, espero que sinta um cheiro de fora, uma brisa familiar. Mas isso não acontece. Ela continua a cruzar de um lado da sala para o outro.

Volto para o sofá, coloco os pés no braço. Talvez ela goste daqui, uma nova casa. Zumbe em torno da minha cabeça, frustrada. Presa.

Mais uma vez, a mosca desvia da porta, mesmo que esteja aberta. Eu observo e me pergunto se ela consegue ver a porta, ou se o mapa que fez desta época em sua vidinha é tão persistente que o mundo exterior cessa de existir. Está cega para a saída. Tudo o que sabe, ao bater o corpo contra o espelho, contra o próprio reflexo, é que algo está faltando, algo está errado.

•

Ma sai de casa no meio da noite. Acorda, usa o banheiro e sai de camisola. O vigia a encontra tentando chamar um riquixá. Quando ele a traz de volta para seu apartamento, a porta está aberta.

Ele me liga imediatamente. Dilip e eu chegamos em trinta minutos.

O céu está começando a clarear. O vigia me conta que ela havia deixado a torneira aberta no banheiro. Agradeço a ele e lhe dou a menor nota que tenho para compensar todo aquele trabalho.

— Algum problema com ela? — ele me pergunta, antes de sair.

— Não — eu digo —, ela está bem. São só pesadelos.

Depois que ele vai embora, me volto para Dilip.

— Agora ele sabe.

Dilip pisca os olhos. Meus braços estão tremendo.

— Ele sabe que ela não está bem — eu digo. — Todo o edifício saberá, todos os criados, que uma mulher solteira que mora sozinha não está bem, talvez esteja louca. Ela não está mais a salvo.

Digo a Dilip que vou ficar com Ma até encontrarmos uma solução. Ele não me pergunta quanto tempo eu espero ficar fora de casa. Tento não pensar nisso, ignoro a tensão no meu rosto e a sensação de que tudo está desmoronando.

Ma e eu dividimos a cama, algo que não fazíamos desde antes de eu ir para o internato.

•

A empregada varre a casa duas vezes por dia, curvando-se muito e avançando devagar. Esfrega os olhos com a mão livre. Poeira e cabelo se acumulam perto do sofá. As cerdas da vassoura roçam meus pés.

Uma lagartixa conseguiu entrar, ou pela porta, que está sempre entreaberta, ou pela janela aberta da cozinha. Rasteja de cabeça para baixo no teto, perdendo-se nas manchas marrons. Eu a observo ir em frente como se estivesse caminhando sobre gelo. Uma crosta de gesso pende como uma folha, balançando com o ventilador giratório.

A empregada termina de varrer e se afasta. A pilha fica no chão como um ninho de arame preto.

Vejo novas manchas no teto. Parecem escurecer.

— O encanamento do vizinho de cima quebrou — diz a empregada.

Inclino a cabeça para trás, mapeando a tinta borbulhante. Pune é enevoada, mas o universo dentro dessas paredes se abre de maneira grandiosa. Elas imitam uma à outra, a lagartixa e a empregada, demorando-se ao meu redor. Minha cabeça lateja. Ma tem acordado todas as noites com pesadelos.

No crepúsculo, ouvimos os carros e caminhões, todos buzinando, lutando para seguir pela rua principal além do portão do condomínio. Os homens gritam uns com os outros, suas vozes distantes, mas familiares.

Coloco Dettol no chão do chuveiro e deixo durante a noite. De manhã, pego minha bucha. Tem cheiro de álcool etílico. Esfrego em volta dos meus joelhos, limpando a pele morta. A água quente bate nas minhas costas. Continuo esfregando. Logo fico vermelha. Imagino que se fizer isso por tempo suficiente e com força suficiente, vou me tornar uma nuvem diáfana. Posso esquecer que há algo por baixo.

O teto treme como se estivesse vivo.

Às vezes eu penso que talvez seja este apartamento. É fácil enlouquecer aqui.

•

Outros dias é inegável: Ma perdeu a razão.

Ela diz a Nani que ouve a voz de Baba. Ele não diz nada

incomum — faz comentários sobre o tempo, chama o nome dela. Às vezes não passa de um grunhido ou uma tosse, ou sua risada vinda do estacionamento lá embaixo.

Ela olha em volta primeiro, certa de que ele está lá, entrando pela janela ou pela porta — sente falta dela e sabe onde ela mora. Sua voz soa tão perto que ele deve estar aqui. Isso a atormenta até que ela cede, até que interrompe o que está fazendo e anda pela casa, verificando atrás dos móveis e cutucando cortinas. Observo enquanto ela faz isso, mas olho para longe quando ela se vira sem ter encontrado nada.

A boca de Nani enruga, mas ela permanece em silêncio. Vou para o banheiro e choro.

— Acho que ela tem alucinações sobre o que mais a magoou — digo a Nani. — Ela esperava algo diferente quando saiu do ashram. Esperava que ele viesse atrás dela, exigisse que ela voltasse e ocupasse seu lugar ao lado dele. Mas isso nunca aconteceu.

— Já faz muito tempo — diz Nani. — As pessoas não se apegam às coisas desse jeito.

Eu acompanho Nani até o seu carro. O portão ficou aberto. O vigia está compartilhando bidi e chai com seu amigo mais adiante, na rua. A sra. Rao não está à vista, mas seu lulu-da-pomerânia late na varanda, empurrando a cabeça pelas barras de metal. Nós nos beijamos. Aceno enquanto ela vai embora. Nos acomodamos num padrão de negação. Minha avó nunca se pareceu tanto com uma estranha.

À noite, Ma pega no sono na cama, ainda de chinelos. Ligo para Dilip. Ele está jantando sozinho, em frente à televisão. Sua voz estala, como se ele estivesse muito longe.

Dilip conta que seus amigos em Dubai acabaram de se mudar para uma casa agradável que tem jardim e garagem para dois carros. A cinco minutos a pé dali há uma praia pública. Eu gostaria de me mudar para Dubai algum dia? ele pergunta. Escuto suas descrições sucintas, tentando imaginar essa outra cidade, imaginando como a praia se transforma em deserto, como o ar passa de úmido a seco.

Ma grita no sono.

— O que foi isso? — Dilip pergunta.

— Nada — eu digo.

Minha mãe sai do quarto. Seu cabelo está pressionado contra a bochecha. Ela desliza para a poltrona diante de mim.

— Você tem que parar — ela sussurra. Seus olhos estão molhados.

Eu suspiro e descanso o telefone contra meu pescoço.

— Ma, não é real. Quer que eu te coloque de volta na cama?

— Eu sei que é real. Você tem que parar de fazer aqueles desenhos.

A televisão está ligada. Uma âncora de notícias, de etnia indefinida, faz relatórios sobre uma suspeita de ataque terrorista. Pego o controle remoto.

— Você me ouviu? — ela diz. — Pare de fazer aqueles desenhos nojentos. Eles são um insulto a mim. São um insulto ao seu marido. Você nos insulta todos os dias que faz isso. Você nos insulta toda vez que pendura eles em alguma exposição numa galeria chique.

Coloco o telefone no sofá e levanto. Meu coração bate forte e meus joelhos estalam quando me endireito. Coloco as mãos nos seus ombros, uma de cada vez.

— Está bem — eu digo. — O que você quiser. Mas quero que se deite um pouco.

Ela parece se acalmar e me permite ajudá-la a se levantar da cadeira. Suas mãos estão frias quando a acomodo sob as cobertas.

Dilip está silencioso do outro lado da linha.

— Então — eu digo. — O que mais?

— Ela falou sobre mim? Por que os desenhos são um insulto ao seu marido?

Esfrego o olho. Uma substância branca na lateral gruda nos meus dedos como se fosse cola.

— Não sei. Não sei o que ela quer dizer com isso.

1993

Minha mãe e Nani não conseguiam mais suportar a visão uma da outra, e Ma decidiu alugar um pequeno apartamento não muito longe do ashram.

Na época, eu não tinha certeza de como ela pagava o apartamento, mas depois minha avó me disse que Nana deu a ela o dinheiro para reestabelecer um pouco de paz na sua vida. Kali Mata também vinha de vez em quando com envelopes do que ela chamava de benevolência do ashram.

Comecei a frequentar uma escola local em inglês, mal preparada para acompanhar os outros alunos. O diretor sugeriu aulas de reforço diárias por várias horas, mas Ma apenas sorriu em resposta. Não havia dinheiro suficiente para esse tipo de coisa.

A matéria que eu mais temia era hindi. Como era possível que uma língua que eu ouvia e falava o tempo todo fosse tão completamente estrangeira? Fora isso, minhas habilidades de leitura e escrita eram razoáveis, e os professores elogiavam minha caligrafia mecânica. A submissão era evidente em cada linha que escrevia.

— Escola de convento — minha mãe disse.

O diretor pareceu entender.

Agora que eu conhecia os números, e as letras também, o mundo inteiro se abria para mim. Kali Mata sorria. "Ler muda tudo". Mas não era a linguagem que me atraía, apenas os símbolos que a compunham, abstratos e aleatórios, caracteres nos quais eu infundia significados alternativos.

Comecei a escrever um diário, mas não do tipo que as outras meninas da escola escreviam — não havia registros de romance e meninos e sonhos e desejos. O meu era uma coleção de momentos do passado, pelo menos aqueles que eu conseguia lembrar, sobretudo uma lista de rancores. Codifiquei essa lista com cuidado, planejei uma ordem que pudesse ser lida cronologicamente, mas também pela gravidade da transgressão. Tabelas inteiras foram dedicadas à Irmã Maria Theresa, e várias também à minha mãe. Outros receberam sua própria forma de entrada de dados, codificados por cores ou numericamente.

Meu pai não recebeu esse tratamento. No meu diário, ele não existia.

Fiz poucos amigos na escola e menos ainda no prédio. Minha alienação se intensificou quando acordei certa manhã e descobri que minha sobrancelha esquerda tinha desaparecido. Os pelos estavam espalhados no meu travesseiro como pedaços de linha, tão poucos que eu não podia acreditar que eles antes formavam uma linha coesa na minha testa. Me olhei no espelho e passei o dedo pelo rosto. Meu olho esquerdo parecia derrotado, incompleto.

— O que você fez? — Ma perguntou quando me viu.

Kali Mata largou o chá. A sombra nos seus olhos rachou como o topo de um crème brûlée.

— Que azar você tem — ela disse.

Implorei à minha mãe que me deixasse faltar à escola, mas ela nem queria tocar no assunto.

— Não é tão perceptível — disse Kali Mata. — Bem, é, mas apenas porque você ainda tem a outra.

Eu mantive a cabeça baixa, escovei meu cabelo de um lado do rosto. Inclinei a cabeça sobre a mão e favoreci certos ângulos. Naquela tarde, voltei para casa exausta.

— Não é nada bonito — disse Ma. — Mas por que você precisa esconder seu rosto? As meninas devem ser corajosas.

Ela estava falando sobre si mesma, sua própria autoimagem. Uma rebelde, uma garota do contra. Mas eu não era nem um pouco como ela. Não me sentia corajosa.

Minha ansiedade deu em febre e fiquei em casa alguns dias, lendo livros de Enid Blyton e olhando no espelho a cada hora. Procurava um vislumbre de preto em algum lugar, mas minha testa estava lisa.

Quando a luz se movia no meu rosto, eu via duas pessoas diferentes. A garota que eu tinha sido e a criatura que era agora, algo desumano.

Passei a lâmina de depilar da minha mãe na outra sobrancelha.

Em menos de um segundo, ela desapareceu. Lascas pretas salpicaram o ralo molhado.

O cabelo parecia mais grosso no chão do banheiro, mais úmido, mais preto do que no travesseiro.

Nani chorou ao me ver.

— Eu sabia que isso iria acontecer, é uma doença que ela contraiu no convento — disse.

Quando eu contei que eu mesma tinha raspado, minha mãe se inclinou para frente na mesa de jantar. Seus braços estavam brancos como coxas de frango cru.

— Bem — disse ela —, até o diabo ficaria com medo de você, mas estou feliz que tenha feito a coisa certa.

Sair de casa se tornou assustador. Olhos me seguiram onde quer que eu fosse. Passei um tempo dentro de casa. Apenas Kali Mata me visitava regularmente. Trazia livros, velhos baralhos de cartas, jogos que eu nunca tinha ouvido falar e nunca tinha visto. E ela trouxe outros objetos estranhos: jogos de chá oriental, chaves velhas e algumas fotos minhas quando criança no ashram. Colocamos as fotos desbotadas na mesa de jantar. Kali Mata tinha engordado e se inclinava pesadamente, seus seios descansando na mesa, separando-se como massa de pão.

Eu sabia que Kali Mata era diferente de mim por causa da cor dos seus olhos, não pela diferença na nossa pele. Seus olhos eram de um tom de azul sarapintado e suas pupilas formavam pontos pretos proeminentes no meio. Eu tinha certeza de que o mundo pareceria diferente através daqueles olhos, e não achava que ela poderia ter dias sombrios e normais.

— O mundo lá fora está seguindo adiante sem você — disse ela.

Eu pensei no assunto, mas me perguntei se algum dia o meu lugar tinha sido lá, junto com todas as outras pessoas.

Uma vez, escapei para comprar um único cigarro numa loja na nossa rua. O dono da loja teve pena de mim por causa das minhas sobrancelhas e me deu um extra de graça.

Fiquei de pé na sacada antes que o prédio acordasse. Os toldos eram habitados por pombos, atapetados com seus excrementos felpudos. Escondida num canto, acendi o meu cigarro.

Dois andares abaixo, do outro lado, por uma janela aberta, vi um velho se despindo no seu banheiro. Ele deixou as roupas caírem no chão numa pilha. Era magro, pele e osso, e seu pênis estava enrugado, do tamanho de uma protuberância. Estendi meu braço e medi seu membro à distância. Quase do tamanho da minha unha. Ele ligou o chuveiro e a água escorreu como se saísse de uma mangueira. Suas nádegas caíam como sacos vazios.

Naquela noite, eu o desenhei como me lembrava dele, ainda debaixo d'água, os braços pendurados ao lado do corpo.

•

A hora do dia em que Baba morreu me escapa. A estação do ano também, mas esses detalhes foram cuidadosamente documentados pelos seus seguidores.

A entrada do apartamento estava escura como sempre, como se quiséssemos que as pessoas que aparecessem à porta imaginassem que ali viviam infelizes eremitas. Não me lembro do que dizia o bilhete na mesa, mas o rabisco da minha mãe soava ansioso e desconsiderado. Algo parecia estar rastejando nas minhas costas e estremeci. Era aquela a primeira vez que ficava sozinha em casa? Passei pelo espelho manchado que ficava pendurado ao lado da porta da frente, nunca olhando diretamente para o meu reflexo, mas ciente de que o espelho estava me vendo, me duplicando, mesmo quando eu estava de costas para ele. Os ladrilhos porosos do chão da cozinha pareciam turvos, como se não tivessem sido esfregados naquele dia, mas, quando entrei, senti que ainda estavam úmidos, talvez até um pouco viscosos por causa do repelente de insetos que Kashta misturava no sabão.

Encontrei dois boondi laddoos na geladeira e os acomodei na boca. Depois disso, andei de um lado para o outro na pequena sala de estar, parando apenas para comer todo o queijo com a vaca vermelha no rótulo e os bolinhos de coalhada que vinham embrulhados em cera, até meu estômago borbulhar com o gás aprisionado.

Havia uma cadeira de balanço vermelha ao lado do telefone silencioso. Chamávamos de cadeira vermelha, mas na verdade ela era marrom, e não balançava, mas deslizava para frente e para trás. A palha tecida que constituía o assento estava gasta e esfarrapada, e era meu móvel favorito na casa, embora nunca me sentasse nela por causa de uma vaga lembrança de ter prendido o dedo no seu mecanismo quando era pequena. O espelho ainda estava às minhas costas, observando a parte de trás do meu corpo, e eu não ousava me virar.

Ma entrou vestindo branco amarrotado. Estava despenteada, com o aspecto quase que de giz. Me afastei dela ao ver seu rosto e minha coluna bateu na mesa de jantar.

A ponta de madeira dura se alojou nas minhas costas. Senti que apenas um pedaço de pele fina e esticada me separava dos meus ossos. Não havia dor, só uma sensação de mansidão, protegida pelo acolchoamento que me cobria. Às vezes, meu sangue corria alto o suficiente para despertar todo o meu corpo, mas outras vezes eu sentia que estava usando um terno que poderia abrir e do qual poderia sair, revelando então meus braços e rosto reais, a pele que eu escondia por baixo. Tinha ganhado treze quilos desde que completara onze anos. Kali Mata achava que eram hormônios.

Ma abriu um armário alto onde guardava algumas bebidas alcoólicas e, na ponta dos pés, tirou uma garrafa de uísque Teacher's, que era reservada para convidados do sexo masculino. Abrindo a garrafa, cheirou o conteúdo e fechou de novo. Eu podia perceber agora que ela andara chorando. Não recentemente, mas talvez pela manhã. Seu nariz estava oleoso com uma coleção de cravos pretos.

— Baba morreu hoje — ela disse.

Tecnicamente, foi em algum momento do dia anterior, mas eles esperaram para fazer a cremação pela manhã. Houve divergências entre os seguidores. Alguns queriam fazer uma autópsia para determinar a causa da morte, enquanto outros consideravam impensável abrir uma divindade falecida. Se ele quisesse ser aberto, teria deixado instruções, eles argumentaram. Alguns pensaram que um sacerdote hindu deveria ser consultado, mas Baba odiava sacerdotes e essa ideia foi rejeitada. Outros queriam embalsamar o corpo, pelo menos por enquanto, para que seus muitos devotos pudessem viajar para vê-lo uma última vez.

— Embalsamação é só para comunistas — disse Ma.

A maioria concordou que seria irregular, que desviaria da tradição dos seus antepassados, e que ele deveria ser cremado o mais rápido possível. O último grupo venceu e se construiu uma pira para Baba no ashram. Os portões se abriram por um dia, e muitos entraram sem saber o motivo. Ma esteve presente para a lavagem do corpo e a troca de roupa. Disse que eles partiram seu crânio por trás para que a cabeça não explodisse no fogo.

Depois, formaram uma fila, as amantes de Baba, e ofereceram consolo e bênçãos à multidão. Um homem começou a gritar que todas deveriam se jogar na pira. Foi posteriormente removido.

Ao lado de Kali Mata, Ma sentia orgulho.

— Percebi que não é pouca coisa — ela disse. — Ser amante de um grande homem.

Eu disse a ela que para mim parecia pouca coisa, reles até, e definitivamente não era nada para se gabar.

Ela me agarrou pelos braços e me sacudiu antes de me dar um tapa na cara.

— Você é uma gorda cretina. Tenha um pouco de compaixão! Eu fiquei viúva hoje!

A palavra *puta* saiu da minha boca, mas se misturou com um grito enquanto eu partia para cima dela, jogando ela no chão. Me sentei no seu peito e envolvi sua garganta com as mãos, apertando até que as veias apareceram sob os olhos dela.

Quando a soltei, ela tossiu e respirou fundo. Olhei para o seu rosto.

— Gorda cretina — ela repetiu.

•

Quando eu não estava comendo, sentia vontade de colocar outras coisas na boca. Meus dedos, meu cabelo, os botões de plástico do meu uniforme escolar. Quarenta e cinco minutos depois de comer, eu estava com fome de novo, embora meu estômago não fosse ágil o suficiente e a comida fermentasse dentro de mim. Eu passava noites insones com gases presos nas minhas costelas, dias de diarreia e constipação. Às vezes, aparecia sangue nas minhas fezes. Às vezes, o ácido do meu estômago aparecia na minha boca.

De vez em quando, Ma ficava desolada ao me ver, mas, fora isso, insistia que uma criança deveria comer sempre que tivesse fome.

Nos dias em que a segunda possibilidade prevalecia, ela me levava para tomar sorvete se eu implorasse por tempo suficiente. Depois da escola, eu me sentava diante do balcão e tomava um milk-shake de baunilha no Tio Sam, uma lanchonete americana no estilo dos anos 50, escondida nos fundos de um hotel cinco estrelas. O menu vegetariano tinha cubos de batata frita e pizza salpicada de jeera. Famílias faziam fila para o sorvete claro e sem ovo que já estava quase derretido quando chegava às mesas. As capas dos bancos de couro branco tinham se tornado de um tom de cinza desbotado, mas as paredes, com bandeiras vibrantes e objetos estranhos, pareciam ter sido erguidas ontem. A jukebox não aceitava dinheiro e tocava apenas músicas de Bryan Adams, e um modelo em miniatura de um Cadillac clássico dava voltas numa plataforma giratória perto da caixa registradora. De uma imagem na frente do salão, o Tio Sam olhava para todos.

— Se isto fosse uma igreja, sr. Parekh, ali é onde o altar ficaria — disse um garçom ao gerente ursino.

Mamãe e eu erguemos os olhos para o Tio Sam. O gerente balançou a cabeça.

— Isto não é uma igreja, Reza, e aquela senhora quer dois choco-sundaes.

Nossos choco-sundaes foram trazidos sem bandeja. O garçom colocou uma tigela extra de cerejas enlatadas brilhantes ao meu lado. Eu olhei para ele. As palmas das suas mãos eram mais escuras do que o resto. Seu cabelo estava crescido demais e caía sobre as bochechas com marcas de varíola.

Tentei fazer o sorvete derreter para comê-lo rápido, ajudando com as costas da colher, pressionando para baixo as pequenas montanhas cremosas. O garçom se encostou na parede enquanto eu preparava o sundae. Olhava para Ma e para mim, sorrindo ocasionalmente.

— Deve ser gostoso — ele disse, observando enquanto eu tomava meu primeiro gole.

Eu balancei a cabeça e tomei outro gole. A saliva explodiu na minha boca. O líquido frio aqueceu com a temperatura do meu corpo.

— Que gosto tem?

Minha boca estava cheia e eu não conseguia responder. Engoli, mas o líquido doce e leitoso revestiu minha garganta e tossi.

Ma riu.

— Tenho certeza que você já experimentou alguma vez.

Ele balançou a cabeça e esfregou a frente do uniforme com a mão enegrecida. Nenhum traço visível foi deixado onde ele se tocou. Eu observava, hipnotizada pela estranha pigmentação.

— A comida não tem esse gosto para mim. Olhe para o rosto dela. É diferente para ela.

Olhei para ele e vi que estava olhando para Ma, e me ocorreu que eles tiveram uma troca silenciosa enquanto eu comia.

— Meu nome é Reza Pine.

Nós nos apresentamos, mas o gerente chamou ele através da sala cheia de vozes, sons de adultos e crianças. Ele tornou a encher a tigela de cerejas antes de se afastar.

1995

Eu já sabia que sexo cheirava a peixe e sorvete, mas a primeira vez que fiz sexo foi em troca de um pacote de chiclete Big Red importado. O garoto em questão mastigava um pedaço e soprava bafo de canela no meu rosto. Ele tinha dezesseis anos, morava no prédio e tinha espinhas na testa. Ele me observava enquanto eu jogava badminton com sua irmã mais nova. Fizemos sexo perto do apartamento dele, no patamar entre os andares. Depois da primeira vez, foi fácil.

Treze anos de idade. Eu usava roupas tamanho adulto e meus pés se encaixavam nas sandálias de Kali Mata. O ascensorista se pressionava contra a parede do elevador quando eu entrava. Eu gritava sempre que minha mãe falava comigo. Agora, raramente nos encontrávamos no mesmo cômodo. Algo em mim estava se expandindo, ocupando muito espaço, sugando o ar das áreas fechadas. Ninguém queria ficar perto de mim por muito tempo, mas eu não me importava e odiava todo mundo de volta.

Meu pai e sua esposa retornaram dos Estados Unidos.

Os três anos tinham se transformado em seis. Telefonaram para dizer que ela estava grávida. Eu me recusava a atender as ligações dele e Ma teve que me dar a notícia.

Comecei a suspeitar que outra pessoa estava morando no meu corpo, estabelecendo residência temporária e começando a se sentir bem à vontade. Ela estava me abrindo por dentro, causando o aparecimento de estrias e descoloração da pele. Haviam surgido pelos em maior quantidade onde eu não queria, e eu não conseguia acompanhar as demandas de depilação. E eu estava comendo por uma multidão, ao que parecia, satisfazendo um buraco sem fundo de fome.

Ninguém me disse que essa era a idade para esses sentimentos e, mesmo que tivessem dito, eu não teria acreditado. Ninguém me disse que levaria anos para aceitar meu corpo, para sentir que sabia onde ele começava e terminava. Naquele momento, a escala da existência era insondável. Eu podia me lembrar de uma época em que deslizava através de fendas estreitas, em que podia me sentar no joelho da minha avó sem produzir um gemido.

E a confusão que sentia dentro de mim não era nada comparada às mudanças que testemunhava no mundo exterior. Os homens olhavam para mim de uma maneira que eu não havia notado antes. Será que eu tinha estado alheia todo esse tempo? Ou eles também viam essa outra mulher morando no meu corpo?

As mulheres também estavam diferentes, ou talvez eu pudesse ler alguma mudança nos olhos delas. O inchaço da gordura acima da minha cintura provocou uma reação. Era nojo? Eu sabia que havia raiva. Na verdade, raiva era a única coisa discernível que todos nós compartilhávamos, e a única coisa que eu poderia nomear. O mundo parecia violenta e infinitamente furioso comigo. Os homens, pelo desejo que eu provocava. As mulheres, pela minha incapacidade de conter esse novo corpo.

Os humanos crescem de forma flagrante, confusa, e ninguém tinha a opção de desviar o olhar. Me afastar durante aqueles anos intermediários poderia ter ajudado — entrar num casulo de algodão e emergir como uma mulher completa.

Afundei ainda mais na escuridão quando Reza me disse que minha pele talvez nunca melhorasse. Ele entrou no momento em que Ma levava uma agulha esterilizada a uma espinha no meu queixo e disse que sua pele havia explodido quando ele tinha cerca de dezesseis anos e agora, quinze anos depois, ainda havia marcas. Tirou sua camiseta desbotada para ilustrar. Seu corpo era teso, esguio, mas cobrindo as planícies de pele pálida havia colônias de queloides, cicatrizes que nunca haviam desaparecido.

— Espero que isso não aconteça com você — disse Reza. Olhei mais uma vez para seu abdômen manchado. — Você é uma garota — disse ele. — É pior para as garotas. Caras com pele ruim ainda podem transar.

Cerrei os dentes com essa dupla condenação. Senti a outra garota dentro de mim subindo à superfície.

Ele falou de novo, como se tivesse lido minha mente.

— Não é justo, claro, que seja assim. Mas é verdade, de todo modo.

•

Nossa amizade com Reza se desenvolveu devagar, ao longo das tardes depois da escola. Ele fazia biscates, principalmente coisas com as mãos. O salário no Tio Sam não era muito, mas Reza trazia para a nossa casa os bolos e doces que não vendiam. Durante o horário de trabalho, ele tinha que usar luvas para esconder as mãos. Com frequência desobedecia.

Reza detestava o trabalho, mas no final do mês recebia um envelope fino do banco com notas imaculadas. Faziam com que se lembrasse da mãe, de como ela sentia orgulho ao se certificar de que as notas na sua carteira estavam lisas e novinhas, de como ela tentava usar as notas desbotadas o mais rápido que podia. Ela acreditava que as notas novas eram a moeda dos ricos, como cortes de carne de primeira, verduras tenras ou mangas doces. Mas quando o dinheiro chegava à mãe dele, já havia passado por muitas mãos.

Certa tarde, Ma levou a mim e a Kali Mata ao restaurante. Sentamos à mesa e continuamos bebendo água porque Kali Mata não comia nada com corante artificial.

— Devíamos pedir algo — disse Ma.

O gerente olhou para nós enquanto fingíamos ler os cartões laminados do cardápio.

Reza deu um gole no seu cantil.

— Não, não se preocupe. Vou levar um pouco de bolo esta noite, se você quiser.

Reza Pine é difícil de descrever, porque ele sempre falava em termos de realidade fluida. A verdade era subjetiva, algo em que ele tinha pouco interesse, e a experiência se alterava continuamente como memória. Ele registrara algumas dessas ideias dos seus encontros com Baba e elas o moldaram quando ele ainda era jovem. Foi por essa razão que nunca encontrou um lugar no mundo do fotojornalismo e teve que usar suas habilidades como fotógrafo em outro lugar. Ma nunca tinha encontrado Reza no ashram, mas as pessoas o mencionavam.

— Eu sinto que te conheço — ela disse.

Tocou a perna dele enquanto falava.

— Então conhece — ele respondeu.

Eu descansei minha bochecha no ombro vestido de preto de Kali Mata.

Quando Reza se descreveu como artista, meu primeiro instinto foi desconfiar dele. O que significa ser um artista? Ele era o primeiro que eu conhecia.

Ele disse que os incorporadores imobiliários em Pune eram como aproveitadores de guerra, explorando os instintos territoriais dos homens. Ele os desenhou a carvão, figuras nodosas andando por aí com urina pingando dos seus pênis encolhidos, marcando partes da cidade com seu fedor. Ele desenhava em qualquer lugar, no papel ou nas paredes. Não fazia diferença. Mas suas mãos, sempre pretas, eram familiares para mim.

— É um trabalho sujo — ele disse.

Ele era filho de um poeta que mantinha uma loja para sustentar a família. Seu pai era seu herói, um gênio do verso urdu, um homem de quem Reza não conseguia lembrar, mas sempre guardava com deferência na memória.

Reza reconhecia que ele próprio era uma espécie de pária da imprensa e da comunidade artística de Mumbai. Tinha a ver com um incidente ocorrido durante os motins de 1993 em Mumbai.

Eu disse que nunca tinha ouvido um nome como Pine. Não junto a um nome como Reza, pelo menos.

Ele sorriu para mim e eu desviei o olhar.

Reza quase se tornou um NRI, um não residente da Índia. Quando era muito jovem, sua família se mudou para o Canadá. Quando chegaram, havia gelo no chão.

Seu pai achava que um nome como Shaikh nunca seria adequado. Saiu do seu apartamento de um quarto no gueto português de Montreal e leu a placa. Pine Street, dizia. A partir de então seriam conhecidos como Pine.

— O que aconteceu?

— Eles nos deportaram — disse Reza. — Achavam que meu pai era comunista.

— Ele era?

— Sim, claro.

•

Em 1992, Reza Pine, um jovem fotojornalista, viajou para Aiódia, no norte da Índia, para testemunhar a demolição da mesquita e os comícios celebrando o local de nascimento de Rama. Em Mumbai, a violência irrompeu nas ruas da cidade e tudo começou a pegar fogo. Garrafas jogadas nas vitrines, lojistas aterrorizados, mulheres espancadas, estupradas, e crianças forçadas a assistir.

Hindus matando muçulmanos, muçulmanos matando hindus, desencadeando uma selvageria que estava adormecida um dia antes, despertada com palavras inflamatórias.

A violência entre as comunidades era fácil de desenterrar. As bases tinham sido semeadas pela história. Reza viu como era fácil acender os grãos do medo, como o medo poderia se aquietar, mas acabaria encontrando outra fonte de alimento.

Conheceu os homens, os indivíduos que formavam a turba. Vestiam suas cores com orgulho e, lado a lado, admiravam a arte da sua violência.

Passou noites se perguntando se o que tinha visto era real ou se era um cenário de filme — encenado, emoldurado no corte cruel das lentes de uma câmera, momentos únicos que eram o início e o fim de um terror contínuo.

O tumulto se acalmou depois de alguns dias. Havia peças para recolher.

Em Mumbai, corpos foram queimados, e as provas, lentamente enterradas. A vida retomou seu ritmo normal e o processo de esquecimento começou de imediato. Algumas pessoas riam, paradas na rua, aproveitando o sol do meio-dia.

No ano-novo, mais um derramamento de sangue começou. O toque de recolher foi reforçado. A cidade era composta de portas trancadas e janelas escuras. Reza morava com sua mãe viúva no apartamento dela perto da estação de Mumbai Central, onde os gritos eram próximos o suficiente para serem ouvidos, como se fossem virar a esquina e cair em cima dele. Fora isso, as ruas estavam desertas e ninguém ousava sair de casa. Subentendia-se — uma verdade não dita — que, se você fosse pego, não haveria ninguém para salvá-lo. Nenhum guarda, nenhuma polícia. Não, hoje não havia poder maior do que o seu atacante — ele governava a cidade. Mumbai não era sua, agora, talvez nunca mais fosse, e daquele dia em diante você caminharia nas sombras.

Mas algo estava diferente. Os ricos e poderosos começavam a tremer enquanto a multidão atacava prédios em Breach Candy e Nariman Point, as longas calçadas e ruas sombreadas, as casas régias para onde as pessoas ricas e bonitas iam quando deixavam seus clubes de lazer e hotéis cinco estrelas. Homens sem rosto e sem nome se movendo em grupos, hasteando suas bandeiras cor de açafrão e gritando seus bordões, atacando os lugares onde as mulheres andavam apenas de carro com motorista e as janelas sempre davam para o mar.

•

Foi no meio da tarde. Reza estava tirando fotos dos danos causados a lojas e casas, fotografando famílias que tinham perdido entes queridos, viúvas e órfãos. Não pedia sua permissão; os vivos se pareciam com os falecidos, assumiam as cores dos seus parentes mortos. E não se pode falar com os mortos.

Ele ouviu gritos às suas costas e uma multidão de homens veio correndo, agitando paus. Temeroso, ele se escondeu atrás de um ônibus estacionado em frente a um prédio. Tentou tirar fotos da multidão que se aproximava, mas suas mãos tremiam. Então, correu. Correu para a entrada escura do prédio, subiu as escadas, esbarrando nas paredes, batendo nas portas enquanto seguia.

Uma jovem estava parada no terceiro andar, prestes a entrar em casa. Reza estava sem fôlego, tremendo.

— O que houve?

Ele não conseguia lhe dizer, não conseguia falar, mas ela ouviu as vozes dos homens na escada. Puxou-o porta adentro, trancou-a.

Ele ouviu a fechadura girando. Um. Dois. Três.

Não disse a ela que vira fechaduras como aquela antes. Vira quebrarem ao meio quando uma porta era chutada. Vira ainda intactas quando tudo ao redor deles havia queimado. Em vez disso, agarrou o braço dela e agradeceu.

Então ele olhou em volta. Homens, mulheres e crianças olharam para ele.

O nome da garota era Rukhsana. Os outros eram tias, tios, primos. Sua avó estava sentada numa cadeira perto da janela, surda e cega, alheia à cena lá embaixo. Seus irmãos mais novos estavam ajoelhados e cochichando uns com os outros, seus corpos enroscados.

O sobrenome da família era Shah. Ele ficou com eles, dormiu ao lado deles. Às vezes, à noite, sentavam juntos e ouviam gritos e tiros. Olhavam para as ruas desertas lá embaixo. Todos os dias, oravam para que o telefone funcionasse e a energia retornasse, mas nada mudava.

Dias e noites se dissociavam de datas e horas, e o tempo só era reconhecível pela passagem da lua no céu.

Quando a calamidade está tão próxima, nunca se deve falar dela.

Reza sentia uma gratidão que qualquer um poderia confundir com amor. A multidão teria acabado com ele se os Shah não o tivessem acolhido. Ele comia a comida deles, vivia da sua bondade. Eram generosos, mas ele sabia que havia desconfiança nos seus olhos. Tudo era diferente então. Cada dia parecia uma vida inteira. Ele se perguntava se algum dia deixaria aquele lugar vivo. Havia riscos em ficar trancado numa casa como aquela. Ficarem tão perto uns dos outros o tempo todo reduzia os nervos a fios delicados. Um único puxão e romperiam. O som das orações de Rukhsana o fazia querer soluçar.

Então ele se casou com ela.

A família serviu de testemunha.

Criaram um mundinho feliz naquela casa.

Havia pouco para comer e nada para fazer. Ele pensou que seria terrível, mas aprenderam lentamente a ignorar os sons de fora, e tudo se tornou suportável. Mais do que suportável. Um prazer. Alguns dias eram realmente uma celebração.

Quando ele finalmente saiu, sua mãe ficou feliz por ele ter encontrado uma garota muçulmana devota. Disse que tudo acontece por um motivo.

•

— **Onde está** Rukhsana agora?

— Mora com a minha mãe.

— E você?

— Por aí.

•

As perguntas começaram depois que ele revelou o filme. Imagens de morte e destruição se intercalavam com interiores tranquilos, os sorrisos e poses desajeitadas de uma família. E os retratos de casamento. Eram austeros e sérios. Reza os havia tirado com o automático da câmera. Contou ao seu editor sobre sua experiência. Pogroms, morte e destruição, mas o amor ainda aparecia em lampejos.

O sr. Chaudhury, a quem Reza era subordinado, disse que queria conhecer essa Rukhsana. Ela foi ao escritório na semana seguinte, mas era tímida demais para olhar alguém no rosto. Não tinha estudos, e aquela sala onde palavras e imagens se juntavam para contar a história do dia era misteriosa para ela. Assentiu com a cabeça quando o homem de óculos fez perguntas e corroborou o que seu novo marido havia dito.

— Pode ter uma perspectiva humana muito interessante — disse o sr. Chaudhury —, mas temos que lidar com isso da maneira certa — ele sabia como vender um jornal.

Por baixo do dupatta, Rukhsana tinha cabelos cacheados como saca-rolhas. Poucas pessoas conheciam esse segredo. Alguns dias, Reza queria contar para alguém, qualquer pessoa, mesmo um estranho em um ônibus lotado, para que olhassem para ela, imaginassem seus cabelos, mas nunca soubessem como realmente era. Às vezes, quando estava com ela, percebia a autoridade absoluta que ele tinha. O prazer que esse conhecimento trazia o assustava.

Reza nunca quis ser uma história de interesse humano, embalada e vendida. Ele era um autor, um criador de imagens. No dia seguinte, apareceu numa galeria de arte em Colaba sem hora marcada, carregando um envelope de papel cheio de negativos.

A galerista pediu que ele repetisse seu nome e disse que não tinha interesse em contratar novos artistas.

Ele persistiu todos os dias por doze dias. Seu trabalho sempre exigia resistência, permanecendo em clima inóspito e suportando longos intervalos na atividade. Se havia uma qualidade que ele tinha em abundância era a paciência. Depois do quinto dia, ele não teve permissão para entrar na galeria e sentou do lado de fora, pegando emprestada uma cadeira dobrável de um homem que vendia revistas velhas. Começou a mascar tabaco, hábito que durou até o final da semana. Cuspiu abruptamente seu último bocado quando a galerista abriu a porta e cruzou os braços.

— Só tenho dez minutos — ela disse.

•

A exposição foi preparada lentamente. Havia o clima político a ser considerado. A galerista não queria ser um alvo. O conceito da mostra também demorou a se revelar. As fotos, embora poderosas, pareciam incompletas, e Reza recorreu ao carvão. Desenhou em grandes pedaços de papel e cortou tábuas em formatos de móveis. A galeria se tornou o apartamento dos Shah, não como estava durante aquela quinzena interminável, mas como Reza se lembrava. As cadeiras eram indicadas apenas por suas sombras no chão. As janelas eram molduras envoltas em tecido, obscurecendo a paisagem externa. Era uma sala não de objetos, mas de excessos, não de espaço, mas de claustrofobia. As fotos foram intercaladas por toda parte, e a inauguração foi tranquila, mas com um bom público.

Reza falou para um grupo que se reuniu ao seu redor, recitando a ordem dos acontecimentos que culminaram na mostra. Quando terminou, houve perguntas e conversas, e Reza estava confiante com o início da sua carreira. Não leu as resenhas que saíram no jornal — quem lê resenhas, honestamente? — e ficou surpreso ao receber uma pasta da galeria com alguns recortes de revistas.

A mostra, os críticos concordaram, era no mínimo preocupante, cheia de problemas éticos que o artista não conseguira explicar. A história de como as fotos foram obtidas, disseram eles, era questionável, cheia de lacunas, e tornava o trabalho imediatamente desinteressante. Ele havia invadido o espaço de uma família, fotografado sem explicar sua intenção e apreendido suas identidades para seus próprios fins. E então se casou com uma das filhas para que sua apropriação indevida fosse santificada. A violência contra Rukhsana, tanto em imagem como em pessoa, era inaceitável. Tudo isso num dos momentos mais hediondos da história de sua cidade. Um crítico pedia que a exposição fosse retirada, perguntando: "Os Shah já não enfrentaram o suficiente? Seu terror, sofrimento e ignorância devem ser mercantilizados e distribuídos por um homem que carece de fibra moral?".

A galerista cancelou a mostra dez dias antes do previsto.

Reza recolheu seu trabalho três meses depois. Nada fora vendido. A galerista disse que a experiência tinha prejudicado sua reputação e sido um desastre total.

Reza encolheu os ombros. Disse a ela que não entendia por que tanta comoção.

•

Quando Reza terminou a história, Ma segurava sua mão. A outra mão dela estava nos próprios seios. Kali Mata respirou fundo e percebi que ela também havia se emocionado. Quanto a mim, não tinha certeza se tinha ouvido ou entendido a história por completo. Me lembro vagamente de uma sensação de desconforto, não com o que me cercava, mas com o que estava dentro de mim. Durante a maior parte da vida, tinham me ensinado que o momento de viver ainda estava por vir, que a fase em que me encontrava, um estado perpétuo de infância, era um tempo de espera. E então eu esperava, impaciente, ressentida, ansiando que esse período de incapacitação passasse. Nesse ínterim, ouvia menos do que devia e não sentia necessidade de me envolver.

Acreditava que essa vontade de envelhecer significava que a idade responderia todas as minhas perguntas, que os meus desejos se realizariam numa data posterior, mas conforme passam os anos e eu volto a desejar a juventude, o hábito de esperar já se instalou. É algo profundamente enraizado, algo que não consigo desaprender. Me pergunto se, quando estiver velha e frágil e puder ver o formato do fim à minha frente, ainda estarei esperando o futuro chegar.

1996

Reza se mudou para o nosso apartamento. Certa manhã, encontrei ele dividindo a cama com minha mãe. As marcas de catapora que cobriam seu corpo eram violentas à luz do amanhecer. Achei que ele parecia repulsivo e disse isso.

— Você não é a rainha da beleza — ele falou, com uma risada.

Me avisaram para não dizer nada, mas logo os vizinhos perceberam e cochicharam a respeito no clube. Ma me repreendeu por contar seu segredo.

— Como você pôde fazer isso? — ela disse.

Reza parecia menos incomodado. Serviu um pouco de uísque num copo e me ofereceu um golinho. Toquei a superfície do líquido com a língua. Ela recuou por conta própria.

Na rua lá embaixo, os carros buzinavam enquanto se embaralhavam. Nossos vizinhos haviam se reunido para uma reunião à vista de todos. De vez em quando, olhavam para nós, para mim e para Reza inclinados na beirada da sacada. Ele deixou um pouco de saliva escorrer da sua boca e sugou novamente.

Eu ri. Reza deu um gole no copo.

Notei uma cicatriz, perto da sua têmpora, que descia e passava pelo meio do cabelo.

— O que é isso? — perguntei.

Reza tocou a própria testa.

— Uma briga na escola.

— Que tipo de briga?

— O tipo que faz você perceber quantos escrotos existem neste mundo.

Escrotos. Es-crotos. Ex-crotos. Eu queria perguntar a ele mais sobre essa palavra, perguntar se era uma palavra ou duas, e se ele poderia usá-la outra vez numa frase. Olhei para o ângulo agudo da sua mandíbula e o azul sob seus olhos. Ele tocou a área ao redor de sua virilha, enfiou a mão no bolso e tirou um barco de papel feito à mão. Segurei o pequeno objeto nas mãos. Era feito de jornal manchado, amassado por estar dentro das suas roupas.

Agradeci, embora achasse um pouco idiota. Ele assentiu.

— Não coloque na água.

Os vizinhos ainda estavam lá embaixo. O sr. Kamakhya, um pai de quatro filhos, rechonchudo e careca, estava olhando para nós com as mãos cruzadas na frente da barriga.

Sem dizer uma palavra, Reza largou o copo que estava em sua mão. Os vizinhos se afastaram ao aviso do sr. Kamakhya. O copo caiu dois andares, quebrando com o impacto. Fragmentos voaram em todas as direções como manchas de confete cintilante.

•

Minha mãe e Reza saíam para passear quando o sol abrandava. Às vezes me deixavam ir junto. Ele carregava tinta e carvão a todos os lugares, e nós o observávamos rabiscar em muros, laterais de edifícios, propriedades privadas. Deixava poemas com aliterações simples. Eram quase sempre sem sentido e às vezes engraçados. Eu rolava as palavras na língua depois e as guardava no fundo da minha mente.

Ele deixava sua escrita sem um nome. "Não quero mais ser um autor", dizia. Semanas depois, numa das nossas caminhadas, ele voltava aos lugares onde havia estado antes e cobria as palavras que havia escrito. Pintava de branco e elas secavam como uma mancha de leite contra a cidade amarelada. Às vezes, ele beijava minha mãe enquanto caminhávamos, enfiava a mão na blusa dela para puxar seus seios. Ele olhava para ela enquanto fazia isso, sustentava seu olhar, e ela sempre sorria e se movia ainda mais na direção da sua mão.

Reza mapeava cantos de Pune na sua mente. Era assim que sabia que lugar poderia ser adequado para ele, um dia. Odiava as ruas lotadas, as lojas e mercados, os ricos e os pobres em busca de espaço para ficar lado a lado. Reza procurava fissuras, as fendas por onde outros haviam caído, e de que a própria cidade não tomava conhecimento. Eram pontos de descanso, nos dizia enquanto caminhávamos, onde tudo parava. Nesses lugares, a cidade era silenciosa.

Minha mãe disse que ele era autoindulgente. Ele pareceu gostar disso e a beijou outra vez. Eu andava um pouco atrás. Ele era um rústico imundo, mas em algum desvão eu reconheci o que disse. Suas palavras me atingiram com força, uma velha lição reaprendida.

Reza queria usar as roupas de Ma e sugeriu que ela usasse as dele. Ela hesitou no início, mas depois cedeu. Esse foi um padrão comum para ela no tempo que passaram juntos. Os jeans dele estavam salgados, quase duros de tão gastos. Sua camiseta era leve. Ela dizia que se sentia nua ao usá-la.

— Como estou? — ela me perguntou.

Eu ri, contra a minha vontade. Ela veio até onde eu estava sentada no sofá e me abraçou usando as roupas dele. Havia algo reconfortante no cheiro. Eu ajudei ela a prender a parte de trás da calça jeans para evitar que caísse.

Ele sabia como drapear um dupatta e segurá-lo facilmente nos ombros. O tecido rosa esticado em suas costas. Cobri minha boca ao vê-lo. Ele me agarrou, imitando a voz de uma senhora, disse que eu era sua doce filhinha e fingiu me colocar em seu peito para me alimentar. Mamãe e eu rimos até nossas costelas doerem. Imaginei que as mãos dele seriam molhadas ao tato, mas estavam secas feito pedra. Da varanda, eu observei eles atravessarem o portão. Um pequeno número de pessoas olhou. A maioria não notou absolutamente nada. Fiquei onde estava até não vê-los mais. Minhas costelas ainda doíam de tanto rir, mas ao mesmo tempo sentia raiva. Eles poderiam um ser o outro, mas eu era apenas eu.

Reza queria saber como eram as coisas por dentro. Não porque se importasse com o que eu estava sentindo, mas porque gostava de diferenciar entre mim e ele. Eu sentia que, quanto mais lhe respondia, mais matéria-prima ele tinha e mais diferença podia fabricar.

Eu era gorda e ele, magro. Eu tinha a pele escura e ele, a pele clara.

A comida parecia produzir em mim um êxtase semelhante ao de uma droga, ao passo que apenas as drogas ilícitas conseguiam ter esse efeito sobre ele.

Um dia, no meu quarto, ele encontrou todas as minhas listas e não escondeu o fato de que estava bisbilhotando. Queria saber para que serviam e colocou tudo sobre a cama, páginas e mais páginas. Reza as tratava com reverência, como se fossem algum tipo de prova, e me senti orgulhosa e estranha ao ver isso.

Ele me perguntou diretamente sobre certos registros, o que significavam as letras e os números. Fui evasiva onde pude, mas tentei não ser rude. Quanto mais ele perguntava, mais certeza parecia ter de que éramos diferentes um do outro nos nossos pensamentos e interesses. Éramos diferentes, ele parecia concluir, até mesmo opostos. Isso parecia fortalecê-lo, como se me compreender o deixasse seguro de si. Eu não sentia o mesmo, embora às vezes achasse a atenção reconfortante.

Foi agradável me sentir fascinante até que percebi que ele era como um cientista tomando notas, e cada marcador da sua lista me perfurava um pouco, me tornando mais porosa a cada dia.

— Você não quer que ele vá embora, quer? — Ma disse quando perguntei a ela quanto tempo Reza ficaria com a gente.

Ela parecia triste e eu senti a súbita responsabilidade de mantê-lo ali para que todos pudéssemos ser felizes.

Se tentasse desenhar o equilíbrio entre nós, uma espécie de triangulação, não conseguia. Ma e eu entendíamos que havia algo que Reza compartilhava comigo que ele não compartilhava com ela. De alguma forma, coube a mim garantir que continuasse assim, embora eu não tivesse concordado.

— Eu amo ele, sabe? — ela disse quando ficamos sozinhas. — Se alguma vez amei alguém, foi ele.

•

Certa ocasião, pegamos a longa estrada até Goa. Eu me sentei na parte de trás da moto. Reza conhecia o caminho. Minha mãe sentou entre nós. Uma bolsa cortava meu ombro. Eu tinha catorze anos e ocupava muito espaço. Passamos por florestas de eucaliptos, e as árvores pareciam se desenraizar e voar em outra direção. A paisagem se abriu para um trecho interminável de terras agrícolas, com faixas de ouro e verde, e colinas mais escuras à distância.

A temperatura caiu na elevação mais alta. Como em Panchgani. As aldeias foram passando e procurei algo familiar, mas as árvores eram densas, com raízes bulbosas.

Não paramos até que vimos uma placa indicando Candolim House e caminhamos um pouco até encontrarmos a entrada do hotel. A proprietária falava com um balanço suave. Seu traseiro parecia se mover mesmo quando ela estava imóvel.

Um menino pequeno estava deitado de lado numa cama de solteiro, as pernas para cima, apoiadas nas barras curvas de ferro que se encaixavam num padrão floral sobre a janela. Observei da varanda da frente. Ele nos ignorava. Eu não entendia por que as pessoas gostavam de crianças.

A estampa na cortina da janela combinava com o vestido da dona do hotel. A mulher remexeu numa maleta de metal, cavando cada vez mais fundo. Apertando os olhos, mordendo o lábio, se desculpando.

Tirou uma chave da maleta e entregou para Reza. Depois me abraçou.

— Meu nome é Pepper — ela disse — e esse é o meu filho. O quarto é logo ali — ela apontou para uma porta. — E o banheiro fica lá fora.

Eu me virei ao som de um rugido baixo, mas havia apenas escuridão.

No quarto, uma luz amarela fosca apareceu de uma lâmpada exposta sobre a cama.

O ar estava úmido e havia sal e areia em toda parte. Era uma caixa minúscula, com uma pequena pia presa a um cano na parede. Assim como na casa de Nani. O teto era inclinado na forma do telhado e dali pendia uma haste onde antes ficava o ventilador.

Ficamos acordados a noite toda, nós três numa cama grande. Minha mãe ficou no meio e, pela manhã, vimos coqueiros e pilhas de garrafas plásticas. Uma dúzia de homens enrolava um pano em volta dos troncos e avançava lentamente até o topo. Frutas caíam como bombas.

À distância, entre o bando escuro de braços e pernas, vi o oceano.

Para o café da manhã, Pepper fez ovos e linguiças goenses, além de poi frito na manteiga, no fogão. Havia picles de peixe azedo com os ossos amolecidos e quebradiços. Do outro lado das barras da janela, o menino tocava o gatilho de uma arma de plástico enquanto assistia *Tom e Jerry* numa pequena televisão. Ele aplaudia a cada vez que Tom pegava o rato e apontava sua pistola de brinquedo para Jerry quando ele escapava. Depois de atirar, levava a ponta da arma ao rosto e soprava a fumaça imaginária.

Pepper entrava e saía correndo. Seus mamilos marrons apareciam através do tecido do seu vestido. Sua pele era lisa, exceto pela cicatriz redonda de vacinação no braço. Enchi a boca de porco vermelho.

Pegamos um ônibus para o norte e descemos uma rua sinuosa até a praia. Minha mãe me pressionava contra as paredes dos barracos magentas e roxos quando as scooters passavam zunindo. O sol estava quente, mas seguíamos a brisa, o cheiro dos peixes do mercado, as vozes de homens e mulheres.

A praia era comprida e estava vazia, exceto por um único barraco onde hippies e moradores locais se sentavam sob guarda-chuvas de plástico. A areia era dourada e convidativa, e corremos até ela.

Os grãos entre os meus dedos pareciam estranhos, quase dolorosos.

Um homem do barraco nos perguntou se queríamos comprar água. Ma e Reza disseram que talvez dali a pouco e agradeceram. Ele usava uma camiseta que já fora impressa com palavras.

Ele se sentou e acendeu o cachimbo. Disse que seu nome era Herman. O macacão jeans desbotado de Herman estava sem os fechos de metal, e ele era o dono do único barraco na praia de Mandrem.

Reza tirou a roupa. Deixou numa pilha, onde desbotariam algumas horas depois, ao sol. Minha mãe fez o mesmo e disse que eu me juntasse a eles. Olhei para as estrias na sua barriga, a forma como seu traseiro tinha uma camada de pele flácida.

— Ah, vamos lá — ela disse. — Qual é o problema?

Eu os observei entrar na água. Ma deu uma inspiração exagerada e desapareceu sob a superfície. Olhei para o mar, para as ondas que continuavam chegando, o ir e vir constante. Era difícil acreditar que minha mãe estava ali. Eu a imaginei se afogando, ficando sem ar. Quando ela enfim voltou, o som e a força do seu corpo irrompendo do oceano fizeram meu coração disparar.

— Venha, Antara — era Reza dessa vez. Ele boiava de costas.

Me levantei cautelosamente e tirei meu short. Minha camiseta foi a próxima. Pensei sobre minha calcinha e decidi que fazia pouca diferença naquele ponto. Usando as mãos para me cobrir, fui até a beira do mar. Ma e Reza ficaram me olhando. Pareciam distantes.

Eu me virei e olhei para nossos pertences na praia.

Os olhos de Herman se moveram do meu corpo para o meu rosto.

— Vou tomar conta de tudo — ele disse. — Não se preocupe.

•

Herman nos levou à Velha Goa, através dos arcos e pedras, vestígios de outra época e lugar. Esfreguei os pés no chão, me escondi do sol nas sombras e bebi água tão rápido que meu estômago se expandiu e se transformou num monte.

Na Basílica do Bom Jesus, vimos os restos mortais de São Francisco Xavier.

O corpo estava num caixão de vidro, ressecado sob mantos dourados e brancos. Uma porção da bochecha estava faltando, mas fora isso a cabeça mantinha sua forma. Ma olhou para o perfil, o rosto de um homem. Era um rosto de detalhes pouco nítidos, do tipo que você vê antes dos seus olhos se ajustarem à escuridão.

— Está faltando um braço — disse Herman. — A Igreja Católica queria levá-lo para Roma. Mas ele pertence a nós, aqui. Era aqui que seu povo estava.

— Os católicos eram o seu povo — eu disse.

Herman balançou a cabeça.

— Não, ele não se importava com batismos e missões. As pessoas costumavam dizer que ele desistiu do catolicismo quando veio para cá, que começou a praticar a religião local.

— Mas ele é um santo famoso, o mais famoso da Índia.

Ele olhou para mim.

— Quando ele morreu, a Igreja queria levá-lo, mas as pessoas aqui não permitiram. Não deixaram que se fosse. Ele era o salvador, não Jesus. Algumas pessoas dizem que os moradores tentaram comer o corpo dele.

Examinei o rosto enrugado, o nariz que parecia ter sido mordido.

— Esse era o tamanho do amor que tinham por ele. Anos

mais tarde, padres católicos vieram à noite e cortaram seu braço para mandá-lo de volta a Roma. E mesmo depois de todo esse tempo, a ferida ainda sangrava — disse Herman.

Imaginei a vida pulsando sob o pergaminho marrom de pele.

— Ei, garota, você gosta de peixe?

Herman estava falando comigo. Dei de ombros.

— Venha jantar. Vou fazer um bom peixe para você.

Naquela noite, fomos para a cabana de Herman com Pepper. Ele me mostrou como tirar o esqueleto inteiro de um pomfret. Então me apresentou a estranha coluna como se fosse um pretendente com uma oferenda. Corri meu dedo ao longo da borda dos ossos, o esqueleto que parecia um pente de dupla face.

— Estou surpreso que você tenha nadado hoje — disse Reza.

Senti meu rosto ficar vermelho e fiquei feliz porque o céu estava escuro.

Ele sorriu.

— Não seja tímida. Você é bonita, feito a sua mãe.

Reza bebia cerveja e feni de palma e Herman nos contou seus planos para comprar uma velha casa portuguesa no sul e transformá-la em spa. Brincou com Pepper, pedindo a ela que gerenciasse para ele. Ela riu como se fosse tímida e ele a convidou para dançar.

Minha mãe fumou o cachimbo de Herman e ficamos vendo caranguejos correndo pela praia no escuro. Eu apontava para cada um enquanto corriam para o lado antes de desaparecer em buracos na areia.

Afundei nos braços da minha mãe, sentindo a pele ao redor da sua barriga através de seu kurta.

— Na minha barriga — disse Ma —, você era menor do que um daqueles grãos de areia.

Fiz que sim. Era um dia em que eu podia acreditar que era verdade.

Aninhado num charpoy de juta, Reza se cobriu com o xale de minha mãe. Tapava o seu nariz, e ele inalava o cheiro.

Eu conhecia o cheiro que ele sentia.

Reza me observou enquanto eu levantava e dançava com Herman. Nos braços do dono do barraco, soltei meu peso. Devagar, devagar, devagar, Herman me inclinou e minha cabeça pendeu para trás. Quando olhei para cima, Reza estava lá, de cabeça para baixo e inconfundível, nos observando. Acima, o céu estava leitoso de estrelas.

•

Às vezes, minha mãe vinha ao meu quarto à noite, deslizava para a cama ao meu lado e pressionava seus pés frios contra os meus. Então, brincava com meu cabelo e me dizia que mulher adorável eu estava me tornando.

Às vezes ela pedia para ver as partes do meu corpo. Olhava e comparava com as suas; seus seios eram maiores que os meus, mas minha cintura era menor. Ela comentava que meus atributos positivos eram um sintoma da idade, declarando com certeza que minha feiura ultrapassaria a dela quando eu chegasse aos quarenta.

Era um aviso para não ficar muito confortável comigo mesma.

As coisas estavam sempre mudando, e o meu valor estava somente nos atrativos da minha aparência física, que iriam desaparecer, como os dela.

Eu tinha a nítida sensação de que ela sentia prazer em me dizer essas coisas, em saber que eu sofreria como ela — e seu consolo vinha de constatar que a dor continuaria e eu não seria poupada.

Quando penso naqueles dias, me pergunto se ela alguma vez me viu como uma criança que queria proteger. Será que sempre me viu como uma competidora ou, antes, uma inimiga?

Esses anos de adolescência foram o mais perto que cheguei de odiá-la. Muitas vezes desejei que ela nunca tivesse nascido, sabendo que isso também me apagaria — eu entendia o quão profundamente conectadas éramos, e como a sua destruição iria irrevogavelmente levar à minha.

•

Quando Reza desapareceu, certa manhã, após quase seis anos na nossa casa, presumimos que tinha ido consertar sua câmera. Ele estava ansioso, superexcitado e disse que era hora de voltar ao trabalho de campo. Nos Estados Unidos, torres caíam. Na Índia, o prédio do parlamento estava sitiado. Ma e eu ficávamos consternadas sempre que ligávamos o noticiário. Víamos um mundo em ruínas, mas ele via um novo começo. O mundo estava mudando, ele soube disso antes de qualquer outra pessoa — no futuro, a violência seria capturada nos seus mais nítidos detalhes. Estávamos paralisadas em nosso equívoco, e ele zombava, nos chamava de idiotas e dizia que precisávamos entender aquilo como uma oportunidade.

Poucos dias depois, foi embora, para nunca mais voltar.

Às vezes acho que Ma começou a piorar depois daquele dia.

Sempre me perguntei o que minha mãe amava tanto nele e por que ela continua a amá-lo. Talvez seja a sensação que fica, ao invés da pessoa. Ele a fez feliz por um tempo, e como ela se lembra apenas da aparência geral das coisas, as minúcias não importam mais.

Reza Pine nunca foi um mentor para mim. Ele era desleixado e nunca teve a disciplina necessária para fazer arte.

De todo modo, eu já era quem sou muito antes dele aparecer.

Decidimos que Nani e Ma deveriam morar juntas, pelo menos por um tempo. As duas mulheres concordam, mas eu continuo nervosa.

Ligo para Nani. Ma está dando conta, até onde posso perceber, mas minha avó é evasiva quando faço perguntas. Diz que é para eu me concentrar na minha vida, que está tudo bem. Acredito nela até receber um telefonema, no meio da noite, da empregada estupefata de Ma. Ela relata que minha mãe voltou a andar a esmo, perplexa, sem saber quem é. A casa de Nani parece confundi-la mais.

— Onde estou? — ela com frequência pergunta. — E onde está Antara?

Ela me procura e imagina que se esqueceu de me buscar na escola. Tenta se vestir e sai em disparada do corredor escuro para a rua vazia. Só quem está por ali são os poucos que fazem suas camas em caixas de papelão achatadas e se esticam e se coçam e a observam enquanto ela perturba o silêncio. Onde ela vai não há distinção entre dia e noite, e a lógica do tempo e da idade não tem influência sobre seu medo.

Às vezes ela grita que quer que voltemos, sabe que estamos juntos e quer que voltemos, e quando perguntam quem, em vez de Dilip e de mim, ela fala de Reza Pine.

Os Governadores desistiram de seu apartamento depois que a fofoca do caso da esposa se tornou pública em Pune. Novos vizinhos se mudam para cá, um casal inglês com uma filha e uma babá filipina que trazem de Cingapura.

A esposa vem se apresentar com um pote de plástico cheio de madeleines que a babá fez. Seu nome é Elaine e a filha é Lana, e ambas têm sotaque cockney. A menina tem olhos azuis — um azul que até agora pensei ter pertencido apenas a Kali Mata. Um azul que me faz pensar no amor, nas florestas e no cheiro de carne podre. Elaine tingiu o cabelo da mesma cor que o da filha, mas o topo da sua cabeça mostra raízes de quatro centímetros de castanho-escuro. Ela me pergunta, em poucos segundos, se estou planejando ter filhos.

Balanço um pouco a cabeça para cá e para lá.

Ela ri e diz que se sente sortuda por ter uma filha, as filhas são incríveis, as meninas são tão ótimas, exceto quando são adolescentes, então podem ser umas cretinas. Ela murmura a palavra "cretinas" para que Lana não possa ouvir, mas Lana está observando sua mãe falar. Sorrio para Lana e aceno, e ela me dá um sorriso tímido em troca.

Elaine dá um tapinha na cabeça da filha como se estivesse orgulhosa dela por aquela pequena demonstração de etiqueta, e diz que está cuidando da filha agora, enquanto pode, porque depois tudo muda, depois tudo gira em torno dos homens, bailes de formatura, maquiagem e a entrada na igreja no dia do casamento, porque a mãe não leva a filha nesse dia, o que parece errado. É sempre pai e filha, como uma dança de pai e filha, onde a boa e velha mãe está ausente, uma mãe que equivale a uma caixa de leite.

Faço que sim com a cabeça enquanto ela fala e digo que não sei muito sobre pais, já que não tive um.

Dilip aparece na porta naquele momento com uma bola de borracha rosa e a entrega para Lana. Eu não sei de onde veio e fico olhando para ele. Lana abre um sorriso largo. Elaine nos agradece e diz que adoraria nos receber em breve.

— Você é sempre tão intensa — diz Dilip, quando elas vão embora. — Tudo bem deixar as coisas um pouco mais leves às vezes.

Começo a desenhar de novo, mas isso não preenche meus dias e acabo saindo a esmo para escapar do tédio. Às vezes vou almoçar com Elaine. Lana brinca por perto, falando sozinha com volumes de voz variados. Sua mãe sorri generosamente.

— Só as crianças falam sozinhas — ela diz.

Eu observo as duas se beijando e fazendo cócegas uma na outra e me pergunto como meu próprio filho seria. Sempre pensei que teria um menino, embora a ideia de uma menina seja mais interessante. Sinto que meu apego a uma filha seria mais profundo, mas talvez meus sentimentos por ela penetrassem de modo um tanto agudo demais. Não tenho certeza se essa dor particular seria adequada para mim.

Lana usa uma faixa de cabelo rosa e meias com unicórnios. Ela gosta de cutucar o nariz e provar o que encontra lá dentro.

•

Visito minha mãe todos os dias quando Dilip está no trabalho. Conto a ela coisas que ninguém mais sabe, porque tenho certeza de que ela não vai se lembrar.

Digo a ela que não gosto da maneira como Dilip coloca o chocolate na geladeira.

Todas as noites, após o jantar, ele se serve de um quadradinho.

Diz que gosta de mudar o gosto na boca.

Perguntei por que gosta de guardá-lo na geladeira.

Ele tinha uma lista pronta:

— Dura mais. Minha mãe guardava assim. E eu gosto de chocolate gelado. Você não?

Ele me deu a embalagem de papel desdobrada. Abaixei os olhos para minha mão.

Lecitina de soja. Nocciola.

Dei de ombros como se não importasse, mas é claro que

importa. Chocolate gelado é mais difícil de quebrar. Faz um som quando se parte ao meio. Chocolate gelado demora mais para derreter. Nunca pode ser comido furtivamente ou em grandes quantidades. Como fileiras inteiras de chocolate direto do armário sem ninguém saber. As barras na geladeira não são tão confortáveis.

— Isso é obsceno — diz minha mãe.

Conto a ela que fiz uma mala pequena, peguei meu passaporte e algumas joias e o deixei certa manhã. Que fiquei sentada no carro o dia todo e mordi a pele até deixá-la em carne viva, apenas para voltar para casa a tempo do jantar. Ele nunca ficou sabendo.

•

Dilip tem se queixado de enxaquecas, fraqueza e pernas inquietas. Suas palmas suam sempre que ele bebe vinho tinto. Marco uma consulta com um médico e os resultados dos exames de sangue de Dilip são sombrios. Anêmico, baixo teor de vitamina D, deficiente em B12. O médico olha para mim em busca de uma explicação.

Pergunto ao médico se essas deficiências são a razão de seus sintomas. O médico me pergunta onde moramos em Pune. Digo a ele. Ele diz que uma das suas sobrinhas mora naquele prédio e que Dilip precisa de suplementos.

Pergunto a ele sobre as palmas das mãos suadas de Dilip.

— E isso? Também vai melhorar com suplementos?

O médico pousa as mãos sobre a mesa e diz que devo pedir uma segunda opinião, se quiser.

No caminho para casa, paramos na farmácia. Os frascos se enfileiram nas prateleiras com diferentes cores e logotipos. Pego um e leio a parte de trás.

— Eu não levaria esse — diz o dono da farmácia.

— Por quê? — a foto na frente é de um homem robusto com uma perna num tronco de madeira. Parece exatamente o que Dilip precisa.

— Essa forma de B12 não é biodisponível.

Fico olhando fixamente para ele.

— Não é metilada.

Dilip esfrega os olhos.

— Veja — diz o vendedor, puxando outro frasco da fileira. É roxo com fios multicoloridos de DNA alinhados como um campo de flores. — Esta é uma opção melhor.

Pergunto a ele por que um fabricante venderia um suplemento de B12 que não é biodisponível. Ele diz que não sabe. Olha para a farmácia ao redor, atrás de Dilip e de mim. Sinto que ele não quer responder mais perguntas.

•

Na semana seguinte, percebo que detesto tudo na nossa casa.

Compro uma escrivaninha e uma cadeira nova sem dizer a Dilip e começo a desenhar de novo. No primeiro dia, estou suando e minhas mãos borram o papel. Tentativas sucessivas são mais fáceis. Me sinto distante do retrato, mas não tenho certeza de como começar algo novo. Desenhar ocupa apenas uma hora do meu dia.

Procuro outros projetos fantásticos que listei em cadernos e planilhas, mas eles não fazem mais sentido. As ideias perdem a relevância, ficam secas e frágeis.

O pequeno espaço quadrado da minha vida profissional, distante do mundo e de outras vozes, parece opressor hoje. Eu gostaria que houvesse uma maneira de realizar meu trabalho fora deste quarto privado e em outro lugar, onde ele pudesse bater de encontro a ideias e corpos de outras pessoas.

Ligo para Purvi. Já se passaram alguns meses desde a última vez que nos vimos e ela fica surpresa ao ter notícias minhas. Diz que sente falta das nossas caminhadas no clube. Está aprendendo a jogar bridge e mah-jong e fez um grupo adorável de novas amigas na minha ausência.

Digo a ela que não tenho certeza do que fazer, que talvez tenha perdido a imaginação.

Ela diz que nunca pensou que meu trabalho exigisse

muita imaginação, que ele consistia em copiar uma imagem indefinidamente.

Explico que me refiro a outro tipo de imaginação, o tipo que inventa um mundo onde meu trabalho é relevante. Mas os dias parecem intermináveis e brilhantes, então o tempo parece não se mover.

Pergunto se ela acha que devo arrumar um emprego. Ouço o sorriso na sua voz quando ela responde:

— Não acho que seja tão fácil conseguir um emprego hoje em dia, e faz anos que você não tem um emprego de verdade.

— Sim, eu sei — respondo, mas a consciência disso me percorre como um tremor. Se amanhã eu precisar de um emprego, talvez não consiga arrumar nenhum. Não terei como me sustentar se Dilip me deixar.

Mas por que ele me deixaria?

Mas se ele me deixar e eu tiver que voltar para a casa da minha mãe, como vou me sustentar? Nana se foi, e Nani não é capaz de cuidar de mim como ele faria. Onde vou trabalhar?

Talvez Purvi possa perguntar às suas novas amigas se elas têm alguma ideia. Faço uma lista mental de todas as pessoas que conheço e elimino aquelas que não me julgam com benevolência.

E além disso tem Ma. Terei que cuidar dela também. Não há como saber quais serão suas despesas médicas com o passar do tempo.

Corro para o pequeno cofre que Dilip instalou no armário e digito o código. A porta se abre e eu retiro uma pilha de caixas de veludo.

Algumas joias da minha família, algumas da dele. Um relógio que seu pai comprou para ele.

Um chocalho de prata que era dele quando criança. Algumas notas de dólar e moedas de ouro.

Quanto isso valeria hoje? Penso em fazer uma avaliação, mas já são três horas e Dilip pode muito bem estar de volta em casa às cinco e meia.

Penso em cada decisão que tomei até este ponto, que me trouxe aqui, e me pergunto o quanto se deu porque era fácil.

Ligo para Purvi outra vez e peço o telefone do seu joalheiro para estimar quanto valem minhas coisas.

Ela me diz que pareço entediada.

— Talvez seja uma boa hora para ter um bebê.

Um bebê.

Ela ri e eu rio de volta, preenchendo o silêncio com som. Um bebê. Um bebê ocupará tempo e espaço, um bebê preencherá o dia. Um bebê vai me amarrar irrevogavelmente a Dilip, me transformar de esposa em mãe. Talvez eu me torne sagrada então. Ele não vai poder me deixar, uma vez que eu tenha um filho seu. Não vai querer.

O alívio irrompe em mim.

À noite, venho para a cama sem roupa e, enquanto fazemos sexo, sussurro em seu ouvido que ele pode gozar dentro de mim porque minha menstruação virá logo, embora não seja verdade.

•

Através de Elaine, entro em contato com uma life coach na Inglaterra que se especializou em ajudar cuidadores de pessoas com Alzheimer e outras formas de demência. Marcamos um horário para falar ao telefone.

Digo a ela que não sabia que o campo era tão especializado. Ela diz que os cuidadores também precisam de cuidados. Vejo mais tarde que isso está escrito na parte inferior do seu site. Tenho vontade de rir quando ela diz isso, mas sua voz está mortalmente séria.

Ela acredita que eu ainda não comecei a compreender o perigo que corro, como meu próprio domínio da realidade está sendo destruído.

Resisto a essa ideia no início, mas logo descubro que suas palavras fazem sentido.

— Tudo isso está causando problemas com meu marido

— admito. — Às vezes eu odeio estar casada. Às vezes acho que estou me tornando minha mãe.

— A realidade é algo escrito em coautoria — diz a mulher. — Faz sentido que você comece a achar tudo isso perturbador. Quando alguém diz que algo não é o que você pensa, isso pode causar pequenos tremores no cérebro, variações na atividade cerebral e dúvidas subconscientes começam a surgir. Por que você acha que as pessoas experimentam um despertar espiritual? É porque as pessoas ao nosso redor estão empenhadas. O frenesi é uma carga contagiosa.

— Você está dizendo que minha mãe é contagiosa?

— Não, não estou. Embora talvez esteja, em certo sentido. Nós criamos memórias ativamente, você sabe. E as criamos juntos. Recriamos memórias também, à imagem do que outras pessoas lembram.

— O médico disse que minha mãe não é mais confiável.

— Nenhum de nós é confiável. O passado parece ter um vigor que o presente não tem.

— Por que você acha que é assim? — pergunto, mal ouvindo sua resposta.

Continuamos a dizer obviedades uma para a outra, coisas que quero que ela diga porque preciso ouvir outra pessoa dizer.

•

Sei que estou grávida antes da primeira menstruação que não vem. Sinto que estou ficando mais gorda, mais cheia, mais úmida, um pouco mais tudo. Por um tempo, procuro me conter, lembrando da minha adolescência que ser grande é ser fraca, um pouco fora de controle. Sinto um pavor familiar. Sei que planejei tudo isso, mas talvez seja um erro. Marco num calendário o último dia em que posso fazer um aborto com segurança. Vejo os dias se passarem até que não haja mais volta. Só então me sinto relaxar, aceitando a mudança na dinâmica, aceitando que há algo crescendo dentro de mim, agora, que não posso controlar, e estamos à mercê das decisões um do outro.

Há uma outra coisa: começo a ter um cheiro diferente. No final do dia, tenho que tomar banho. Minhas axilas estão pungentes e a secreção na calcinha exala um odor. Fico preocupada com essa descoberta, me lavando várias vezes ao dia, mas isso leva a infecções por fungos, ciclos de antibióticos e coceira perpétua. Mudo a minha comida, passo de todas as frutas para nenhuma fruta, passo de sem glúten e laticínios para papinha de bebê em frascos de vidro, de fazer jejum para comer a cada duas horas, mas nada parece ajudar. Suspeito que não seja eu, mas o ambiente, que eu seja uma célula numa placa de Petri hipotônica e os cheiros estejam sendo extraídos de mim por conta da homeostase. Isso é natural, digo a mim mesma.

O chefe de Dilip nos leva para comer comida japonesa. O restaurante é caro, o único do gênero em Pune, e nossa comida é servida em pratos seguidos. O peixe é cru, ou às vezes aquecido com um maçarico, antes de ser moldado à mão num cilindro de arroz pegajoso. Cada peça repousa no prato como uma língua submissa. Dilip come uma salada enquanto eu coloco a peça na boca e a sinto derreter. Amido, gordura e sal. A carne se desfaz e por um momento posso jurar que minha boca está se dissolvendo. Me pergunto se os sabores são mais profundos porque minha língua entrou em contato com um espelho de si mesma, e se a experiência está em algum lugar entre consumir e beijar. Dilip me observa engolir, batendo incessantemente na mesa com a mão livre.

•

Às vezes, imagino versões diferentes do fim do romance da minha mãe com o meu pai. Nas minhas fantasias recentes, sou eu a razão deles não estarem mais juntos. Tara diz ao marido que vai deixá-lo, que encontrou seu guru, que está grávida do filho dele, e meu pai olha para sua barriga inchada e, por um momento, fica dilacerado. Ele a quer, mas ela o repele — a gravidez visível, o bebê ilegítimo. Ele olha para o belo rosto da minha mãe e sabe que a criatura dentro dela torna para ele impossível ficar.

Uma psicoterapeuta que visitei há alguns anos por insistência de Dilip me disse que minha mãe deixar meu pai e meu pai nos deixar às duas influenciou minha visão de todos os relacionamentos. Achei que era um pouco fácil demais e disse isso.

— E não faz sentido que as pessoas queiram ir embora? — perguntei.

A terapeuta anotou algo e me pediu para elaborar.

Eu disse a ela que ficar não tem o apelo ou o mistério de escapar. Ficar é ser sóbrio, resignado, acreditar que isso é tudo o que jamais haverá. Não somos criaturas feitas para pesquisar, investigar, dominar? Não fomos construídos para acreditar que sempre pode haver algo melhor?

— Não culpo minha mãe — eu disse à terapeuta, embora saiba que culpo, que sempre culpei.

— Você se preocupava, quando criança, que ela fosse abandoná-la? Você se preocupa que seja como ela agora?

Parei de ver a terapeuta logo depois, porque ela fazia muitas perguntas. Não era seu trabalho ficar sentada e ouvir? Na verdade, pior do que pensar no abandono dos meus pais eram todas as perguntas sem resposta que ela fez, aquelas que continuam a pairar por aí. Sempre que chego perto de responder alguma, toda uma série de outras dúvidas se manifestam. Imagino o terror que os físicos devem ter sentido quando as leis de Newton falharam sob um microscópio. Eles cutucaram um pouco forte demais. Muitos deles devem ter desejado poder reverter o que testemunharam e voltar a uma época mais simples. Dissolvemos com perguntas. Mesmo os pontos de interrogação sempre pareceram estranhos para mim, um gancho na mão de algum pesadelo.

2002

Me tornei artista no dia em que fui aceita na escola de arte. Não importa que eu não a tenha frequentado. Terminei meu décimo segundo ano com notas menos do que estelares, mas a J. J. School of Art de Mumbai viu mérito nos meus desenhos.

Minha mãe tentou me impedir de ir. Pedi a Nani o dinheiro para pagar as mensalidades.

O professor Karhade era pintor e seria meu orientador. Ficou exasperado quando eu disse que não pintava.

— O curso em que você se matriculou é de pintura e desenho.

— Sei disso — eu disse —, mas não vou conseguir pintar e desenhar. Eu sou muito ruim com esse negócio de multitarefas.

Ele não achou que fosse um motivo aceitável. O curso não era flexível dessa forma. Além disso, desenhar e pintar podem ser a mesma coisa. Eu poderia aprender a amar uma atividade como amava a outra. A pintura poderia ser o produto acabado, mas o desenho sempre teria seu lugar. Eram os preparativos, os ossos, a base.

— Exatamente — eu disse.

Era nisso que eu estava interessada. Não eram os ossos a parte essencial, atemporal? Não eram os ossos que as futuras gerações desenterrariam e diante dos quais iam se maravilhar?

— Você não vai saber, a menos que mergulhe fundo — ele disse.

Mas eu sabia. Sabia que não voltaria à superfície. Disse a ele que eu, como o curso, não era flexível.

Saí do seu escritório com meu portifólio de desenhos debaixo do braço e fiquei andando a esmo pela Galeria de Arte Jehangir, onde os alunos vendiam seus trabalhos na calçada. Ajoelhei-me para olhar a pintura de um jovem. Era bem feita, com pinceladas grossas e pictóricas. O homem parecia inchado com o peso dos óleos. Algo naquilo parecia grotesco, como esfregar sangue derramado no papel.

Eu estava carregando muito peso e entreguei a pasta de desenhos a um grupo de crianças sentadas na varanda da Rhythm House. O que eu queria fazer não exigia um professor.

Não contei a Nana e Nani minha decisão, mas continuei me hospedando com uma senhora que morava ao lado do Corpo de Bombeiros de Colaba. Durante o dia, eu lia sobre arte moderna e contemporânea, fazendo acréscimos e subtrações às imagens dos livros. Via imagens antigas, aquelas que Kali Mata havia coletado e montado num álbum para mim. Recortei os rostos, os objetos que não conseguia lembrar, que não queria lembrar, e os transformei em vazios negros. Colei as fotos em cima do papel e redesenhei as partes vazias como gostaria que fossem.

À noite, pegava emprestados os sáris de algodão da minha senhoria e participava de inaugurações e festas em galerias de arte pela cidade. Falava com algumas pessoas. Mas sobretudo bebericava vinho e absorvia o que preenchia os espaços em branco.

Aprendi que o que tinha feito toda a minha vida tinha um nome. Intervenções. Já fazia intervenções havia dez anos. Distingui, rapidamente, o que gostava, o que persistia em minha mente. Pintar era apenas uma impressão. Desenhar, eu vi, era a matriz. Solo, paredes, céu. Todas as coisas que eram reais e ainda assim incompreensíveis. A cidade estava mudando a cada dia, pontes, arranha-céus, novos hotéis. Pequenos bangalôs portugueses estavam sendo derrubados para dar lugar a shoppings.

Todos queriam acrescentar. Só eu tinha vontade de despir.

Essa análise parece risível agora. A verdade é que desenhar era tudo que eu sabia. Era automático, algo que fazia durante o sono. Mesmo agora, minha percepção não consegue compreender inteiramente a complexidade úmida da cor. Para onde quer que eu olhe, vejo linhas.

Instalamos Ma no meu estúdio outra vez. Kashta vai acompanhá-la, dormindo no chão ao lado da cama de solteiro, e é instruída a zelar por ela dia e noite. Guardo a maior parte do que há no estúdio e coloco em caixas. Dilip pergunta onde o bebê vai ficar.

— No nosso quarto — eu digo.

— E a minha mãe? — a mãe dele está planejando vir para o parto. — Onde ela vai ficar?

Digo que podemos trocar um dos nossos sofás por um sofá-cama. Ele parece incomodado com a sugestão, mas não discute.

•

Coloco minha mãe numa dieta de gorduras variadas. Um cérebro que queima gordura é um cérebro limpo, foi o que li. Aquele que queima açúcar é sujo. Começo um regime probiótico com enemas ocasionais de café. Sou severa e implacável — uma tirana diante do seu prato. Ela come abacates importados em todas as refeições e eu descarto todo o açúcar da casa.

Pela manhã, verificamos seus níveis de cetona e registramos num caderno. Se tudo isso puder ser reduzido a um problema metabólico, a algumas mitocôndrias errantes, a uma falha de apoptose, então iremos consertar. Juntas, encontraremos a redenção.

Adiciono uma infusão de extratos herbais à sua rotina. Raiz de astrágalo e berberina. Em apenas três dias, seu cérebro resistente à insulina parece mais alerta. Ela me pergunta como estou me sentindo, se a gravidez está me causando problemas.

Choro quando ela diz isso. Eu tinha contado a ela sobre o bebê antes, mas ela sempre reagiu como se fosse uma informação nova.

Digo a ela que acho que devemos colocá-la num jejum. Ela sorri.

Calculei que ela tem reservas de gordura suficientes para viver por duzentos dias. É tempo de sobra para seu cérebro superar sua dependência confusa de açúcar.

— Quer dizer que não vou comer nada? Por duzentos dias?

Rio.

— Não, não tanto. Não se preocupe, mãe. Vamos fazer isso juntas. Você está comigo agora. Vou cuidar de você.

Naquela noite, na cama, pego meu caderno de desenho pela primeira vez em semanas. Começo a esboçar o cérebro turvo do consultório médico do ano passado. Ele se transforma num céu escuro. Embaixo, desenho outra vez o cenário que apresentei ao médico. Desta vez, é coerente. Desta vez, ele não encontraria nada em falta.

Começo com bonequinhos, preenchendo com armaduras para marcar sua equipe, seu exército: leucócitos versus espécies reativas de oxigênio. Pelo chão há cadáveres, células a serem removidas. Os feridos erguem bandeiras brancas, sinalizando seu estado, e são eliminados. A carnificina evoca uma máquina autofágica, emergindo de um buraco na atmosfera, uma criatura mítica de muitos membros. No fundo, o resto do planeta está em paz. Os órgãos continuam suas funções, o metabolismo reina de forma benigna. As ilhotas de Langerhans estão no mar distante.

Autofagia, do grego, significa devorar a si mesmo. Continuo desenhando, continuo desejando que isso aconteça no seu corpo, na esperança de ter sido capaz de fazer o que ninguém mais fez, de ter encontrado a cura por meio das minhas pesquisas incessantes.

Meu estômago ronca. Do meu peito sai calor, mas ele não chega a atingir meus braços e pernas. Tremo.

•

Pela manhã, acordo com o sol ofuscante. O quarto está abafado.

Só então percebo que Ma está no quarto. Me viro para o lado de Dilip da cama. Há um espaço amassado onde ele dormiu. Estou suando e minha garganta queima. Sinto cheiro de incenso. Meu estômago ronca e lembro que não como desde ontem à tarde.

— Onde está Dilip? — digo.

Minha voz está rouca.

— Escritório — ela responde.

Está completamente vestida, com seus sapatos de caminhada, como se estivesse prestes a sair. De costas para mim, ela tem as mãos nas caixas que contêm o que um dia foi meu estúdio.

A ordem cuidadosa está sendo desmontada. Os objetos estão tortos no chão.

Frascos de vidro colorido.

Moedas de antes da Independência. Recortes de jornais e revistas.

Sinto uma onda de pânico que se transforma em tontura quando tento me levantar.

— Como você conseguiu isto? — ela pergunta.

— O quê? — eu digo.

Levanto o pescoço, mas não consigo ver o que está na sua mão.

— Isto — ela se vira. É uma fotografia três por cinco.

Sinto o sangue subir ao meu rosto. Ainda é o calor? Não quero falar sobre a fotografia agora. Eu não a destruí? Não quero falar desse assunto.

— Não sei — digo.

Percebo, pela expressão no seu rosto, que ela não acredita em mim. Tem uma espécie de lucidez que eu não via há algum tempo. A comida, o jejum, ou talvez a fotografia tenha tocado uma memória.

Ma está imbuída no conhecimento de que estamos à beira de algo, de que nada depois disso será como antes.

— Como você conseguiu isto? — ela repete. Seus olhos estão arregalados e suas mãos se fecham em torno da foto.

— Não me lembro — digo. — Talvez eu tenha tirado a foto.

Ela balança a cabeça devagar e coloca a foto na cama. A pele de Reza é da mesma cor da minha roupa de cama. Ele olha para mim da foto recém-dobrada pela mão de Ma.

— Você não tirou, porque quem tirou fui eu. Foi a única vez que ele me deixou tocar na sua câmera. Sua câmera preciosa — ela aponta para o detalhe no fundo, o pôster extravagante de um filme, a camisa xadrez de madras que ele usava enquanto ajeitava um cigarro atrás da orelha.

— Então talvez eu tenha encontrado. Encontrei em casa e guardei.

Ela se senta na beira da cama e alisa o lençol.

— Ainda estava na câmera quando ele foi embora. Ele ainda não tinha revelado o filme.

Ma vira a foto. O texto no verso diz "J. Mehta & Filhos, Mumbai".

Passa os dedos pelas palavras e olha para mim.

— Foi revelada em Mumbai.

Eu inspiro e expiro, mas ela fala antes que eu consiga.

— Eu sabia que você estava escondendo algo de mim. Soube quando vi sua exposição.

2003

O vinho tem uma acidez cortante.

Encho o meu copo de plástico transparente com mais líquido da garrafa com tampa de rosca.

Anthropofagio. O confuso ensaio curatorial estampado na parede o define como canibalismo, que na história da arte brasileira é há muito um conceito importante. A incorporação e a digestão levam à produção de algo novo. Algo específico. O artista exposto hoje acaba de voltar de uma residência em Belo Horizonte.

Outro artista com quem estou compartilhando um cigarro chama o trabalho de derivativo. Aponto alguns erros gramaticais no texto. Nós rimos e ele puxa um baseado bem enrolado. Estou obcecada por Paul Thek no momento, atraída pelo fato de que ele parecia não existir. Ele aparecia ocasionalmente, como um comentário ou a mão de um fantasma, mas nunca como o evento principal.

O outro artista acena com a cabeça e passa a me contar sobre sua mentora na Cidade do Cabo. Ela era uma professora de semiótica cuja boca estava sempre pintada de vermelho--romã. Falava fervorosamente sobre como nossa geração lhe parecia estranha e distante, obcecada por televisão e sexo oral, e insistia que boquetes eram cultural e temporalmente específicos.

— Você consegue imaginar que suas avós alguma vez pensariam em colocar a genitália dos seus maridos na boca? — ela rira.

Paro de prestar atenção no resto da história do artista quando um rosto que reconheço aparece perto do meu. O rosto está sorrindo.

— Reza.

— Como você está? O que está fazendo aqui? — ele me envolve num longo abraço. Só sinto o cheiro do uísque e do suor quando ele se afasta.

Mais tarde, percebo que ele está me observando. Estamos no seu apartamento de quarto e sala. Bebemos um pouco mais de vinho na inauguração antes de eu concordar em ir embora com ele.

Ele está parado perto de uma pia suja, cheia de pratos e uma pilha de roupas por lavar. Diz que sua empregada não veio hoje. Não faz menção à esposa. Eu me pergunto se com "empregada" ele quer dizer esposa, mas não digo nada porque tenho medo de romper qualquer encantamento que o álcool tenha tecido.

A casa inteira parece estar em ruínas. Isso me incomoda, mas é bom me sentir incomodada por Reza de novo, uma coceira familiar.

Ele me pergunta se eu quero sair.

— Para onde?

Ele diz que é para encontrar seus amigos. Faço que sim, e me dou conta de que minha mãe nunca conheceu qualquer um dos seus amigos. É bom fazer coisas que ela nunca fez.

Os amigos dele não são nada especiais, mas quero ficar impressionada. Há Namita, com um anel que passa no meio do nariz. Ela consegue tocar o aro com a língua, mexer para frente e para trás. É mais velha do que eu, mas não muito. Seu namorado, Karan, também vem. Ele nunca sai de casa sem música e drogas. Coça a barba com frequência e franze os lábios quando está imerso em pensamentos.

Vamos a uma festa secreta fora da cidade, numa selva depois dos subúrbios de Mumbai. Demora duas horas para chegar lá. O local é sempre desconhecido até o último momento, e dirigimos em carros emprestados noite afora, à procura de placas feitas à mão para nos indicar o caminho. A eletricidade é um problema, mas Karan conecta o sistema de som à bateria do carro. Eles misturam pó e cubos de açúcar em garrafas d'água antes de compartilhá-las. Reza me avisa para tomar pequenos goles.

A música sacode o chão. Resisto ao desejo de tapar os ouvidos. Me sinto uma chata, uma aberração, todas as coisas de que já fui chamada antes.

Namita dança sozinha à distância. Seu piercing reluz e seus cabelos balançam atrás dela. Ela se vira, um caniço ondulante, envolto em luz, envolto em mel, pegajoso como as origens do mundo. Ela dança, cobrindo as árvores e o solo a cada passo.

Os homens a observam, fechando o círculo que ela fez. Marchando, pisando forte, eles são como soldados esperando por comandos. Ela puxa os dois para mais perto, desaparecendo entre seus corpos. Um vislumbre de vermelho, um vislumbre de rosa. Aperto os olhos. Perdi ela de vista. Namita não é nada mais do que um espaço vazio, um fantasma que os sonhos trouxeram à existência.

Já vi isso. Já estive aqui antes.

A canção muda ou parece mudar e eu sinto um túnel nos meus ouvidos se abrir. A noite fica mais brilhante e o brilho se espalha no chão ao meu redor. A grama balança. Pequenas partículas de vida tremem em cada lâmina, gotas de orvalho, água e resina. As flores crescem em meio ao mato assustado, em meio à pedra. Cada botão é uma coisa giratória. Eu os vejo rodar, girando como hélices, até que saltam para o céu como os piões de quando eu era criança.

A lua está cheia, uma piscina de mercúrio repleta de vida, e pequenas cabeças surgem para observar os dançarinos, chamando em sua própria língua antes de mergulhar de cabeça no cinza.

Braços passam por mim, negros como pernas de aranha, emaranhando minha camisa, rastejando sobre minha barriga. Reza sussurra algo no meu ouvido, mas tudo que posso ver são suas mãos. Mãos negras, meio humanas, meio de inseto.

— Beba água — ele diz.

Eu me viro e olho para suas presas e seus braços finos. A selva é exuberante e logo a música muda, o céu fica mais escuro. Vejo uma cobra rastejando nas proximidades. Nos observamos. Quero falar, mas as palavras não vêm. Perdi a linguagem. A cobra se move na minha direção, totalmente crescida, acenando com a cabeça, rangendo os dentes. Passa sob o solo e acima, abrindo caminho entre minhas pernas, e por um momento me pergunto se a estou dando à luz. Encontro meus pés, me levanto e a sigo por entre os dançarinos. A cobra entra e sai em anéis, crescendo. Logo todos nós estamos presos ali dentro. A cobra continua fazendo círculos, girando sem parar. Para e olha para mim antes de desaparecer, antes de se transformar num fosso cheio de um líquido brilhante.

— Antara, beba um pouco d'água.

Não lembro como saímos dali ou para onde vamos, mas acordo deitada ao lado dele. Os sons ainda estão na superfície da minha pele. Estamos sozinhos, mas a sala parece cheia. Ele acende velas e lamparinas a querosene e vemos milhares de criaturas chegando da noite.

Os insetos batem nas janelas quebradas até encontrarem as rachaduras. Circundam as lâmpadas, fervilhando ao redor delas, desenhando mapas de neon com seus voos — mariposas e besouros. Seus esqueletos rendados batem nas vidraças. O vidro é uma invenção cruel. Uma prisão inclemente.

Pela manhã, os corpos estão espalhados. Conseguiram entrar, as milhões de mariposas, e morreram na sala quente. O ar está denso e pesado, e meu coração bate forte. Recolho criaturas no meu cabelo e entre os lençóis úmidos. Estão caídas ao meu redor, de costas, com as patas para o alto, feias e mortas à luz do dia. Algumas estão enterradas nas velas, preservadas como fósseis. Memorizo os contornos tênues dos seus corpos nas profundezas da névoa cerosa. Estavam vivas quando a cera endureceu, enquanto seu mundo ficava permanentemente branco.

Reza olha os insetos.

— Deve ser como sufocar — ele diz.

Percebo que está nu.

Tento me afastar, mas ele me beija, e sua boca, como um anzol, me arrasta de volta, mal respirando.

•

Chegamos a uma inauguração de mãos dadas. Isso atrai olhares de quem está por dentro do escândalo do seu passado e das minhas pretensões futuras.

Fui convidada para estar nesta exposição, mas recusei a oferta. O curador em questão gosta de coletar anônimos famintos ao seu redor — quando se tornam famosos, ele exige que lhe deem um trabalho por tê-los descoberto. Também tem a reputação de ficar bêbado e chamar as mulheres de piranhas.

Reza para em frente a um quadro grande. Coladas na tela há páginas de livros que foram desfeitos. A moldura é composta da encadernação. O texto é ilegível, mas ele se detém ali, inclinando-se, tentando ler trechos. São páginas de García Márquez, uma antologia de contos, traduzida para o francês, o português e o holandês.

O espaço não faz justiça à exposição. De modo geral, parece esparramada, mal pendurada. O projeto perdeu fôlego no final, os artistas perderam o interesse — deram a ele trabalhos antigos de outras encomendas, tentaram fazer com que coubessem nos limites da sua restrição curatorial.

O curador já está em seu terceiro uísque. Resmunga um pouco quando eu o parabenizo. Sua respiração desperta algum medo na minha mente subconsciente.

Me lembrei de quando ele me convidou para fazer parte da exposição. Recebi um envelope pelo correio — um tema do curador, um ponto de entrada — escrito com a mão dele num pedaço de papel rasgado de um caderno. Era uma passagem de *Cem anos de solidão*, livro do qual nunca tinha ouvido falar, muito menos lido: um homem está perdendo as palavras e se esforça para se lembrar delas da única forma que conhece — rotula tudo o que possui, cobrindo seu mundo incessantemente num manto de linguagem, protegendo-se do perigo da folha em branco. Ele persiste, até que a futilidade do seu projeto se acomoda sobre ele, o fato de que seu trabalho será inútil quando o valor atribuído a cada letra eventualmente evaporar da sua mente.

•

Quando volto ao apartamento onde alugo um quarto, a senhoria me entrega um pedaço de papel no qual escreveu as ligações que perdi, os nomes listados em ordem. Cada letra se inclina perigosamente para trás, como se estivesse olhando para o céu, e eu me pergunto quanto tempo levou para treinar sua mão direita a fazer o que a esquerda deveria estar fazendo. O nome de Kali Mata é o único ali. Ela me ligou quatro vezes nos últimos dias.

Amasso o pedaço de papel na mão. De volta ao meu quarto, começo a rasgá-lo em pedaços cada vez menores.

Odeio Kali Mata. Não sei por quê, mas odeio.

Odeio as perguntas que ela me faz ao telefone. Se estou comendo bem. Se tenho dinheiro suficiente. Odeio falar da minha arte, tentar colocar tudo em palavras para ela, quando no final ela só volta com mais perguntas.

Odeio ouvir falar de Pune. Saí para nunca mais ter que ouvir nada a respeito.

Odeio que o nome dela esteja me seguindo, escrito em pedaços de papel todos os dias, repetindo-se, às vezes Kali Mata, às vezes tia Eve, enquanto minha mãe está para sempre ausente. Seria mais fácil se eu pudesse simplesmente matá-la, pelo menos na história — contar a todos que Ma está morta.

Então faço isso. Começo a espalhar a mentira, devagar no início, até que pegue fogo como um incêndio. Recebo compaixão e condolências. Reza fica me olhando por um longo tempo quando me ouve contando a novidade para seus amigos. Meu estômago borbulha por dentro. Preparei uma versão mais elaborada para ele. Mas ele nunca pergunta. Só volta a olhar para o livro que está lendo. Um segundo depois, ele é reabsorvido por aquele mundo, e eu fico aliviada por sua indiferença, mas confusa, sem saber por que também me causou um pouco de dor.

•

Reza tem vários cartões de biblioteca falsos. Pega livros e não lê. Em vez disso, abre páginas aleatórias e cobre palavras e frases. Depois, deixa os livros pela cidade, nas esquinas e nas mãos dos mendigos.

Roubo coisas todas as vezes que saio do seu apartamento. Os cartões da biblioteca. Os insetos. Uma única fotografia, três por cinco, um pouco dobrada, do seu rosto. A única fotografia dele que consigo encontrar em sua coleção além dos retratos de casamento.

— Você está apaixonada por alguém?

Estamos deitados na sua cama, à tarde. É alto verão e eu fico adormecendo e despertando.

— Não — eu digo. — E você?

— Muita gente.

Aprendi a gostar das crateras no seu corpo. Tento imaginá-lo apaixonado, mas eu própria nunca experimentei isso, e a imagem que faço é privada de detalhes e cores.

Ele respira pela boca quando cochila e ocasionalmente murmura qualquer coisa. Passo os braços em torno do seu peito e enterro meu rosto em sua clavícula. Sua saliva molha meu cabelo quando adormeço.

Quando acordo, ainda estou no poço escuro da sua pele. Há barba crescendo no seu pescoço. Por sua respiração superficial, sei que está acordado. O sol ainda está alto no céu e brilhando através das janelas, transformando a parte de trás das minhas pálpebras em caleidoscópios.

Está quente. Luto para encher os pulmões.

Conto a distância entre nós com meus dedos. Através de sua camisa, vejo chumaços de pelos, uma pança do uísque que ele bebe ao longo do dia. Ele observa enquanto me aproximo para fechar a lacuna. Não há coerção entre nós. Nada é feito para preencher os silêncios. Sei que estou em algum lugar entre o desejo e a dúvida.

Levanto a perna e a coloco em volta dos seus quadris.

Ele limpa algo de dentro do meu olho e me beija. Sua saliva é sempre metálica. Coço as rugas escuras em torno dos seus cotovelos. Sua pele é dura como couro.

Reza e eu dormimos juntos há vários meses. Nunca falamos sobre isso, mas acontece regularmente. Reza não liga muito para preliminares. Sempre dói quando ele se empurra para dentro de mim. Nós nos beijamos um pouco para cobrir o som áspero na minha garganta.

Eu me lembrava de ter ficado surpresa quando Reza nos deixou, surpresa com o quão profundamente o tínhamos absorvido e como ele evaporou por completo. Será que ele tinha mesmo estado lá? Será que tínhamos imaginado tudo? Seria possível uma pessoa fazer parte de cada momento e ainda assim não deixar rastro algum?

Procurei pegadas, mas não havia nenhuma. Seria possível que não tivéssemos uma única fotografia? Ma e eu não éramos do tipo que costuma tirar fotos, mas havia imagens nossas. Percebi, então, que ele sempre estivera atrás da câmera, capturando o que via nos seus olhos, mas nós nunca o havíamos capturado.

Quando ele desaparece pela segunda vez, em Mumbai, quatro anos depois de nos encontrarmos na galeria, não fico surpresa.

Só uma tola ficaria surpresa.

A tristeza rala que carrego por algum tempo continua sendo privada.

Volto para Pune sem o diploma pelo qual havia deixado a cidade, fazendo um estranho tipo de arte que diz respeito à minha família. Passo meu primeiro ano trabalhando numa escultura de cascas de manga secas preservadas em formol, que utilizo como base para imprimir notas de cem rúpias. Um vídeo meu cortando e comendo todas as mangas de uma só vez é gravado para acompanhar o trabalho. O projeto falha devido a erros na mistura dos solventes químicos. Acabo com uma erupção nos braços que leva dois meses para cicatrizar por completo.

Quando termino, Ma cruza os braços em volta do corpo como se estivesse cobrindo uma ferida. Eu me sinto melhor de alguma forma, mais leve. Meu estômago boceja e ronca.

— Isso é tudo? — ela diz. — Estou avisando, quero saber tudo, ou vou dizer a Dilip que tipo de pessoa você é e que tipo de arte faz. Sempre soube que ter você arruinaria minha vida.

Dentro do peito, posso sentir um alarme disparando, meu coração estremecendo entre as costelas. Mas o movimento continua preso lá — em todos os outros lugares, estou paralisada. A respiração de Ma é rápida. Uma gota de suor aparece na raiz do seu cabelo e escorre pelo lado do rosto. O quarto está insuportavelmente quente.

— Diga alguma coisa, sua cretina — ela diz. — Você é surda e muda? — sua voz falha e sai como um miado. Antes que eu possa reagir, ela está chorando entre as mãos.

Olho para minha mãe — como ela entrou? Não costumo trancar a porta? Gostaria de ter feito isso, ou que Dilip tivesse me trancado ali dentro. Gostaria de não ser uma acumuladora de objetos e pessoas.

Por que eu a convidei para vir para cá quando tudo que quero fazer é expulsá-la? Por que não contei tudo a Dilip quando tive a oportunidade? Por que não destruí a fotografia? Pensei que tinha destruído — tinha certeza de já ter feito isso. Será que olhei para ela e a embrulhei de volta no papel-manteiga? A ideia de me separar dela para sempre era difícil demais?

E daí se ele souber? Estamos prestes a ter um filho juntos. Estou segura. Devo estar segura. A maternidade é o lugar mais seguro que já conheci. Nossa pequena família é minha fortaleza.

Mas os relacionamentos são frágeis. Penso em Dilip, sentado à mesa à minha frente todas as noites, me vendo comer carne pelo espelho, desapontado.

Dilip, sabendo que todos os dias olho para o rosto de outro homem, um homem que amei, embora ele tenha amado minha mãe primeiro. Ele não teria escolha.

Ela poderia tentar ser um pouco indulgente. Um pouco indulgente diante da filha que sofreu nas suas mãos e sempre esteve ao seu lado. Eu contei, será que não é o suficiente, fui honesta e compartilhei o que nunca compartilhei com ninguém, e ela ainda me ameaça. Ameaça meu casamento na minha própria casa. Enquanto me sento em meu leito conjugal. Na presença do meu bebê ainda não nascido.

Olho para as minhas mãos. Estão tremendo.

Ligam uma furadeira lá fora e o som sobe para dentro do quarto como um enxame de abelhas furiosas. Tenho vontade de fechar a janela ou escapar por ela. Me acomodo dentro do momento e tudo, até o som, começa a desacelerar. Se eu sair pela janela, vou perder tudo. Eu mesma, meu bebê. E Ma, ela ainda está chorando. E se eu empurrá-la para fora?

Abro a boca e sugo o ar. Estou segura.

— Como você pôde? — ela sussurra, arfando.

— Está bem — eu digo.

Levanto devagar e me acalmo. O volume de sangue no meu corpo aumentou, e movimentos bruscos me fazem ver estrelas. Tenho que estar segura. Não tenho escolha.

Ma parece assustada e também se levanta.

— Está bem? — ela funga.

— Está bem, vou te contar tudo o que você quiser saber — pego meu telefone da mesa e ligo para o nosso motorista. — Mas primeiro temos que tomar café. Estou grávida, lembra?

Ela olha para a minha barriga, faz que sim e me leva para a sala de estar.

Arrumo a mesa com biscoitos, pão e geleia. Mando a empregada pedir açúcar aos vizinhos. Em vinte minutos, o motorista toca a campainha. Ele entrega a Ila uma caixa vermelha familiar.

— Me dê aqui — eu digo.

Ela me entrega, obediente.

Corto a fita e tiro a tampa. Debaixo de uma folha de papel manteiga há duas dúzias de biscoitos da Mazorin. Empurro a caixa na direção de Ma. Ela olha lá para dentro. Então pega dois que estão grudados e, colocando na boca, suspira.

Sua descida ao abismo é rápida. Coloco açúcar no seu chá da tarde e mexo. Dilip tem uma teleconferência com o escritório dos Estados Unidos e volta para casa depois do jantar. Ma não percebe quando ele entra pela porta. Está sorrindo, olhando para o espaço vazio à sua frente.

O vigia está regando as plantas lá embaixo. As folhas em decomposição liberam seus taninos; as poças são escuras como chá.

Agarro a beirada da varanda. O interior do meu corpo se rasga.

Já preparei minha bolsa. Dilip está gritando da porta. Kashta se ajoelha ao meu lado, tentando colocar os chappals no meu pé, mas meus dedos estão inchados e não cabem dentro dos anéis de couro.

Ma sorri para mim, meu peixinho dourado feliz. Está de pé junto à janela e anda um pouco de um lado para o outro. Tenho um pensamento passageiro de que ela não estará segura sozinha. Ligo para Nani e digo que venha para cá.

Nosso motorista não está à vista. Dilip chama um riquixá. O condutor do riquixá tem sulcos escuros ao redor dos olhos e tatuagens marcando os braços. Levanta a mão em saudação. O vigia se vira e espirra água da mangueira, acertando a beirada das minhas roupas. A água fria escorre pela pele quente e firme dos meus tornozelos.

No meu colo, posso ver o monte que é minha barriga se mexendo. Já não pertence a mim esta criatura. Já tem uma mente própria. Tento me imaginar sem o monte. Não consigo me lembrar daquela pessoa. Me pergunto como meu corpo ficará agora. Haverá um buraco no centro? Serei uma rosquinha carnuda? O pensamento me dá náuseas. Ou talvez seja o retorno da dor. De repente, não quero abrir mão dela. Deveria ficar comigo, dentro de mim, para sempre. Observo por um momento, antes de virar o rosto para fora do riquixá e vomitar.

•

Depois, eles me dizem que é uma menina. Melhor dizendo, eu os ouço informar isso um ao outro. O médico às enfermeiras, as enfermeiras a Dilip.

— Uma menina — sussurram.

Falam uns com os outros como se eu não estivesse ali. Aos sussurros, para não me perturbar. Então percebo que a bebê está no quarto. Me ocorre que eles estão sussurrando por causa dela agora. Não consigo saber, pela expressão no rosto de Dilip, se ele está feliz ou alarmado.

Observam meu rosto enquanto seguro a bebê pela primeira vez. A criança tem no rosto o doce cheiro de fluidos amnióticos. Seu aspecto é sereno — ela passou por algo escuro e veio para a luz. A luz é halógena e as mariposas batem de encontro às lâmpadas.

Não sinto muita coisa enquanto a seguro, mas quando a levam embora sei que algo está faltando.

Todos eles esperam que eu diga alguma coisa. Sei que devo expressar alegria, pois, se não o fizer, vão pensar que estou desapontada por ter uma filha. Uma preconceituosa. A escória da terra.

Quero deixar claro que não estou desapontada, mas também não consigo demonstrar satisfação. Talvez eu esteja muito cansada. Talvez seja a necessidade persistente de enfiar o embrulhinho de volta dentro de mim, como carne numa pele de salsicha.

Estou com fome.

Fico olhando para o rostinho da menina porque não sei para onde olhar. A cabeça dela é redonda. Ela não se parece com ninguém, mas quando seus olhos estão fechados poderia ser um gato adormecido. Não ligo muito para gatos. Ou para pessoas que se parecem com animais.

Tento sorrir, mas tudo que alcanço são dois olhos vazios de alívio. Alívio porque a dor parou. Tudo o que vem agora é apenas um abalo secundário.

•

A bebê tem dificuldade para pegar meus mamilos. Ninguém mencionou que isso poderia ser um problema. Começo a achar que sou a primeira mulher no mundo a ter mamilos abaixo do padrão. Uma enfermeira tenta ajudar. Mete uns lenços de papel no bolso e começa a mexer em mim. Ela é gordinha, tem pele escura e usa um vestido branco de botões azuis. Seu cabelo está preso numa trança, mas os cachos se rebelam. Ela apanha o peso morto dos meus seios.

Não consigo decidir o que é mais difícil, o parto ou a amamentação. Claro, a dor das contrações não tem comparação terrena — mas acaba, em dado momento. Agora, as horas de amamentação se estendem diante de mim.

Este é apenas o primeiro dia.

Meus seios estão com o dobro do tamanho de antes. Minha vagina é uma cena de crime.

Isso aconteceu da noite para o dia ou eu sempre fui um pouco disforme? Aparecem linhas feito fios prateados. Ou sempre estiveram ali? Talvez eu simplesmente não pudesse vê-las. Os mamilos escurecem e se tornam grandes como pires. A pele racha e sangra. À noite, coloco filtros sobre eles para evitar atrito.

•

No dia seguinte, a bebê dorme num berço perto da minha cama. Seu cabelo é preto e sua pele, amarela, devido a um caso brando de icterícia. Eu me pergunto se ela está doente, mas não tenho coragem de verbalizar a pergunta. E se a resposta for sim? Eu serei a culpada. Quando a bebê boceja, sua boca se abre e vejo a borda das suas gengivas rosadas.

Purvi chega com presentes naquele dia. Traz brinquedos para meninos e meninas. Diz que queria estar preparada para qualquer resultado. Roupas também, em embalagens metálicas, os tamanhos nas etiquetas variando de seis meses a um ano.

— Vão servir quando a bebê crescer — diz Purvi.

Dilip faz uma piada se perguntando se ela sobreviverá tanto tempo assim. Ninguém ri. Na verdade, me sinto ofendida. Tinha me esquecido do meu marido até agora. Ele é o único que permaneceu ileso diante de tudo isso. A bebê e eu estamos machucadas e feridas. Ele parece cheio de si, orgulhoso de si mesmo ou de sua família. Sinto vontade de perguntar o que ele fez por qualquer um de nós.

Uma carranca macula a testa da bebê. É um espelho da minha. Pelo menos acho que estou carrancuda. Toco minha testa. Sim, está franzida. Me pergunto se ela sentiu minha irritação. Ou foi ela quem franziu a testa primeiro?

Me pergunto se ela está sonhando, e com o que está sonhando. Em seu sono, ela retrai a boca como uma velha. Há uma leve semelhança com Ma, com Nani. O início da vida se parece tanto com o fim. Posso ver ali, naquele rosto sábio, o plano de viver até uma idade avançada.

Minha sogra chega no dia seguinte. Já ligou para o astrólogo com a data e hora de nascimento da bebê. Letras são reveladas, aquelas que serão auspiciosas ao escolher um nome.

— As letras são *a* e *va* — diz ela. — Assim como eram as suas, Antara.

Sacudo a cabeça. Essas não eram minhas letras. Minha mãe me deu um nome que fosse a sua antítese. Minha filha deveria ter letras diferentes da sua mãe.

Minha mãe ri. Eu tinha esquecido dela parada atrás do meu ombro.

— Antara — ela diz. — Vou chamar minha bebê de Antara.

Todos fazem silêncio. Eu me viro e sorrio para ela.

— Estou bem aqui, Ma.

Fico olhando para o seu rosto. Está iluminado. Me pergunto onde ela está agora, e quando vai decidir voltar para junto de nós, habitar o corpo em que reside apenas vagamente.

— Há muitos nomes bons — continua minha sogra, como se nada fora do comum acontecesse. — Anjali, Ambika, Anisha.

— Não. Nenhum desses.

— Não podemos simplesmente chamá-la de Bebê para sempre.

Bebê. Bebê seria ótimo. Fácil, sem sentido, pertencente a todas as crianças do mundo. Gostaria que Kali Mata estivesse aqui. Ela saberia exatamente como chamá-la. Ela nomeou muitos dos sanyasis durante todos aqueles anos, criando algo em sânscrito, juntando uma série de sons que os chamaria para seus destinos.

Gostaria que Kali Mata estivesse aqui. Ela adoraria essa bebê. Saberia exatamente o que fazer. Com a bebê. Comigo. Com Ma.

A enfermeira com botões azuis entra no meu quarto.

— Você deveria descansar um pouco — ela diz.

A parte lateral do seu nariz parece em carne viva. Ela deve estar resfriada. Não quero que me toque. Não quero, definitivamente, que toque a bebê.

Tento fechar os olhos, mas não consigo voltar as costas à janela. O céu é um fogo pálido. Não é tão tarde, ainda há cores visíveis. A luz entra. À distância, as ruas falantes e as nuvens de fumaça estão incandescentes.

Kali Mata estava morta em seu apartamento fazia quatro dias quando a encontraram. Se aproximava dos setenta. O criado que deveria varrer sua casa todos os dias não estava indo. Nós nos recusamos a lhe dar o salário do mês anterior. Depois que Baba morreu, Kali Mata já não tinha muito a ver com o ashram, mas ouvi dizer que enterraram suas roupas pretas sob a velha figueira-de-bengala perto do salão de meditação.

Há um ano, Dilip e eu finalmente fizemos uma viagem a Pushkar para espalhar as cinzas de Kali Mata. Quando olhei dentro da caixa, fiquei surpresa que uma mulher tão grande pudesse caber naquele pequeno espaço. O pó parecia limpo e tive vontade de colocar um pouco na pele.

Dilip balançou a cabeça. Como eu podia pensar algo assim? Eu não sabia. Não consegui explicar a ele o quanto a queria como parte de mim.

A cidade de Pushkar estava fria naquele inverno, e eu compartilhei um chillum com um mendicante idoso que vagava pelos becos perto do templo de Brahma.

Dilip não aprovou.

— Que nojento. Você viu os dentes dele?

O templo estava laranja como o sol poente e, conforme o dia escurecia, parecia sangrento. Eu estava chapada e seguia uma única vaca branca que andava com um balanço delicado. O animal nunca tinha conhecido o peso de uma cangalha e vagava livremente pelas ruas. Pelos corredores estreitos da cidade velha, onde as portas estavam fechadas com barricadas e as havelis eram habitadas por macacos e homens, a multidão se dispersava para deixar passar a mim e ao animal.

Será que isso era real ou tinha sido encenado apenas para nós?

O chillum estava forte. Kali Mata deve ter caminhado por aqui, pelos mesmos becos, uma jovem viúva, uma mãe sem filhos. As paredes da cidade pareciam azuis ao meio-dia, e a cor refletia na vaca, tornando o animal iridescente, em algum ponto entre o céu e a água. Tentei tirar fotos dela, mas não consegui capturar a cor. A vaca sentou à beira dos ghats e nós a seguimos até lá, sentando a alguns passos de distância. Eu queria mais chillum, mas me conformei com o ar enfumaçado.

Um músico dedilhava seu santoor. Sua esposa vestia um ghagra choli, sujo na bainha, e um colete abotoado. Cobria a cabeça com a ponta do seu dupatta e cantava notas solenes em acompanhamento. Seu filho adormecido acordou, levantando do carrinho de mão de madeira do seu pai. A criança olhou para a minha vaca intangível e se virou para a mãe. A mãe se agachou enquanto cantava, o traseiro pairando acima do chão. O menino puxou a blusa dela e expôs seus seios escuros. Pude ver seus mamilos. Pareciam hematomas. Ele parou diante dela e bebeu, e ela o puxou para si, sua voz vacilando enquanto segurava sua cabeça.

O menino se virou e olhou para nós, sorrindo para mostrar seus dentes afiados. Então se voltou para o seio da sua mãe e a mordeu. Ela gritou de dor, mas continuou cantando, empurrando o garoto e batendo na sua bochecha. Toquei meu rosto. O menino voltou a se esconder.

Estou cansada dessa bebê.

Ela exige muito, quer sempre mais.

Eu me tornei uma linha de montagem. Cada parte é secundária, importando somente se puder fazer seu trabalho. O leite pinga quando minha filha chora, manchando minhas roupas. No espelho, vejo minha barriga escura e enrugada como uma tâmara. Tento cobri-la com as mãos quando Dilip entra no quarto.

Não consigo imaginar o que ele pensa quando olha para mim e tento nunca ficar sozinha com ele em lugar nenhum. Ele está vibrando com a bebê, e não consegue suportar o som dos seus gritos.

Nunca há tempo suficiente para dormir. Eu gostaria de ter descansado todos os anos da minha vida. Gostaria de ter feito tantas coisas. Em vez disso, fiz todas as coisas que estou fazendo agora. Sentada em casa. Olhando para as paredes.

Nunca fui uma defensora das boas maneiras, mas esta bebê não faz cerimônia. É uma desgraçada de uma malcriada, eu não tenho dúvidas. Não há pausas educadas.

Me pergunto quanto tempo leva para as crianças crescerem, e na minha mente assinalo os marcos, ainda tão distantes. Quando a bebê andar, quando a bebê comer sozinha, tomar banho sozinha. Quando a bebê tiver sua própria vida, sair para o mundo.

•

Há outros dias em que sinto que nunca vou deixá-la ir embora.

A bebê parece tão pequena às vezes. Dilip estava certo — é uma maravilha que ainda não a tenhamos matado. Ela existe de um dia para o outro; sua vida é pujante, mas tênue. Sempre achei que os filhos vinham para o mundo dos pais, mas talvez seja o contrário. Posso me ver na minha filha. É como se, por meio deste nascimento, eu tivesse ganhado uma gêmea.

Às vezes, fico ressentida com a ajuda de outras pessoas — quando Kashta ou minha sogra dão banho na bebê, ou quando Dilip a embala se ela chora. Odeio que ninguém permita que Ma a segure, que alguém do meu próprio sangue seja proibida de cuidar dela. Insisto para que deixem minha mãe cuidar dela. Todos os argumentos em contrário se deparam com a minha ira.

Quando ela quase escorrega dos braços de Ma, eu me dou por vencida. Minha sogra olha para Dilip, consternada.

Se eu permitir que minha mente recue o suficiente, fico ressentida porque o cordão foi cortado sem minha permissão. Ninguém te conta a história completa, ninguém te informa sobre seus direitos como mãe. Eu teria ficado com o cordão por mais tempo. Li que existem benefícios para a saúde do bebê em manter a conexão o maior tempo possível.

A bebê coça o próprio rosto e eu reúno coragem para aparar suas unhas. Minhas mãos tremem na primeira vez que seguro a tesoura pequena e curva. Começo a suar. A criança dorme. No final, recolho as unhas cortadas. Um monte de pequenas lascas brancas repousa na palma da minha mão. Guardo na minha cabeceira até que minha sogra joga fora.

— Acumular esse lixo vai deixar você mais furiosa do que já está — ela diz.

Naquela noite, penso em maneiras de esquartejar a mãe de Dilip. Uma semana depois, recolho o lote seguinte de unhas cortadas e envolvo num lenço no meu armário.

Isso é loucura. Posso sentir — me aproximo da loucura diariamente. Mas é uma loucura necessária, sem a qual a espécie talvez nunca se propagasse.

As semanas passam.

Durante o dia, nada pode ser escondido. Nem os perigos, nem os medos. Nem o cheiro de leite putrefato, nem as veias verdes sob os meus olhos. Posso ver meu cabelo ficando mais ralo à luz do amanhecer. Partículas de caspa se acumulam ao longo do repartido. Dias inteiros se passam antes que eu consiga lavar o rosto. Passo a língua nos dentes e sinto a película.

•

Um estrondo alto me desperta certa manhã.

A bebê caiu da cama. Está berrando a plenos pulmões.

Dilip entra correndo. Encontra a mim e à criança chorando.

— Eu deixei ela cair, ela caiu — digo.

Ele faz que sim. Seus olhos se movem pelo chão para encontrar a lajota culpada.

— Não sei se consigo fazer isso — me ouço dizer.

Estou balançando para frente e para trás. Limpo meu nariz com a manga da bebê, apertando-a junto a mim.

"Não sei se quero fazer isso", penso comigo mesma. Percebo pelo rosto de Dilip que disse isso em voz alta.

— Está bem, está bem. Shh-shh.

Minha sogra está no quarto. Eu não a vi entrar. Ela pega a criança nos seus braços sólidos. A bebê se acomoda num rolo de gordura.

— Você sabe — diz minha sogra —, eu não tinha empregada doméstica quando tinha sua idade e precisava fazer tudo sozinha na casa. Sozinha, nos Estados Unidos. Cortar os vegetais, cozinhar toda a comida, lavar a roupa... você sabe que com os bebês há muita roupa para lavar. E não se esqueça, tenho um marido exigente. Comida quente na mesa, três vezes ao dia. Mas eu consegui, não? Veja Dilip, ele ainda está vivo, não está? Eu não ia para lá e para cá e deixava ele cair da cama. E minha situação era fácil. Só dois. E quanto às pessoas com seis filhos? Você pode imaginar?

Ela continua falando sobre como as coisas eram difíceis. Essas histórias foram passadas de mães para filhas, já que as mulheres tinham boca e as histórias podiam ser contadas. Contêm alguma mensagem moral, algo de ritos de passagem. Mas também transferem aquele sentimento que todas as mães conhecem antes que seu tempo acabe. Culpa.

•

Minha sogra tenta controlar o que eu como. Isso me faz odiá-la ainda mais. Ela adiciona ghee ao meu arroz e me dá infusões para "remover o gás" do meu leite. Sinto que elas me deixam com mais gases ainda, que eu solto noite afora. Dilip finge não perceber.

Imagino que seja um estratagema que ela inventou para tirar meu marido e minha filha de mim. Quero que ela vá embora, até que certa manhã encontro a fralda branca da bebê manchada de vermelho sangue. Grito, despertando a família.

— Você comeu beterraba ontem à noite, não foi? Eu te disse para não comer — diz minha sogra. — O que espera que a pobre bebê faça?

Depois disso, só como o que minha sogra põe no meu prato. Todos os dias, engulo uma pasta grossa de sementes de feno-grego com o café da manhã. Minha transpiração fica mais pungente e sou forçada a lavar as axilas na pia ao longo do dia.

•

Alguns dias Purvi chega sem avisar, trazendo doces e presentes. Ela segura a bebê até ficar entediada, então se esparrama na cama. Purvi reclama de exaustão, de uma espécie de saudade de casa, embora saiba que está em casa.

Minha sogra balança a cabeça.

— A casa do seu marido nunca será como a casa da sua mãe.

A bebê afasta a cabeça do meu seio e olha para Purvi.

Sorri, mostrando suas gengivas desdentadas.

— Ela gosta de você — digo. — Você deveria ter um bebê logo.

— Talvez. Por enquanto, esse é o suficiente para nós duas.

Purvi se vira de lado e cede à curva natural do seu corpo, arqueando as costas até o peito desaparecer. Às vezes, ela cruza as pernas ossudas em torno de si mesmas duas vezes. Dilip não gosta. Acha assustador. Eu me pergunto se o marido de Purvi sabe sobre seus polegares com articulações duplas ou a maneira como ela estala os joelhos depois de ficar sentada por muito tempo.

— Ela se parece com você — diz Purvi.

Olho para a bebê. Saliva de um branco leitoso escorre do canto da sua boca. Chega ao seu pescoço, molhando a gola da sua blusa. Olho outra vez para a minha amiga e sei o que ela está pensando. Nada é igual. A bebê alcança mais uma vez meu seio. Purvi observa. Eu me sinto exposta. De repente, não gosto de ter Purvi aqui, não quero ela na casa. Ela me lembra coisas demais que fizemos juntas. Eu não quero ela perto da minha filha.

•

À noite, comemos em silêncio até gritos irromperem do meu quarto.

A bebê está acordada, tentando escapar do agasalho em que a prendi. Minha comida está pela metade. Eu levanto a bebê com minha mão limpa. A outra está manchada, molhada de saliva. Este ato de malabarismo parece normal agora.

— Quer que eu fique com ela um pouco? — minha sogra diz.

Estou prestes a fazer que sim com a cabeça, mas minha mãe se levanta.

— Deixe eu segurar a bebê Antara — ela diz.

— Não, Ma — eu digo. — Você tem a sua comida. Não estou com fome.

No quarto, meu estômago ronca, mas eu ignoro e tiro meu peito da roupa. A bebê mama, sua garganta subindo e descendo. A comida já secou nos meus dedos. Eles estão murchos e amarelados.

Quando olho para a janela, quase posso me sentir saindo por ali, vagando, sentindo o cheiro do ar fora deste quarto parado, logo do outro lado da parede, pulando lá para baixo, vacilando um pouco, talvez até caindo pelo resto do caminho, limpando a sujeira e os insetos mortos das palmas das minhas mãos e dos meus joelhos e correndo até o final da rua para encontrar um condutor de riquixá fumando um bidi que possa estar disposto a me levar até a casa de Purvi pela metade do preço.

Ou não.

Por que ir à casa de Purvi?

Eu posso ir a qualquer lugar, nada me impede. Talvez de volta para a estação de trem tarde da noite e convencer um vendedor de chai a me dar um copo pela metade do preço normal, talvez algo de graça para uma garota sozinha, e ali eu posso esperar. Ali, posso me limpar de tudo isso. Das mãos sujas, da mesma comida todos os dias, de minha mãe que pensa que sou minha filha, de minha sogra que está aos poucos tomando conta desta casa. Até de Dilip. Não consigo me lembrar da última vez em que tivemos uma conversa de verdade.

Abro a janela e o ar quente entra, tocando meu rosto. Parece molhado o ar. Eu gostaria que parasse. Gostaria que se acalmasse novamente.

A cabeça da bebê está coberta de cabelos escuros. Uma leve penugem escura cobre seus ombros. Ela chupa os lábios durante o sono.

A janela está aberta e um pequeno corpo pode cair rápido, sem fazer barulho. Pela manhã, pode ter sumido. Não é por isso que a janela ainda está aberta? E se não agora, se não silenciosamente na escuridão da noite, então quando?

Eu deveria fechar a janela. A bebê ficará doente. O ar do lado de dentro é espesso e parado, mas lá fora a umidade sopra para um lado e para o outro. Este não é o tipo de noite para um bebê ou uma mãe. Esta noite é para todas as outras pessoas.

A janela ainda está aberta. Mais uma vez, ela começa a chorar. Eu gostaria que parasse. Já ouvi choro de bebês antes, mas o dela é pior. Ela fala mais alto, tão insistente. Parece que nunca consigo fazê-la parar. Minha sogra administra. Eu deveria ter dado a bebê a ela — eu deveria dar a bebê a ela. Talvez ela possa levar a bebê de volta para os Estados Unidos, criá-la da mesma forma que criou Dilip. Dilip também pode ir. Posso ficar aqui sozinha, com Ma, com Nani. Posso ficar aqui sozinha e ter um pouco de sossego.

Como é o aspecto de uma criança morta? Não muito diferente de uma boneca. Kali Mata saberia a resposta. Tinha visto sua filha viva e depois morta.

A bebê está chorando. Meus braços se crispam com o som. Minhas mãos acompanham. Ela geme e eu volto a olhar pela janela. Dando tapinhas nas costas da criança com mãos pesadas, olho para os longos canos que vão dar no chão, para o topo das varandas, para as roupas penduradas e os pássaros silenciosos. O vigia está lá embaixo, escondido nas sombras, dormindo em serviço.

Deve estar quieto lá embaixo. Não muito longe, mas muito mais silencioso.

•

De manhã, minha sogra abre a porta sem bater e suspira, surpresa.

A bebê dorme numa pilha de cobertores no chão. A cama se reduziu a um colchão. Estou sentada na beira da cama, ainda olhando pela janela.

Esfrego meu rosto. Posso sentir o vermelho se espalhando pelos meus olhos.

— O que aconteceu? — ela pergunta.

Óculos sujos cortam seus olhos e suas pupilas disparam para cima e para baixo como dois peixes boiando na água. Ela viu seu filho dormindo no sofá, expulso do seu próprio quarto, sem acesso ao seu colchão California King. Ela está com raiva e desaprova que eu tenha determinado qual seria o leito dos seus dois bebês na noite passada.

— Ela não conseguia dormir na cama. Ficou mais feliz no chão.

— Você dormiu?

— Não, na verdade não. Eu precisava pensar.

— Sobre o quê?

— Nomes. Tenho pensado em nomes para ela.

Ela chega mais perto da cama. Sou um pouco menos asquerosa por um momento. Sua boca está quase tremendo.

— Decidi que vocês devem escolher. Você e Dilip.

Seu rosto inteiro se abre. Ela não pode conter sua felicidade.

— De verdade?

— Por que eu diria se não fosse verdade?

— Quero dizer — ela fala, recuperando-se —, é isso que você realmente quer?

— Claro.

A janela está fechada agora. Não sei quando finalmente resolvi fechá-la. A luz traça riscos em tom pastel no vidro arranhado. Eu mereço escolher o nome dela depois de ontem à noite?

Minha mãe tem um nome lindo. Tara. Significa estrela, outro nome para a deusa Durga. Como Kali Mata.

Ela me chamou de Antara, intimidade, não porque adorava o nome, mas porque se odiava. Queria que a vida de sua filha fosse tão diferente da dela quanto possível. Antara era, na verdade, Anti-Tara — Antara seria diferente da sua mãe. Mas, no processo de nos separarmos, fomos colocadas uma contra a outra.

Talvez estaríamos melhor se eu nunca tivesse sido designada como sua destruição. Como faço para não cometer o mesmo erro? Como faço para proteger essa garotinha do mesmo fardo? Talvez seja impossível. Talvez tudo isso seja pura ilusão.

A bebê enfim está dormindo. Exala de forma profunda, pesada. O ar entra e sai, expandindo seu abdômen. Coloquei a mão perto de seu nariz. Por um momento, minha filha está cuspindo fogo e decido chamá-la de Kali quando não há ninguém por perto.

Se alimentar alguém é uma forma de amor, comer é uma espécie de submissão. Refeições são conversas, e o que não dizemos fica na comida. Em estudos científicos, ratos em dieta com restrição de calorias começam a comer uns aos outros.

Em ambientes de laboratório, ratos fechados com meio metro quadrado de tecido retardador de chamas morrem em uma semana.

Existem algumas outras variáveis a serem consideradas, mas a mensagem é clara. Abro as janelas e encho as mesas de comida.

•

Dilip e eu nunca ficamos sozinhos. Não falamos muito e os direitos conjugais são coisa do passado. Só queremos nos manter à tona.

Nas noites em que durmo, tenho sonhos tão vívidos que as manhãs são secas como bolas de algodão, um momento nebuloso ao despertar com um zumbido plangente vindo da mesquita no final da rua.

Minha sogra é exagerada, me chamando de linda, de anjo precioso. Ela deve ter lido que a maneira de conquistar uma garota, a garota que roubou seu filho, é fazê-la acreditar que o superou no seu coração. Matá-la com bondade.

Eu sonho em matar todos eles às vezes. Não eu, mas alguma versão de mim, um eu masculino, um eu muscular. Seus corpos são deixados para apodrecer. Eles sangram em cores diferentes, e Anikka está feliz por eles estarem mortos e sabe que são mais bonitos assim. Nós os queimamos juntos e não somos afetadas por fuligem nem pederneira.

Anikka. Eles chamaram minha filha de Anikka. É um som que os pássaros fazem ao acasalar. Seu nome é inacabado, new age, sem sentido. Quando perguntei o que o nome significava, eles não sabiam me dizer, mas minha sogra disse que as pessoas poderiam chamá-la de Annie quando ela fosse estudar no exterior. Minha avó diz que é um nome da deusa Durga, o que me apazigua, mas fico com raiva de novo quando procuro o nome e a primeira entrada que aparece é a biografia de uma estrela pornô americana.

Oprimido por minhas perguntas, Dilip pergunta:

— Se você não queria que eu escolhesse, por que delegou o poder?

Tudo o que sei é que um certo tipo de loucura se apodera de você quando fica trancada dentro de algumas paredes com tantas mulheres. Uma certa loucura se constrói quando a maneira como você fica sabendo a hora do dia é pelos níveis da água num vaso de flores.

•

Abraço Anikka com força todos os dias e sincronizo a atividade com um cronômetro, para que ela se lembre da abundância de amor e afeição física que recebeu quando criança. Alguma impressão da sensação, ser comprimida, da restrição do fluxo sanguíneo, do calor de outro corpo, deve ficar com ela. Os bebês gostam de ser colocados em camisas de força, de se sentir enclausurados — qualquer coisa que lembre o útero. Depois de um dia assim, a bebê não gosta da atenção. Deixa isso explícito. Não entende o quão sortuda ela é, e protesta.

Começo a questionar se ela é mesmo sortuda — e se estou enganada. Ela não quer ser envolvida pelo meu corpo? A sensação de receber um beijo é menos prazerosa do que a de dar? Ouvi dizer que os bebês acham os adultos assustadores e feios, que nossa pele texturizada e nossos corpos grandes são repulsivos para eles. Quase me lembro de ter tido esses sentimentos quando criança — de que mesmo o mais belo adulto era sujo e deplorável. Talvez, mais tarde na vida, ela fuja desta casa. Talvez fuja de mim. Talvez nossas mães sempre criem uma deficiência em nós e nossos filhos continuem a cumprir a profecia.

•

Minha mãe me observa e não consigo reconhecer a expressão nos seus olhos. Às vezes acho que ela está ciente do que está acontecendo, que está tentando me comunicar algo. Ela não mencionou nada para Dilip, não disse nada sobre meu relacionamento com Reza.

Dilip ainda acredita que a foto é algo que eu encontrei mas nunca possuí de verdade, algo que é absurdo e sem qualquer relação comigo. Tantas obras de arte que ele viu são absurdas, por que ele deveria procurar significado em alguma delas? Nunca imaginaria que esse homem, que era amante da minha mãe, posteriormente se tornaria o meu.

Ele nunca imaginaria que eu tinha mantido isso escondido de todos. Para Dilip, Reza é um nome que só era pronunciado por Ma — as alucinações de uma mulher demente, cujo passado de promiscuidade era bem conhecido.

•

Dou açúcar a Ma todos os dias, e ela consome feito uma viciada. Se torna mais parecida com um sofá a cada dia que passa. Ninguém percebe que este é o motivo — ninguém faz a conexão. Não acreditam em ciência, a menos que saia da boca de um médico e sob forma de um comprimido. Não leem os estudos, a fonte. Ratos. Ratos e camundongos são a chave para entender quem somos como humanos. O que acontece com um rato em dez dias pode acontecer com a gente em dez meses ou dez anos, mas vai acontecer.

As pessoas com quem vivo não pensam em dieta, insulina, bactérias intestinais, todo o sistema solar que está contido numa única molécula dos nossos corpos. Dilip e sua mãe acreditam que estou cuidando da minha mãe, sendo indulgente com ela porque ela não está bem, e doces e bolos deliciosos farão com que ela se sinta melhor.

A diferença entre assassinato e homicídio culposo é a intenção. Ou é a premeditação? Mas a intenção só pode ser provada se você habitar o cérebro de outra pessoa. O motivo também seria difícil de discernir. Quem contestaria o fato de que minha mãe é meu único genitor verdadeiro e, como filha amorosa, quero lhe dar prazer enquanto ainda posso?

Está claro para mim que minha mãe é uma criança — emocionalmente, ela nunca passou de uma adolescente. Ainda está à mercê dos hormônios. Ainda pensa em termos de liberdade e paixão.

E amor.

Ela é obcecada pelo amor e pela ideia do amor que teve com Reza. Será que ele amava ela mesmo? Alguma vez disse isso a ela?

Ele a deixou um dia sem pensar em como ela se sentiria. É esse o tipo de homem que ela deveria desejar, já bem avançada na casa dos cinquenta? Não tem nada melhor a fazer do que ameaçar sua única filha por causa de um homem que não tinha nenhum interesse duradouro em nenhuma delas?

Às vezes, quando somos gente demais em casa, gostaria que ela morresse, pelo menos por um tempinho, e depois voltasse da forma que eu achasse melhor. Talvez um cachorro que me seguisse.

Mesmo quando esses pensamentos entram na minha cabeça, não posso acreditar que estou fabricando eles. Eu amo ela, amo minha mãe. Morro de amor por ela. Não sei onde estaria sem ela. Não sei quem seria. Se ela só parasse de ser uma cretina terrível, eu a colocaria de volta nos trilhos.

E isso não vai realmente matá-la, está acalmando ela. A vida sem açúcar a torna irritada e errática e, na verdade, infeliz — como ela estava quando entrou no meu quarto e mexeu nas minhas coisas.

Pelo menos eu não acho que isso possa matá-la.

Não quero que ela morra. Às vezes penso que, quando ela se for, vou simplesmente flutuar por aí. Às vezes, no caos, esqueço que ela está ali. Todos esquecemos. Esquecemos de falar com ela ou de reconhecer sua presença.

Os outros me veem dar a ela uma pílula azul no momento apropriado, sem saber como é inútil. Deixo a receita de fora como prova do meu cuidado. Pode realmente ser tão simples — enchê-la de biscoitos e pão todos os dias e envenená-la à vista de todos? Às vezes acho que estou fazendo isso só para ver se consigo me safar.

Começo a administrar um comprimido para dormir que seu médico sugere, para ajudar com a insônia. Parece funcionar por alguns dias, até que ela começa a acordar no meio da noite, tonta e trêmula, para usar o banheiro. Digo ao médico que isso me preocupa. E se ela cair? E se ela quebrar o quadril enquanto estamos dormindo? Ele me aconselha a tentar uma dose maior e ver como ela se sai. Dou dois a Ma na hora de ir para a cama e ela dorme a noite inteira, às vezes até o dia seguinte já ir avançado.

•

Meu pai liga. Minha sogra atende e não sabe quem é. Da primeira vez, desliga na cara dele. Ele liga de volta e esclarece seu relacionamento comigo. Minha sogra fica envergonhada quando me conta quem está ao telefone. Meu pai pigarreia quando digo alô. Fico feliz que os dois estejam constrangidos, mas tento não demonstrar.

Meu pai diz que ouviu falar de uma bebê e gostaria de conhecê-la.

Faço uma pausa diante da sua escolha de palavras antes de dizer a ele que não levo ela muito para fora de casa, apenas para vacinas e quando tenho que levar Ma ao médico. Ele diz que não há problema, que ficaria feliz em vir nos ver.

— Como está sua mãe? — pergunta.

— Nada bem.

Ele fica em silêncio e imagino que esteja fazendo que sim com a cabeça.

— Bem, eu deveria ir para vê-la também.

Digo a Ma que meu pai virá no fim de semana para nos ver. Dilip sorri com a notícia.

— Estou ansioso para conhecê-lo.

Minha mãe faz que sim com a cabeça e olha para minha sogra.

— Meu marido — ela diz. — Meu marido e a mãe dele são muito difíceis. As sogras são sempre um problema. Não se case, se puder evitar.

— Ele não é mais seu marido. E a mãe dele morreu.

Ela balança a cabeça, parece pensar sobre essa informação, antes que sua atenção volte para o prato.

— Você não parece interessada em ajudá-la — diz Dilip.

Estamos no nosso quarto. Estou tirando o tecido removível do meu sutiã novo. Meu seio parece estar preso num arreio. Anikka fuça ali, cheirando o leite, antes de encontrar o mamilo.

Censuro meus pensamentos perto de Dilip agora. Como posso explicar que somos todos refugiados neste lugar, constantemente redesenhando as fronteiras? Nada é certo. Ontem, quando liguei para Nani a fim de falar com ela sobre a contratação de uma enfermeira, ela começou a chorar. "Não quero saber", foi sua única resposta. Repetiu essa frase várias vezes. A ordem natural foi derrubada. Nani é uma mulher velha agora, ela deveria envelhecer antes da sua filha. Mas é Ma quem está senil. Nós perdemos ela um pouco todos os dias.

Sinto alguma culpa quando penso sobre isso, mas por ora deixo arquivada. A tensão suprime meu fluxo de leite.

Na manhã seguinte, Dilip traz uma caneta esferográfica e um caderno para minha mãe. Eu observo enquanto ele a acomoda na mesa de jantar.

— Escreva — ele diz.

— O quê? — ela olha para ele.

— Qualquer coisa — sua voz é gentil e paciente. — Se estiver escrito, sempre estará com você.

Ela pega a caneta e a observa, depois olha para as folhas amarelas com linhas azul-escuras. Correndo os dedos pela primeira página, ela folheia o bloco e ri sozinha, surpresa com quantas páginas há ali.

— Escreva sobre o seu primeiro dia na escola. Consegue se lembrar disso?

Ma balança a cabeça para frente e para trás e olha para ele com um largo sorriso. Ele dá um tapinha no seu braço.

— O que você está fazendo? — pergunto, quando ele se senta ao meu lado no sofá.

— Devíamos fazer com que ela se lembrasse. Ela precisa de treinamento.

— Eu andei fazendo isso. Havia histórias do passado em todo o apartamento dela e não ajudou em nada.

— Não precisamos exercitar a sua memória, Antara. Precisamos exercitar a memória dela — sua voz ficou mais alta do que eu jamais ouvi. Meus braços se contraem. A bebê chora.

•

— **Você fazia** com que eu me sentisse tão mal — diz Ma.

— Eu?

— Sim. No ashram. Você falava do seu pai o tempo todo. Chorava pedindo por ele dia e noite, não comia, não bebia. Papai, Papai, Papai. Ele era a única pessoa que você queria. Mesmo quando nasceu. Você disse Papa muito antes de Ma. Esperava que ele saísse do escritório como um cachorrinho.

Sinto minha testa franzir. Seus olhos estão brilhantes e ela parece ter certeza.

— Não me lembro de ter feito isso.

— Sim — ela diz. Faz que sim freneticamente e ri. — Você fazia com que eu me sentisse uma merda.

Meu pai me abraça colocando o braço em volta do meu ombro e batendo com o lado do meu corpo contra o dele. Tira a bebê dos meus braços sem pedir, sem lavar o mundo exterior das mãos. Os nós dos dedos dele são escuros e peludos contra o rosto pálido dela. Os espelhos na nossa sala de estar me mostram a nuca do meu pai. Ele penteou os cabelos finos para disfarçar sua escassez. A nova esposa fica para trás, observando, enlaçando o filho com um braço. Ela tem um sorriso no rosto que é um tanto contraído demais.

Minha sogra oferece uma xícara de chá à nova esposa. Começam a conversar, e eu me pergunto se ambas se sentem gratas pela aparição de outra estranha, possivelmente menos querida. Balanço a cabeça um pouco para sair do meu estupor e dar ordens às empregadas para trazerem um pouco de comida. Meu cérebro ainda está anuviado desde o nascimento.

Minha sogra corre de lá para cá com eficiência. Ela se tornou a dona da casa.

Ela sugeriu, em várias ocasiões, que Dilip começasse a se candidatar a cargos nos Estados Unidos.

— Em algum lugar mais perto de casa — ela diz.

Tocam nesse assunto quando pensam que estou dormindo ou fora do alcance da sua voz. Não percebem que agora tenho ouvidos de coruja, que meu alcance auditivo pode captar o movimento da respiração da minha filha do outro lado da cidade. Isso é o que significa ser mãe. Minhas garras estão prontas. Estou sempre caçando.

Relaxo no sofá enquanto todos os outros ainda estão de pé. Minhas nádegas se espalham sobre a almofada de couro. Eu me vislumbro no espelho antes de desviar o olhar. O inchaço na minha papada ainda é visível. A pele está escura em volta do meu pescoço. Listras de couro cabeludo aparecem entre meu cabelo ralo.

O filho do meu pai senta à minha frente. Sorrimos um para o outro sem mostrar os dentes. No espelho, vejo que seu cabelo está longo e encaracolado e ele o prendeu num rabo de cavalo. Isso me lembra como o meu costumava ser.

— Você ainda está pintando? — ele pergunta.

Eu não o corrijo.

— Parei por enquanto.

A nova esposa ri e se desmancha ao lado do filho. Juntos, eles cabem numa única cadeira.

— Com filhos, há menos tempo para hobbies.

Suas gengivas recuam ainda mais conforme seu sorriso se expande. Eu também não a corrijo. Ela toca o cabelo do filho, como se soubesse que eu estava olhando para ele.

— As crianças de hoje têm seu próprio estilo — ela diz.

Dilip serve ao meu pai uma dose de uísque dezoito anos que trouxe de uma viagem de trabalho. Meu pai me devolve Anikka e coloca o nariz no copo. Dilip é jovial. Meu pai está à vontade.

Minha sogra traz uma bandeja de chá da cozinha e o ar fica com cheiro de óleo quente. Samosas e pakoras chiam por dentro.

A campainha toca e todos pulamos. A bebê se contorce contra mim, esfrega o rosto na minha camiseta de algodão. Sente o cheiro do leite que secou ali, seu próprio vômito também, os cheiros que nem mesmo o sabão em pó consegue tirar. Estou sempre com cheiro de leite agora. Leite, merda e vômito. Nunca consigo remover esses cheiros no banho.

Nani entra, mas continua perto da porta. Olha para os pés de todos e se abaixa para tirar os sapatos. Têm fivelas na parte de trás e ela se abaixa para abri-las, seu peso se inclinando para um lado e para o outro, o equilíbrio instável. Estende a mão para Dilip enquanto luta com a última alça.

— Ah, Nani — diz Dilip, tarde demais. — Não tem problema, não precisa tirar.

Ela dá um tapinha no rosto dele, depois olha para o meu pai, seu olhar roçando abaixo dos tornozelos antes de virar as costas. Há algo de régio no seu desprezo pelos pés do meu pai, ainda calçados. Ela faz um gesto com a cabeça para o meu meio-irmão e para a nova esposa e levanta as mãos para saudar minha sogra. Em mim e em Anikka ela libera toda a força do seu afeto e sorri. Quando vem na minha direção, percebo que me pareço mais com ela do que com Ma. Meus tornozelos e pulsos se expandiram e não voltaram a ser o que eram antes. Estou velha antes da hora.

Colocam comida frita na mesa. Pratos e guardanapos são distribuídos. Bocados de chutney — verde, alho, coco, tamarindo — colorem a borda do prato de todos.

Nani abre uma caixa de doces que trouxe da loja. Se serve de uma prova antes de oferecê-la. Seus olhos reviram de alegria cheia de ghee. Ela passa a caixa para a minha sogra.

Há muitas pessoas na sala. Digo a Ila para abrir as janelas.

— Prazer em conhecê-lo — minha sogra diz para o meu pai. Ela estende a caixa para ele, que quebra um doce trapezoide com uma das mãos. — No início, não sabíamos que Antara tinha um pai, então estamos felizes em conhecê-lo.

A sala está em silêncio. Dilip evita meus olhos e os da sua mãe. A nova esposa parece perplexa por um momento, mas se recupera quando a caixa lhe é oferecida. Pega o resto do triângulo que seu marido mutilou e o oferece ao filho. Ele está com um pedaço de pakora na boca e vira o rosto. Ela continua com a mão ali, esperando que ele aceite o doce.

Todos estão sorrindo e calados. A bebê faz um som e todos os adultos suspiram e riem e olham para mim, aliviados por ela ter acordado. Começam a falar baixinho entre si, Dilip e meu pai com minha sogra. A nova esposa com seu filho.

O encontro é, de modo geral, um sucesso. Todos estão se divertindo. Ou estão fingindo. Todos têm motivos para fingir. A nova esposa e seu filho estão fingindo pelo meu pai. Meu pai está fingindo por si mesmo, e talvez até por Anikka e por mim. Dilip tem os mesmos interesses, e sua mãe finge por ele. Nani não finge. Ela saiu da sala, talvez para ir ver como está sua filha. Não está interessada em ser educada com ninguém.

Não precisei fingir, pelo menos não ainda. Estou imóvel e sou quase invisível na sala. A única razão pela qual eles olham para mim é para olhar para a bebê.

Sinto que não estou aqui.

Dilip diz algo e meu pai ri, seus ombros se movendo para cima e para baixo. Me pergunto por quanto tempo eles podem continuar este ato. Quanto tempo vai demorar até se cansarem, até as máscaras caírem para que a verdadeira essência dos seus sentimentos possa ser revelada? Porém, se eles repetirem por tempo suficiente, se o ato for internalizado — continuaria sendo um ato? Pode uma performance de prazer, mesmo de amor, se transformar numa experiência verdadeira se a pessoa se tornar fluente o bastante nela? Quando é que a performance se torna realidade?

A campainha toca outra vez. Não estamos esperando mais ninguém. Meu queixo cai um pouco quando Purvi e seu marido entram. Ele carrega uma sacola de brinquedos. Dos poucos que posso ver escapulindo da bolsa, são grandes demais, perigosos demais para Anikka.

O marido de Purvi para ao ver meu pai e eles se abraçam. Se conhecem do clube, diz meu pai. Purvi senta ao lado da nova esposa do meu pai. São da mesma equipe de bridge, explica Purvi.

Dilip vem até onde estou, no sofá. Tira Anikka dos meus braços.

— Eles vieram para ver a bebê — diz Dilip, lendo minha expressão.

A voz de Nani chama nossa atenção. Ela está com Ma apoiada no braço e a conduz para a sala. Nani dá um sorriso largo para Ma, que olha em volta para o grupo de pessoas. A visão é dissonante. Quem é a mãe idosa e quem é a filha de meia-idade?

Lágrimas ardem nos meus olhos e, como um espirro, tenho que me virar para segurá-las. Como chegamos a este lugar?

Por meio de bandejas de biscoitos da Mazorin.

Purvi corre para abraçar minha mãe. Ma levanta as mãos e corre pelas costas de Purvi, parando na saliência acima do cós do seu jeans.

O marido de Purvi se inclina para Dilip.

— A razão pela qual uma criança fica querendo tocar a própria bunda e o saco o dia todo são os parasitas, você sabia disso? Os parasitas são o que realmente controla o cérebro.

Dilip sacode a bebê e olha para mim antes de se virar para minha mãe.

— Como você está se sentindo hoje, Ma? — ele pergunta. — Escreveu no seu diário?

Ma abre um sorriso vago e se permite sentar numa cadeira ao lado da nova esposa e do seu filho. Cumprimenta os dois com a cabeça antes de pegar a caixa de doces.

A chegada de Purvi e seu marido, e talvez até da minha mãe, de alguma forma quebrou o gelo. Uma bissexual, um viciado em poder e uma senhora demente entram num bar. Somos onze pessoas na sala, mas os reflexos nos transformam em quase setenta — alguns do grupo estão escondidos atrás de móveis, como o filho do meu pai, que é apenas mais uma cabeça no corpo da sua mãe. Minha pequena Anikka não deveria contar, ela não é nada mais do que uma trouxa de algodão branco nos braços do pai. Mas eu conto. Meus olhos a seguem enquanto ela é passada pela sala. Há corpos demais. O espaço parece comprimido. Me viro para olhar as janelas. Estão abertas, mas o ar é quente. Tenho dificuldade para respirar. Minha testa está pesada. Os níveis de dióxido de carbono devem estar aumentando. Meu pai tosse e ri de algo que minha sogra diz a ele. Ele está respirando com gana, sugando o ar. Eu gostaria que ele tivesse lavado as mãos antes de tocar em Anikka. As narinas de Purvi estão dilatadas quando ela se inclina para cumprimentar Nani. Eu observo ela puxar o oxigênio restante para aquelas grandes cavidades.

Dilip serve mais uísque para os homens e pergunta às mulheres se gostariam de um pouco de vinho. Elas ficam tímidas de início, se encolhendo com a pergunta, olhando umas para as outras na sala.

— Por mim, tudo bem — diz Nani, quebrando o silêncio. As outras sorriem e fazem que sim para ela.

— Posso fazer companhia à Titia — diz minha sogra.

Vários copos de vinho de haste longa são trazidos da cozinha. Dilip começa a tirar a tampa de uma garrafa de tinto quando minha avó reclama que só gosta de branco. Oferecendo-se para abrir uma de cada, ele recebe sorrisos tímidos da sua mãe e da nova esposa.

Todo mundo tem uma bebida na mão, exceto minha mãe e eu. Até o filho toma um gole do copo do meu pai. Eu quase não disse uma palavra ao meu pai desde que ele chegou. Ele segura seu copo de uísque perto da minha filha e é enfático sobre o que o marido de Purvi está compartilhando.

— Da próxima vez que você estiver na China, me avise — diz meu pai, coçando o topo da cabeça. — Meu bom amigo Kaushal está morando lá com a família.

— Seu bom amigo Kaushal é um depravado — eu digo.

A sala fica em silêncio tão depressa que sinto um afunilamento nos meus ouvidos. A mão da nova esposa treme enquanto ela bate nas costas do filho.

Meu pai olha para mim e pisca os olhos. A curva da sua boca se endireita numa linha. Seus lábios desaparecem.

— O que foi? — ele diz.

Eu me recosto no sofá. Não sei mais o que dizer. Não tinha nada planejado.

O silêncio continua um pouco mais. Começo a contar

os segundos. Quando chego a sete, minha sogra chama Ila para trazer mais chutney de coco.

Todos nos viramos para olhar para ela e todos começam a falar ao mesmo tempo. Apenas Dilip permanece parado e quieto. Ele está carrancudo enquanto passa Anikka para o outro braço. Minha mãe também está em silêncio. Olha para mim. Vejo o esmalte açucarado nos seus olhos.

Como todos eles podem ficar sentados aqui, comendo e bebendo, quando acabei de fazer esse anúncio? Fico de pé num salto, sinto uma dor nos joelhos e volto para a janela.

Talvez eles pensem que sou instável, como minha mãe. Que não sou confiável.

Por que eu disse isso? O que eu esperava? Algum alívio? Quem nesta sala poderia me dar isso? Olho pela janela, para o solo lá embaixo, e fico admirada com a distância. Tinha considerado jogar Anikka lá. O pensamento me causa repulsa agora. Talvez eu devesse ter feito isso comigo mesma.

Me viro e vejo os reflexos dos meus convidados. Percebo seus perfis. É algo que não estudei antes. Nani tem um pequeno gancho no nariz que Ma e eu não temos. Meu pai e o marido de Purvi têm rostos admiravelmente semelhantes deste ângulo.

Os olhos de Ma se movem ao redor da sala de vez em quando, mas logo voltam para o chão. Me pergunto se ela consegue absorver tudo o que está vendo à sua frente. As conversas devem estar acontecendo muito rápido. Será que ela capta o tom em que as pessoas estão falando? Consegue entender todas as palavras?

Me pergunto se ela reconhece meu pai. Não disse uma palavra a ele. Será que sabe que aquela mulher lanosa é a esposa dele e que o menino é seu filho de três camadas? Quero contar para ela, mas não tem por quê.

Fico de pé junto à cadeira da minha mãe e coloco a mão no seu ombro. Ela se alarma um pouco, mas não olha para mim. Talvez não sinta realmente o toque porque não sabe onde está. Ou talvez saiba que sou eu, pelo peso da minha mão.

— Antara — diz Ma.

— Sim, Ma — eu respondo.

— Antara.

— Sim, estou aqui — eu me curvo ao lado da sua cadeira.

— Antara — ela levanta a mão e aponta para Dilip. — Eu quero Antara.

Dilip sorri para ela.

— Ma, esta é Anikka. Antara está do seu lado.

— Antara.

Ela se levanta e atravessa a sala. O marido de Purvi e meu pai recuam. Ma bate palmas e sorri. Olha para Dilip por um momento antes de voltar seu olhar para a bebê.

Purvi olha para mim e toca o peito. Que amor, ela murmura para mim.

— Me dê Antara — diz Ma.

Dilip dá a bebê a ela e fica por perto. Ma leva o embrulho até o rosto e beija. Olha para o meu pai e sorri.

— Antara — ela repete. — Esta é a minha bebê.

Meu pai sorri e faz que sim com a cabeça para ela.

— Sim, que ótimo — ele diz. — Você tem uma linda bebê.

Minha sogra chega da cozinha. Tem uma mamadeira na mão. Testa o líquido na parte sensível do pulso.

— Dou a mamadeira agora? — ela pergunta. Se vira e pisca um olho para mim.

Minha sogra estende a mão para pegar Anikka de Ma, e Ma grita, apertando a bebê contra o peito.

— Não, é minha bebê. Antara é minha bebê.

Minha sogra levanta as mãos, ainda segurando a mamadeira. Nani corre para junto de Ma e beija sua testa. Ma se permite ser consolada. Se inclina contra Dilip.

— Antara é a nossa bebê — diz Ma. Olha para Dilip e sorri. — Meu marido e minha bebê.

A nova esposa leva a mão à boca. Ela está atrás do marido, segurando a mão do filho. Fascinação e desgosto se misturam nos seus olhos.

Anikka começa a lutar. Chora um pouco e Ma a embala.

— Está bem, Tara — diz minha sogra. — Por que você não dá a mamadeira a Antara?

Ma pega a mamadeira e a coloca contra os lábios de Anikka. A bebê começa a sugar e no mesmo instante se acalma. Ma se apoia em Dilip e sorri para Nani ao seu lado. Tento imaginar onde ela está na sua mente, onde imagina que seja este lugar. Será uma invenção da sua imaginação? Ou uma lembrança feliz do passado que ela deseja reviver?

Esfrega o rosto no ombro de Dilip. Ele sorri, parecendo não se importar.

— Você ama Antara? — ela pergunta.

Dilip ri.

— Sim. Eu amo Antara.

Ma sorri e olha para a bebê.

— E a mim? — ela pergunta. — Você me ama?

Dilip acena com a cabeça de novo.

— Sim — ele diz. — Sim, eu te amo — minha sogra ri. — Nós todos te amamos.

Eles estão se aglomerando ao redor dela, sorrindo para Ma e Anikka, de um lado da sala. Eu vejo minha mãe se balançando contra Dilip.

— Certo — eu interrompo. — Certo, Ma. Eu sou Antara, e essa é Anikka...

Purvi me impede com a mão.

— Chega. Ela não se lembra, coitadinha — ela corre até a minha mãe. — Tara, vamos todos cantar uma música para Antara?

Purvi começa a bater palmas e cantar uma música. Eu sorrio, antes de me dar conta de que não sei a letra. A melodia parece familiar, mas não consigo identificar onde já ouvi antes. Eles continuam num segundo verso, e eu percebo que não reconheço a língua. Não é marathi, com certeza. Talvez gujarati. Mas como Nani saberia tão bem? Uma melodia bengali? Algo de Tagore? Todos estão cantando juntos. Ma se lembra da letra. Meus olhos param em Dilip e eu afundo no chão. Ele está cantando e batendo palmas.

Meu marido, que mal fala hindi, está cantando a canção de ninar.

Os versos continuam, parecem intermináveis. Músicas, quando não são familiares, parecem desnecessariamente longas. Termina de repente e todos aplaudem. Olham para Ma e Anikka. Estão de costas para mim e mal consigo encontrar minha filha entre eles.

Fico de pé e vejo que Ma está abraçada a Dilip. Anikka está no seu outro braço. Purvi e a nova esposa deram as mãos.

Mais uma vez me sinto invisível, até que percebo Ma olhando para mim.

Seus olhos estão arregalados e ela não pisca.

A sala está quente e toco meu decote. Ma não tirou os braços do meu marido ou da minha filha. Ela me observa, continua a me observar. Seus olhos são claros e penetrantes.

Nós duas nos observamos. Ma está em silêncio. Eu estou em silêncio.

Todos dão risadas e sorriem. Ainda cantarolam a melodia da música que não conheço, continuam com o fingimento. Deixam ela fazer o que quer porque está doente.

A menos que ela não esteja doente.

Será que está tentando escrever uma história sem mim? Tentando me apagar? No instante mesmo em que penso isso, sinto que estou evaporando.

O médico nunca encontrou nada. Nenhuma placa, nenhuma formação.

Eles recomeçam a música, ainda reunidos em torno da minha mãe e Dilip. Anikka não parece mais do que uma trouxa de roupa nos seus braços. A música é enlouquecedora, a língua é estranha. Eles repetem duas vezes e começam uma terceira rodada. Ninguém se vira para olhar para mim, nem mesmo para reconhecer que estou ali. Estariam evitando contato visual comigo para não chatear minha mãe? Não querem quebrar o feitiço.

Todos dão vivas a Tara e à pequena Antara. Repetem a música mais uma vez. Quantas vezes uma performance deve ser repetida antes de se tornar realidade? Se uma falsidade for encenada vezes suficientes, começa a soar factual? Cria-se um caminho para que as mentiras se tornem verdadeiras no cérebro?

Me levanto e grito para eles pararem.

Ninguém consegue me ouvir, suas vozes somadas são muito fortes. Estou me afogando do lado de fora. Ou será que é minha voz grudando no interior da minha garganta? Sinto o interior da minha laringe quando falo, áspero como velcro.

Ninguém mais olha para mim, nem mesmo Ma, e o ar da sala foi substituído por algo nocivo. Estar se afogando deve ser assim. Eu tusso e começo a ter ânsia de vômito. Ninguém percebe.

Não quero morrer. Não aqui. Não com essa música enchendo o ar. Não consigo respirar e tenho que sair. Preciso sair.

•

Do outro lado da porta, estou ofegante. Me inclino para frente e deixo a cabeça cair sobre os joelhos. A ciática que vem e vai desde que Anikka nasceu sobe pela minha perna. Cubro a boca com a mão para abafar um grito baixo e a voz que sai é de outra pessoa. Toco meu rosto. A súbita necessidade de olhar para o meu reflexo, para ter certeza de que ainda está aqui, é esmagadora.

Aperto o botão do elevador com fúria. A tensão deixa meu corpo quando as portas se abrem. O interior desta gaiola móvel me parece um lar de uma forma que nunca havia notado antes, e me vejo em todas as superfícies — nas paredes, no teto, no chão. O elevador desce suavemente. Percebo que a frente da minha camiseta está molhada e penso na bomba de leite e na minha filha, contemplando o quanto do sustento de Anikka está sendo desperdiçado. Minha pequena bebê. Minha pequena Kali. A única pessoa no mundo.

Pego um único cigarro do paanwala do outro lado do portão do prédio. Ele olha para as manchas em volta dos meus seios, mas não diz nada. Murmuro que vou pagar mais tarde e ele acena com a cabeça.

O pavimento se assemelha a antigas ruínas, e só percebo que estou descalça quando piso o chão molhado. Urina de animal ou homem, tenho certeza. Uma garota de shorts está risonha ao celular. Seus pés se movem devagar, no ritmo das suas palavras, e ela para em resposta ao que ouve, algum segredo delicioso para fazê-la rir. Corre a mão pela parede de concreto, abrindo os dedos, fazendo contato com a superfície áspera sem medo. Acho que a reconheço do prédio, mas ela é mais velha do que eu me lembro, pelo menos quatorze anos, quase uma mulher, vagando sem direção, imperturbável na sua própria pele. Ela sorri quando me vê olhando para ela, abrindo bem sua boca, e eu olho para longe, olho para as minhas roupas e me viro tardiamente para esconder a catástrofe que sou. Desço a rua descalça e depressa, ainda sem saber para onde vou, mas continuo pensando nela, no que é preciso para preservar aquele sorriso.

Me pergunto se já notaram que fui embora. A nova esposa e a sogra devem estar aliviadas, porque o pior inconveniente das suas vidas desapareceu. Talvez aproveitem a oportunidade para fugir enquanto podem, minha sogra com Dilip e Anikka, e a nova esposa com seu marido e filho. Se eu voltar agora, será que terão ido embora quando eu chegar? Imagino todos rindo e dançando em êxtase pela sala, chamando seus deuses secretos, despindo-se e banhando-se no vinho, todos juntos, em algum ritual orgiástico que estiveram esperando para realizar quando eu partisse. Medo e saudade se misturam em mim. Sinto uma dor cortante na planta do pé, mas não paro de andar.

A rua está barulhenta. Olho ao redor e não sei onde estou. Será que a cidade mudou tanto desde a minha internação? Esse era o plano o tempo todo, reunirem-se todos e observar enquanto eu me dissolvesse no nada? Talvez seja esse o sentido de uma gravidez, da própria maternidade.

Uma criança para desfazer a mulher que a carrega, para desagregá-la com segurança.

O que veio antes de agora? Não consigo lembrar a forma da minha vida. Mas vejo o seu futuro. Há cidades nas montanhas que quero visitar, lugares onde quero dormir — copas de árvores, galpões de madeira, charpoys em fazendas esquecidas. Há homens que quero foder. Sei que houve outros usos para o meu corpo outrora, quando minha barriga não estava marcada, quando meus mamilos não estavam rachados. E há a pilha interminável do rosto de Reza Pine pegando fogo, arrematando o trabalho que minha mãe começou, e uma folha de papel em branco onde irei me imortalizar em vez dele.

Minhas pernas parecem se mover por conta própria, me levando cada vez mais longe. Colido com outros corpos sem vê-los. Alguém me chama e eu ando mais rápido, cambaleando um pouco e correndo pela rua. Ofegante, ouço a chamada outra vez. Tara.

Minha própria mãe. Quanto mais perturbada ela fica, maior sua clareza de propósito, como uma foto com abertura mínima — o fundo escurece conforme a singularidade do foco se intensifica. Dilip não a impediu, e por que o faria? Se ele pode me amar, ele pode amá-la. Afinal, somos intercambiáveis.

Nunca estarei livre dela. Ela está na minha medula e eu nunca estarei imune. O que o marido de Purvi diria sobre um parasita tão avançado que faz de hospedeiro sua própria descendência? Há algo de engenhoso em consumir o que se apega a você.

De cima, meus pés parecem normais, mas por baixo sei que estão machucados. O pavimento está molhado de novo, inexplicavelmente. Olho em volta e o homem que me vendeu o cigarro está me observando. Atrás dele, a garota de shorts se inclina contra a parede do condomínio, olhando fixamente para a tela do telefone.

Estou do lado de fora do meu prédio.

Não cheguei a sair deste lugar.

O dia claro me cega quando entro no corredor escuro. Minhas pernas estão pesadas. Aperto o botão do elevador e entro. No espelho, vejo que o leite nas minhas roupas secou e amarelou.

Ma está ali, no meu rosto. Eu aceno com a cabeça e ela acena de volta.

Parada na porta do apartamento, ainda posso ouvir suas vozes lá dentro. Toco a campainha duas vezes e me encosto na parede, esperando que me deixem entrar.

Agradecimentos

A todos que apoiaram as versões anteriores deste livro na Tibor Jones e na University of East Anglia, especialmente a Neel Mukherjee, Martin Pick e Andrew Cowan. A Madelyn Kent, porque às vezes tudo é óbvio e, às vezes, elusivo. A Kanishka Gupta, Rahul Soni e Udayan Mitra, pelo maravilhoso trabalho que fizeram para a edição indiana deste livro.

A Hermione Thompson, que supera a reputação de ser brilhante e gentil, e cuja edição tornou este livro mais do que eu poderia esperar. A Simon Prosser e toda a equipe da Hamish Hamilton, por acreditarem nesta história. A Holly Ovenden, pela capa impressionante.

A Maria Cardona Serra, pelo apoio incansável em cada etapa do percurso. A Anna Soler-Pont e toda a equipe da Agência Pontas.

A meus amigos e familiares, pelo incentivo. A Neha Samtani, Sharlene Teo, Kate Gwynne e Manali Doshi em particular.

A Nani, por sua graça. A Bodhi, por mudar tudo. Ao meu marido, por reconhecer minha voz em qualquer página. Aos meus pais, por tudo o que sou.

Composto em BELY e impresso na
BMF GRÁFICA, em PÓLEN BOLD
70g/m², em JULHO de 2022.